André Schliebs
Mord im Blauen Land

Ist das Blaue Land wirklich blau?

Die Licht- und Farbspiele der Region rund um den Staffelsee sind ein Phänomen. Jedem, der einmal dort gewesen ist, brennen sich die Bilder des Alpenvorlandes sechzig Kilometer südlich von München unauslöschlich ins Gedächtnis. Maler wie Kandinsky und Münter ließen sich hier inspirieren, der Schriftsteller Ödön von Horváth schuf hier Weltliteratur. Kein Wunder, dass sich die frisch gebackene Kriminalkommissarin Anja Klein, die in Murnau eine Dachgeschosswohnung mit Bergblick bezogen hat, wahnsinnig auf den Start ihres Berufslebens freut.

An ihrem ersten Arbeitstag entdecken zwei Schülerinnen eine Leiche am Ufer des Staffelsees. Als 48 Stunden später eine weitere Frau erstochen aufgefunden wird, macht Kriminalhauptkommissar Meier den vermeintlichen Täter rasch dingfest. Doch ist Harald Gruber wirklich der gesuchte Mörder? Kommt nicht vielmehr der durchtriebene Schürzenjäger Vincent Kaja als Täter in Betracht? Vielleicht beschwört Gruber ja zurecht vehement seine Unschuld?

Um das herauszufinden, muss Anja auf eigene Faust ermitteln, denn von ihrem sturen Chef Meier ist keine weitere Hilfe zu erwarten. Ahnungslos begibt sie sich in höchste Gefahr und kommt so dem Komplott zweier Menschen auf die Spur, das an Unfassbarkeit nicht zu übertreffen ist.

André Schliebs

Mord im Blauen Land

Regionalkrimi

ISBN: 9798650533511

9,99 €

Für Emma, Oliver und Niklas

Prolog

Quietschvergnügt sang die dreijährige Annabelle ihre Version von „Schneeflöckchen, Weißröckchen, wann kommst du geschneit?“ und versuchte dabei, die weißen Kristalle einzufangen, die an jenem Tag so zahlreich vom Himmel schwebten. Freudestrahlend hüpfte sie ihnen entgegen und lachte, sobald die Flocken ihre Finger kitzelten.

Dass sie sich auf der dünnen Eisschicht des Staffelsees befand, war ihr offensichtlich nicht bewusst, denn die plötzlichen Geräusche unter ihren Füßen erschreckten sie zutiefst. Mit großen Augen verfolgte Annabelle, wie sich ein gewaltiges Labyrinth weißer Linien knisternd und knackend unter ihr ausbreitete, ein bizarres Netz aus feinen Rissen, das immer größere Kreise zog. Sofort hielt sie inne und starrte auf das ächzende Eis, das jeden Moment aufzubrechen drohte.

Dann begann sie bitterlich zu weinen.

„Auf den Bauch, Annabelle! Leg dich auf den Bauch!“, befahl ein Mann eindringlich vom Ufer. Doch Annabelle schüttelte nur heftig den Kopf.

Immer tiefere Risse fraßen sich ins Eis. Dabei knackte es so bedrohlich, dass Annabelle wohl ahnte, dass die kleinste Bewegung es endgültig bersten lassen würde.

Schließlich brach das Eis.

Annabelle versank schnell, ebenso schnell verstummte ihr Weinen. Nur ihre hellblaue Wollmütze hielt sich an der Oberfläche des Wassers, als wollte sie die Unglücksstelle markieren.

Der Mann am Ufer sprang ohne zu zögern. Sofort versank auch er bis zur Hüfte im Wasser. Kraftvoll zerschlug er mit den Händen die Eisdecke und so gelang es ihm, sich innerhalb weniger Sekunden bis zur hellblauen Mütze vorzuarbeiten, in der Annabelles Köpfchen noch immer steckte. Wie durch ein Wunder war es ihr gelungen, sich am Rand des Eises festzuklammern und ihren Kopf über Wasser zu halten. Schnell griff der Mann zu und hob das Kind heraus.

Annabelle zitterte am ganzen Körper. Rasch trug der Mann das Mädchen die wenigen Meter zum Ufer, zog seinen Parka aus, der nur am unteren Ende durchnässt war, und schlug es darin ein. Dann packte er das Bündel und stapfte eilig fort.

„Warten Sie!"

Als der Mann sich suchend nach der Stimme umdrehte, erreichte ihn Annabelles Vater, der in panischer Angst auf ihn zugestürmt war. Ein Lächeln huschte Annabelle über die Lippen, als ihr Vater sie an sich riss. Ihre Augen blinzelten dem Sonnenlicht entgegen.

„Danke, tausendmal danke! Dafür schulde ich Ihnen mehr, als man mit Geld bezahlen kann! Was auch immer es ist, ich werde Ihnen jeden Gefallen erweisen!"

1

Als ihn der Anruf erreichte, stand Georg Brandstetter in drei Metern Höhe auf einer Leiter, um ein Plakat auf eine Werbetafel zu kleben. Der Lärm des Münchener Berufsverkehrs machte es fast unmöglich zu telefonieren. Dennoch nahm Georg das Gespräch an, als er den Anrufer auf dem Display erkannte. Sein Onkel war zu dieser Zeit der wichtigste Verbündete in seinem Leben, ohne ihn hätte er niemals so leicht Fuß fassen können in dieser fremden Stadt, ohne Schulabschluss, ohne Ausbildung und ohne die Unterstützung seiner Eltern.

„Onkel Arthur?" Fest presste Georg sein Handy ans Ohr.

„Ja, ich bin es. Komm bitte zu mir, gleich! Die Sache duldet keinen Aufschub!"

„Jetzt sofort?" Georg verstand nicht recht. „Was ist denn los?"

„Beeil dich, Junge! Komm schnell!"

Hastig ergriff Georg den Eimer mit Kleister und stieg die Sprossen hinab.

Was mochte nur sein?

Besorgt verstaute er seine Utensilien auf der Ladefläche, startete den Firmenwagen und machte sich auf den Weg in den nordwestlich des Zentrums gelegenen Stadtbezirk Neuhausen - Nymphenburg. Die dort befindliche Villenkolonie Gern, in der sein Onkel wohnte, galt als eines der prächtigsten Gebäudeensembles Münchens. Doch für die Schönheit der Architektur hatte Georg jetzt kein Auge. Die ansonsten so feste Stimme seines Onkels hatte seltsam gedämpft geklungen. Und das lag sicher nicht an den lärmenden Motoren der Autos und Lastkraftwagen rund um die Werbetafel. Etwas stimmte nicht mit dem alten Mann.

Die gewaltige Blechlawine, in der Georg steckte, ließ kein schnelleres Vorankommen zu. Nur in Schüben rollte der Verkehr, abhängig von der Länge der Ampelphasen. Georg wählte über die Freisprechanlage die Nummer seines Onkels, aber es meldete sich nur der Anrufbeantworter. Als er in die Nymphenburger Straße einbiegen wollte, sah er sich einer unüberwindbaren Flut von Fahrzeugen gegenüber. Die Fahrstreifen waren in beide Richtungen hoffnungslos verstopft. Er lenkte seinen Kastenwagen auf den Gehsteig und parkte ihn vor einer Werbetafel. Dann schaltete er die Warnblinkanlage ein und rannte los. Nicht einen Stopp gönnte er sich, während er die fehlenden drei Kilometer bis zum Haus seines Onkels zurücklegte.

Die Hausdame, eine dicke Frau mit Schürze, öffnete ihm die Tür. Ihre verweinten Augen verhießen nichts Gutes und Georg drängte an ihr vorbei.

„Im Schlafzimmer“, hörte er noch, aber das wäre nicht nötig gewesen, denn Georg ahnte bereits, wo er seinen Onkel finden würde. Von Kissen gestützt lag Onkel Arthur in seinem Bett, die Steppdecke in Bauchhöhe drapiert. Die geschlossenen Lider versteckten sich unter buschigen Brauen.

Georg trat näher.

„Sie kommen zu spät, Herr Brandstetter. Ihr Onkel ist tot.“ Der Frau rann eine Träne über die Wange.

Schlagartig wurden Georgs Befürchtungen zur Gewissheit. Der Mann, dem er seine Wohnung, seinen Job und ein kleines Startkapital zu verdanken hatte, lebte nicht mehr. Tieftraurig setzte er sich neben seinen Onkel auf die Bettkante.

Jetzt fiel ihm das kleine Buch ins Auge, das Onkel Arthur mit seinen Händen umklammerte. Vorsichtig zog er den schmalen Band mit der Aufschrift „Das Geheimnis" heraus.

Seltsam, dachte Georg. *Warum hat er sich in seinen letzten Minuten mit diesem Buch beschäftigt?*

„Sie sollen es mitnehmen, Herr Brandstetter! Und noch heute lesen. Das war sein letzter Wunsch."

„Mach ich", versprach Georg und ließ die Seiten unter dem Daumen entlanggleiten. Der Text war winzig klein und in altdeutscher Schrift gedruckt.

„Seit Ewigkeiten befindet sich das Buch im Besitz Ihrer Familie", verkündete die Frau mit wichtiger Miene, während sie mit der abgestreiften Schürze ihre Wange trocknete. „Besonders die handschriftlichen Einträge der ehemaligen Besitzer sind goldwert, das hat mir Ihr Onkel anvertraut."

Georgs Blick fiel auf das Erscheinungsdatum: 1799. Beim nochmaligen Durchblättern entdeckte er tatsächlich einen akkuraten, mit Feder und Tusche verfassten Eintrag. Ganz am Rand der vergilbten Seite stand der Anfang eines Satzes geschrieben, der ihn sogleich fesselte:

„Wie man sich jeden Wunsch erfüllt:"

Das muss ich unbedingt lesen, dachte Georg, klappte das Buch zu und ließ es in seiner Jackentasche verschwinden.

Noch am gleichen Abend brütete er über den dünnen Seiten. Von den Einträgen seiner Vorfahren in den Bann gezogen, studierte er sie wieder und wieder. Wie besessen entwarf er Skizzen, machte Notizen, schrieb Listen. Die ganze Nacht schmiedete er Pläne, steckte sich Ziele, träumte seine Zukunft. Am darauffolgenden Morgen fühlte er sich wie neugeboren. Georg spürte, dass ihm ein Wandel bevorstand, der Beginn eines erfüllten Lebens.

Die Arbeit als Plakatkleber gab er auf. Er brauchte Zeit. Zeit zum Nachdenken. Zeit, um sein Leben in die richtige Richtung zu lenken. Ein Artikel der Süddeutschen Zeitung lieferte schließlich den entscheidenden Impuls. Georg gehörte nicht zu den regelmäßigen Zeitungslesern, aber an diesem Tag hatte er, wie von höherer Hand gelenkt, beim Tanken eine Tageszeitung vom Stapel genommen.

Der Artikel handelte von einem kreativen Schreibprojekt, das literarisch ambitionierten Menschen ermöglichen sollte, einen Roman von mindestens 50.000 Wörtern innerhalb eines Monats zu verfassen. Kurzentschlossen meldete sich Georg an. Noch nie zuvor hatte er so viel Zeit am PC verbracht und doch fühlte er sich fortwährend stark und energiegeladen während jener 30 Tage im November. Nicht einen einzigen Moment zweifelte er daran, dass er sein Ziel erreichen würde und so schrieb er tatsächlich seinen ersten Roman innerhalb eines Monats. Vom Veranstalter des Projekts erhielt er dafür lediglich eine Urkunde. Die Erkenntnis, seine Berufung gefunden zu haben, konnte aber wertvoller nicht sein.

Ein Verlagshaus wurde auf den Text aufmerksam und wenige Monate später führte Georgs erster Roman die Bestsellerliste an. Eine Erfolgsstory wie sie im Buche steht.

Zufrieden war Georg allerdings noch lange nicht. Hochmotiviert sprang er allmorgendlich aus dem Bett und rief mit geballten Fäusten:

„Zukunft, ich komme!“

2

20 Jahre später

„Das Paddel legt ihr quer über das Boot. So dient es euch als Stütze beim Einsteigen, okay?"

Vincent Kaja war in seinem Element. Bisher hatte er nur Tret- und Ruderboote in der Verleihstation am Staffelsee angeboten. Seit diesem Sommer vermietete er erstmals Kajaks und Kanadier an sportbegeisterte Einheimische und erlebnishungrige Touristen. Obwohl er diese Einweisung bereits dutzende Male durchgeführt hatte, spürten die Teilnehmer seine Begeisterung fürs Kajakfahren. Das steckte an. Interessiert und voller Vorfreude lauschten sie seinen Ausführungen. Sie beobachteten genau seine muskulösen Arme, die nun die richtige Handhabung des Paddels simulierten.

„Um die Richtung zu ändern, führt ihr einen kräftigen Rückwärtsschlag durch. Und zwar auf der Seite des Bootes, in die ihr fahren möchtet. Wollt ihr nach rechts – Rückwärtsschlag rechts. Wollt ihr nach links..." Kaja zögerte und schaute der hinreißenden Blondine in der ersten Reihe, sie hatte sich als Bella vorgestellt, in die Augen.

„Rückwärtsschlag links“, murmelte die Gruppe. Nur Bellas Lippen blieben geschlossen. Fasziniert hatte sie ihre Umgebung betrachtet, die aufgereihten Zweier- und Dreier-Kajaks, das Seeufer mit dem Holzsteg und das üppige Grün um sie herum. Natürlich hatte sie auch die sportliche Figur des Mannes bemerkt, der direkt vor ihr, wenige Meter vom Wasser entfernt, in einem Boot hockte und Trockenübungen vollführte. Er mochte um die dreißig sein und doch hatte er nicht ein einziges Haar auf dem Kopf.

„Sorry“, sagte Bella. „Ich habe wohl gerade nicht zugehört.“

Kaja lächelte. „Der Staffelsee ist herrlich warm um diese Jahreszeit, dennoch bitte ich euch, nicht ins Wasser zu springen. Vom See aus wieder ins Boot zu gelangen, ist für Ungeübte praktisch unmöglich. Baden könnt ihr hinterher, ok?“

Bella nickte dem Mann von der Bootsvermietung zu, der sie immer noch mit seinen Augen fixierte.

„Ich glaube, der findet dich süß“, flüsterte Trixi.

„Der soll sich erst einmal ein paar Haare wachsen lassen!“, zischte Bella genervt. „Macht voll einen auf Oberlehrer, sind wir hier in der Schule oder was!“

Das Thema Schule wollte Bella für die nächsten sechs Wochen komplett hinter sich lassen. Auf überengagierte Wissensvermittler hatte sie echt keinen Bock. Erst recht nicht während der Sommerferien. Ein bisschen chillen wollte sie, abhängen, die Beine und die Seele baumeln lassen. Mit ihrer besten Freundin einen entspannten Tag erleben. Und nun „unterrichtete“ sie dieser nervige Bootsverleiher! Das ging ja gar nicht!

Trixi rollte die Augen. Manchmal war ihre Freundin wirklich empfindlich. „Jetzt stell dich nicht so an! Der Typ ist doch voll cool."

„Eure Wertsachen, Handy, Schlüssel, Geldbeutel und so weiter legt ihr in diese Plastiktonnen, damit sie nicht nass werden." Kaja zeigte dabei auf einige der weißen Boxen mit Drehverschluss. „So, Leute, wenn ihr keine Fragen habt, dann kann es jetzt losgehen. Ein Boot nach dem anderen, bitte! Und schön langsam!"

Bella und Trixi schauten den anderen beim Einsteigen zu. Zuerst bestieg ein Trio korpulenter Frauen hysterisch kreischend einen bedrohlich wackelnden Dreierkajak, gefolgt von einem jungen Pärchen, das einen Zweier ins Wasser bugsierte. Dann waren zwei ältere Herren an der Reihe, deren dünne Beine in bunten Radlerhosen steckten und deren leuchtende Sporttrikots sich wölbten, als hätten sie ein Bierfass verschluckt. Das letzte Boot zerrten angestrengt die beiden Mädchen die Böschung herunter, als plötzlich Kaja ganz nah hinter Bella auftauchte und ihr zuraunte: „Deine Schwimmweste ist noch offen!" Ohne ihr die Möglichkeit zu geben zu reagieren, langte er mit seinen Armen um ihre Taille und drückte den Verschluss der orange leuchtenden Weste in Höhe ihres Bauchnabels zusammen. Empört fuhr Bella herum. „Finger weg, ich komm schon klar!"

„Meine Weste ist auch noch offen", lachte Trixi und reckte provozierend ihren Bauch nach vorn. Doch Kaja winkte ab. „Das schaffst du schon!"

Während die Freundinnen das schwankende Boot bestiegen, hielt es Kaja mit beiden Händen fest. „Viel Spaß!", sagte er dann. „Und behaltet die Zeit im Blick! In zwei Stunden brauch ich alle Kajaks wieder hier!"

Zu diesem Zeitpunkt ahnte niemand, dass er die Schülerinnen schon wesentlich früher wiedersehen würde. Mit einem kräftigen Schubs stieß er das Boot weg vom Steg und die Mädchen paddelten zunächst am Ufer entlang, bevor sie sich zur Seemitte orientierten.

„Aufdringlicher Schnösel“, empörte sich Bella, die hinten saß und das Paddel abwechselnd links und rechts durch das dunkle, moorhaltige Wasser zog.

„Ich finde ihn toll“, strahlte Trixi, lehnte sich entspannt in ihrem Plastiksitz zurück und ließ das sonnengeflutete Panorama auf sich wirken. Auch Bella machte es sich in ihrer Schale bequem, streifte die Schwimmweste ab, um den Sonnenstrahlen mehr Angriffsfläche zu bieten, und blickte zufrieden über das Wasser. Direkt vor ihnen lag die Insel Wörth, die größte der sieben Inseln des Staffelsees und die einzige, die permanent bewohnt war. Direkt daneben die im Vergleich winzige Jakobsinsel. Zwei Blesshühner zogen in einiger Entfernung vorüber, selbst ein Haubentaucher ließ sich blicken. In luftiger Höhe kreiste seelenruhig ein Milan, als wollte auch er die Stille und die Aussicht genießen.

Bella streckte eine Hand ins Wasser, als sie plötzlich tumultartige Stimmen vernahm. Die vor ihnen gestarteten Boote waren längst verschwunden.

„Siehst du jemanden?“, fragte Bella. „Hört sich an wie eine Horde wilder Kerle.“

„Nein, niemanden“, antwortete Trixi. „Der Krach kommt bestimmt von einer der Inseln.“

Angestrengt hielten die Mädchen Ausschau nach der Ursache des Lärms. Dann entdeckten sie ein Dreierkajak am Ufer der Jakobsinsel, besetzt mit fünf Halbstarken, deren Köpfe allesamt kahlrasiert waren.

„Auf sie mit Gebrüll!“, schrie einer der jungen Männer. Aufrecht stand er im Boot und reckte dabei ein Paddel in die Höhe, als wäre es ein verabredetes Angriffszeichen. Silberne Piercings durchbohrten seine Augenbrauen und Nase. Die Ohrläppchen hatten Löcher so groß wie 2-Euro-Münzen. Sein Oberkörper war übersät mit provokanten

Schriftzügen, kaum vorstellbar, dass es sich dabei um professionell gestochene Tattoos handelte.

Wie versteinert beobachteten Bella und Trixi das überladene Kajak, das gerade ablegte und mit erstaunlicher Geschwindigkeit auf sie zusteuerte.

„Nichts wie weg hier!", rief Bella ihrer Freundin zu, während sie hektisch das Paddel mehrmals auf der gleichen Seite durchs Wasser zog. Ein kurzer Blick zurück verriet ihr, dass der Dreier mit den bedrohlichen Typen schon viel näher gekommen war.

„Aber wohin denn?", schrie Trixi panisch.

„Zum Ufer!"

„Okay, los!"

Von Angst getrieben gelang es den Mädchen, das Kajak auf den gewünschten Kurs zu bringen und ordentlich Fahrt aufzunehmen. Doch so sehr sie sich auch abmühten, es war nicht zu verhindern, dass das Boot mit den Jungs immer näher kam und sich schließlich neben das ihre schob.

„Fertigmachen zum Kentern!", hörte Bella, gefolgt von lautem Gejohle und wilden Anfeuerungsrufen. Dann spürte sie, wie sie auf ihrem Sitz unkontrolliert ins Schwanken kam, bis das Boot auf die Seite schnellte und schließlich gänzlich umkippte. Die Jungs hatten gemeinsam das Kajak auf einer Seite unter die Wasserlinie gedrückt und mit schallendem Gelächter zugesehen, wie Bella und Trixi kopfüber ins Wasser stürzten.

„Ersauft doch, ihr Ratten!" war noch das Netteste, was sie den Mädchen zuriefen, während sie wendeten. Ohne sich noch ein einziges Mal nach ihnen umzudrehen, überließen sie die Mädchen ihrem Schicksal.

„Diese Schweine!", schluchzte Trixi, nachdem sie aufgetaucht war und sich neu orientiert hatte. Dann packte sie mit beiden Händen den Rumpf des Kajaks und versuchte es umzudrehen. „Hilf mal mit, nicht dass der Kahn uns noch absäuft!"

„Lass das Kajak! Wir müssen zurück! Schau mal, wie weit das ist!“ Bella packte die Plastikbox mit den Wertsachen. „Nur die hier nehmen wir mit!“

Nach einer gefühlten Ewigkeit fanden die Mädchen endlich Halt unter den Füßen. Mühevoll überwand Bella die Ufervegetation und kauerte sich erschöpft auf den Boden.

„Hier geh ich nicht durch!“, verkündete Trixi, die im Wasser stehengeblieben war und angewidert auf das Pflanzendickicht starrte. „Ich probiere es weiter drüben! Treffen wir uns dort?“

„Ich brauche erst einmal ein Handtuch“, entgegnete Bella und schraubte am Verschluss der weißen Box. Aus dem Augenwinkel sah sie Trixi am Ufer entlang Richtung Bootsverleih schwimmen. Zufrieden stellte Bella fest, dass ihre Wertsachen trocken geblieben waren und zog ein kleines Handtuch hervor, mit dem sie ihre nassen Haare abrubbelte, die an ihr herabhingen wie an Land gezogene Schlingpflanzen. Gerade als sie auch ihren Körper abtrocknete, zerriss ein nicht enden wollender Schrei die Stille. Bella warf das Handtuch beiseite und rannte zu der Stelle, wo sie ihre Freundin vermutete. Als sie dort ankam und mit beiden Armen das Gebüsch zur Seite drückte, sah sie sich Trixi gegenüber, deren Gesicht die gleiche Farbe angenommen hatte wie das der Person, die reglos vor ihr lag.

Mein Gott, eine Leiche, dachte Bella und zog ihre zitternde Freundin zurück zu der Tonne mit den Handys.

3

„Kommen Sie, Frau Klein, wir haben eine Leiche!“, rief Kriminalhauptkommissar Meier der jungen Frau zu, während er ein silbernes Etui mit Zigarillos sowie ein Zippo vom Schreibtisch nahm und in seine Jackett-Tasche gleiten ließ.

„Auch wenn Frauen bekanntlich immer etwas länger brauchen, die wollen Sie doch bestimmt nicht warten lassen“, tönte er lautstark, sodass jeder im Raum es hören konnte und ausnahmslos alle ihre Münder zu einem breiten Grinsen verzogen.

Anja Klein hatte heute ihren ersten Tag bei der Kriminalpolizei in Garmisch-Partenkirchen. Verlegen schaute sie in die Gesichter, die ihr teilweise aufmunternd, teilweise hämisch zunickten.

Was für ein ungehobelter Blödmann, dachte sie, antwortete aber lächelnd: „Ich komme.“

Sie spürte, wie die Blicke der Kollegen ihr folgten und jeden ihrer Schritte beobachten. Ihre Unsicherheit überspielend, bündelte sie ihr halblanges, blondes Haar zu einem Pferdeschwanz und folgte Meier nach draußen.

Sie hatte extra ein Paar Schuhe mit höheren Absätzen angezogen, um nicht gar so klein zu wirken. Schließlich maß sie nur 1,63 m und war während der Ausbildung schon mehrmals auf ihre „Größe“ angesprochen worden. Um für die Einstellungsprüfung überhaupt zugelassen zu werden, hatte sie bei den Angaben zu ihrer Körpergröße etwas geschummelt, denn in Bayern gilt für Polizistinnen eine Mindestgröße von 1,65 m. Als man den Schwindel bemerkte, hatte Anja die Prüfung bereits mit Bravour gemeistert, sodass man sie ausnahmsweise doch für die Laufbahn im gehobenen Dienst annahm. Das Vorliegen einer sehr guten körperlichen Gesamtkonstitution musste sie zwar in einem besonderen Verfahren noch beweisen, doch das war für die sportbegeisterte Anja eine leichte Aufgabe.

Vermutlich war Meier das unübliche Vorgehen der Entscheidungsträger bekannt und er witterte Vitamin B oder sogar liebreizendere Gründe, die es Anja Klein ungeachtet ihrer geringen Größe ermöglicht hatten, heute als frisch gebackene Kriminalkommissarin in seine Abteilung einzutreten. Hocherfreut schien er jedenfalls über ihren Einstand nicht zu sein. Als Anja zögernd ihren Blazer vom Kleiderbügel streifte, raunzte er sie an: „Nun kommen Sie schon, wir wollen noch vor den Maden ankommen!“

Schnellen Schrittes ging er zu seinem Dienstwagen, einem dunkelblauen Opel Vectra, der schon einige Jahre auf dem Buckel hatte. Anja Klein folgte ihm, ärgerte sich über Meier und noch mehr über sich selbst, dass sie nicht schlagfertig genug war, um ihm eine passende Antwort zu erteilen. *Aber das wäre auch nicht angebracht*, dachte sie. *Immerhin ist heute mein erster Arbeitstag und Meier mein Vorgesetzter.*

Noch ehe sich Anja anschnallen konnte, gab Meier Gas und brachte den Wagen mit quietschenden Reifen in Bewegung. Anja wurde zurück in den Sitz gedrückt und erst beim zweiten Versuch gelang es ihr, den Gurt einrasten zu lassen. Ihren aufkeimenden Zorn unterdrückend fragte sie leise: „Wohin fahren wir?"

Wolfgang Meier entzündete ein Zigarillo, ohne sich darum zu kümmern, ob ihr das unangenehm sein könnte - was es natürlich war, da sie als Nichtraucherin eine feine Nase für schlechte Gerüche hatte. Genüsslich blies er den Rauch in das Wageninnere und antwortete einsilbig: „Zur Schweinebucht. Das nahegelegene Waldstück gehört einem gewissen Georg Brandstetter."

Gemeint war offensichtlich die Uferpromenade am Staffelsee südlich des Murnauer Strandbades. Warum die Einheimischen diesen Strandabschnitt seit Jahrzehnten so nannten, dazu kursierten zwei verschiedene Versionen. Manche behaupteten, in den 70er Jahren hätten oft junge Leute dort gebadet, gefeiert und einen „Saustall" hinterlassen. Andere waren der Meinung, dass sich in dem Bereich früher der Abfluss einer Wirtschaft befand, wo Schweine Speisereste fraßen. Den Mitgliedern des Murnauer Verschönerungsvereins war der Name jedenfalls ein Dorn im Auge. Sie hatten viel Zeit und Geld investiert, um das Areal auf Vordermann zu bringen. So war vor Jahren diese kleine Uferpromenade entstanden mit einladenden Bänken und hübschen Laternen.

Anja liebte Murnau. Dank der Ferienwohnung ihres Vaters hatte sie unzählige Wochenenden und große Teile ihrer Schulferien hier verbracht. Und seit vier Wochen bewohnte sie sogar eine eigene Wohnung in diesem malerischen Ort.

„Dem Schriftsteller Georg Brandstetter?" Die Begeisterung in Anjas Stimme war unverkennbar.

„Sie kennen ihn?"

„Nicht persönlich, nur ein paar seiner Bücher. Kriminalromane, die ihn in ganz Deutschland bekannt gemacht haben."

Genaugenommen kannte Anja jeden einzelnen der zwölf Brandstetter-Krimis, die bisher erschienen waren. Der packende Schreibstil dieses Autors begeisterte sie seit Jahren, ebenso seine Fotos auf den Buchrücken. Aber das musste ihr neuer Chef nicht wissen, nicht, nachdem er sie so schroff angefahren hatte vor versammelter Mannschaft. Anja hatte sich wahnsinnig auf ihren ersten Arbeitstag gefreut und so sehr auf nette Kollegen gehofft. Jetzt war sie unsanft in der Realität angekommen.

„Brandstetter ist verheiratet und hat zwei Kinder. Früher war er Plakatkleber in München, heute wohnt er in einem Schloss. Er hat einen kometenhaften Aufstieg hingelegt."

„Alle Achtung, Kollegin", murmelte Meier. „Sie scheinen sich ja auszukennen."

Anja riskierte einen Seitenblick auf ihren Chef. Sein Bauch, kugelig wie ein überdimensionierter Fußball, reichte fast bis an das Lenkrad des Wagens. Das grau melierte Haar stand in alle Himmelsrichtungen. Ein borstiger, ungepflegter Schnauzbart lenkte die Aufmerksamkeit weg von den kleinen, grauen Augen und dem speckigen Doppelkinn. Ein widerlicher Geruch nach Schweiß, kaltem Rauch und vielleicht auch nach Alkohol ging von ihm aus. Und das, obwohl der Wagen eingehüllt war in Nebelschwaden von seinem Zigarillo.

Den Anflug eines Brechreizes unterdrückend, wandte sich Anja ab und schaute aus ihrem Seitenfenster. Sie spürte, wie sich ihr Unbehagen mit dem zunehmenden Lampenfieber vermischte, das unaufhaltsam anstieg, je näher sie dem Fundort der Leiche kamen. Sie hatte zwar schon einige Tatorte während ihrer Ausbildung gesehen und gelernt, wie man sich dort verhalten sollte und worauf zu achten war. Dennoch befürchtete sie, dass ihr das Gedächtnis in dieser Ausnahmesituation einen Streich spielen könnte. Das Lampenfieber war ein tückischer

Gegner für sie, den zu bezwingen ihre ganze Konzentration und Willensstärke erforderte. Schon einige Male hatte Anja während mündlicher Prüfungen den Kampf verloren und war so um den verdienten Lohn ihres unbeugsamen Lerneifers gebracht worden. Zum Glück war dies nicht allzu häufig vorgekommen, denn sonst wäre es ihr sicher unmöglich gewesen, die Hochschule für den öffentlichen Dienst in Sulzbach-Rosenberg als Beste des Jahrgangs abzuschließen.

Plötzlich erfüllte Meiers sonore Stimme das Wageninnere:

„Auf in den Kampf, Frau Klein. Wir sind da!“

4

Schon beim Aussteigen gruben sich Anjas Absätze tief in den feuchten Waldboden. Sie hatte gar nicht bemerkt, dass der blaue Vectra den Seewaldweg entlanggefahren und an einem Waldrand zwischen mehreren Streifen- und einem Krankenwagen zum Stehen gekommen war, so sehr war sie mit sich selbst beschäftigt gewesen. Irritiert blickte sie sich um, bis sie einen uniformierten Polizisten sah, der mit seinem Arm auf das Seeufer zeigte. „Da entlang!"

„Danke", brummte Meier und stapfte eilig in die angewiesene Richtung. Anja folgte ihm und registrierte im Augenwinkel die Blicke des Polizisten auf ihre Absätze. Offensichtlich amüsierte er sich köstlich. Anja verfluchte sich selbst für ihre Dämlichkeit, hochhackige Schuhe anzuziehen, nur um ein paar Zentimeter größer zu wirken. *„Wann akzeptierst du dich endlich so, wie du bist"*, murmelte sie unhörbar und bemühte sich, den schnellen Schritten Meiers zu folgen.

Durch das Ufergestrüpp hindurch konnte sie den See erkennen, dessen Oberfläche friedlich in der Sonne glitzerte. Das sanfte Vogelgezwitscher verlieh der Szenerie etwas Idyllisches, wäre da nicht das rot-weiße Absperrband gewesen, hinter dem ein halbes Dutzend Leute in

Schutzanzügen alles einsammelte und in Plastiktüten verpackte, was nicht in diese Umgebung gehörte. Ein Uniformierter kam auf sie zu und stellte sich als Polizeiobermeister Lange vor.

„Kriminalhauptkommissar Meier mit Kriminalkommissarin Klein“, verkündete Meier. „Wenn Sie uns über den derzeitigen Stand der Dinge aufklären wollen…“ Meier beendete den Satz nicht. Lange, etwas irritiert von der knappen Ansprache, fasste sich sogleich und begann mit seinen Ausführungen:

„Bei der Toten handelt sich um Helene Gruber, 43 Jahre alt, wohnhaft hier in Murnau, Weilheimer Straße. Ihr Mann, Harald Gruber, betreibt dort eine Autowerkstatt.“

„Woher wollen Sie das denn so genau wissen?“, fragte Meier.

„Ich kenne sie“, antwortete Lange. „Außerdem hatte sie ihren Ausweis bei sich.“

Er deutete auf Bella und Trixi, die in Decken gehüllt von einem Sanitäter versorgt wurden. „Von den beiden Mädchen dort drüben wurde sie gefunden. Sieht ganz danach aus, als wäre Helene erstochen worden“, fuhr Lange fort. „Die Pathologin kann Ihnen bestimmt mehr sagen. Bitte kommen Sie!“

Meier und Anja folgten dem Polizeiobermeister bis zu einer Stelle am Ufer, die mit einem weißen Tuch abgedeckt war.

„Nehmen Sie das mal weg!“, befahl Meier und Lange tat wie ihm geheißen. Anja, die sich bisher im Hintergrund gehalten hatte, trat vor und vermied es gerade noch, beim Anblick der Toten entsetzt aufzuschreien. Eine Hand vor den Mund haltend, starrte sie nach unten auf den reglosen Körper der Frau, die mit Jeans und weißer Strickjacke bekleidet im hüfthohen Gras lag. Ihr Gesicht war eingefallen und so blass, als wäre alles Blut aus ihr herausgesaugt worden. Ihr Kopf war unnatürlich weit nach hinten gestreckt und die klaffende, blutverkrustete Wunde an ihrem Hals ließ erahnen, mit welcher Brutalität der Täter zu Werke gegangen sein musste. Schockiert wandte sich Anja ab und beobachtete stattdessen Meier, dem dieser Anblick weniger zuzusetzen schien. Offensichtlich waren nach 25 Jahren bei der Mordkommission derartige Anblicke für ihn Routine geworden. Anja war heilfroh darüber, dass er die Initiative übernahm und sie sich stillschweigend an seine Fersen heften konnte, als er zu den Mädchen hinüberging.

„Ihr zwei Hübschen habt also die tote Frau gefunden." Meier klang desinteressiert und vollkommen emotionslos.

Bella und Trixi nickten eifrig, als plötzlich ein wildes Keuchen aus dem Dunkel des Waldes drang. Selbst dem bis dahin so souveränen Meier war seine Verwirrung anzumerken. Unbemerkt von allen Anwesenden knöpfte er sein Pistolenholster auf und legte die rechte Hand auf die Walther P99.

5

Zuletzt war Georg Brandstetter vor drei Wochen mit seinem besten Freund Harald Gruber joggen gewesen. Er spürte die lange Pause sofort, denn sein Atem ging schon nach wenigen Schritten so schnell, dass er den Mund zum Luftholen öffnen musste, was er sonst so lange wie möglich zu vermeiden versuchte. Seine Laufschuhe versanken ab und an im matschigen Waldboden, doch das war Brandstetter egal und hielt ihn nicht davon ab, konstant zu beschleunigen. Elegant übersprang er das Bächlein, wo sie sich letztes Mal auf den Stumpf einer gefällten Eiche gesetzt und ihre erhitzten Gesichter und Arme mit dem glasklaren Wasser gekühlt hatten.

Genau hier hatte Harald von Problemen berichtet, die bisher nie zwischen den beiden Freunden zur Sprache gekommen waren. In Brandstetters Augen war Harald ein ausgeglichener, zufriedener, allseits beliebter Mann im besten Alter, der Beruf und Berufung in Einklang gebracht hatte und ein erfülltes Leben genoss. Tatsächlich aber war sein Freund keineswegs frei von Sorgen. Die Auto- und Motorradwerkstatt, die Harald mit viel Herzblut und großem Zeitaufwand betrieb, mochte freilich der Lebensinhalt, die größte Freude, der Sinn seines Lebens sein, doch er hatte sich in eine derart bedrohliche finanzielle Schieflage manövriert, dass eine Insolvenz wohl kaum noch zu verhindern war. Dabei war die Auftragslage stets gut gewesen. Jeder im Ort kannte den Werkl-Harald, wie er liebevoll von den Einwohnern genannt wurde, und brachte sein Auto, sein Motorrad, seine Landmaschine zu ihm. Man wusste zu schätzen, dass Harald gute, schnelle und günstige Arbeit lieferte. Offensichtlich viel zu günstige.

„Such dir endlich einen vernünftigen Job!“, hatte seine Frau bereits seit Längerem verlangt. „Einen Job, der nicht deine komplette Zeit erfordert und uns gleichzeitig in den Ruin treibt! Die Werkstatt oder ich, das kannst du dir aussuchen!“ Derartige Sätze hatte Harald schon oft von seiner Frau gehört, aber nie richtig ernst genommen. Doch dieses Mal schien sie ihre Drohungen in die Tat umsetzen zu wollen. Die Katastrophe schlechthin für Harald, denn ohne das regelmäßige Einkommen seiner Frau wäre der Lebensunterhalt der Familie nicht gesichert und er wohl gezwungen, die Werkstatt zu schließen.

Brandstetter hatte echte Verzweiflung im Gesicht seines Freundes gesehen und sogleich Hilfe in Form eines zinslosen Darlehens angeboten. Doch Harald hatte rigoros abgelehnt. „Ich finde schon eine Lösung“, hatte er gesagt und dabei so entschlossen gewirkt, dass Brandstetter nicht weiter insistierte. Georg Brandstetter nahm sich vor, seinen Freund direkt nach dem Laufen anzurufen, um sich nach dem aktuellen Stand der Dinge zu erkundigen.

Er bog in den Weg für die mittelgroße Runde ein und beschleunigte erneut. Das Grün des Waldes flog förmlich an ihm vorüber. Ein langer Sprint gehörte immer zu seinem Laufprogramm. Schon bald ging die regelmäßige Atmung in ein wildes Keuchen über. Der stechende Schmerz in der Lunge mahnte zum Anhalten, doch Brandstetter ignorierte ihn. Er lief so lange, bis er trotz eisernem Willen keinen einzigen Schritt mehr erzwingen konnte. Schweißgebadet und mit hochrotem Kopf blieb er stehen und schnappte nach Luft. Nach vorn gebeugt, die Hände auf die Knie gestützt, rang er nach Sauerstoff. Seine Atemgeräusche übertönten alles andere in der näheren Umgebung. Und doch war ihm, als hätte er etwas wahrgenommen. Geräusche, die nicht in den Wald gehörten. Georg Brandstetter war sich sicher: *Du bist nicht allein!*

Mit letzter Anstrengung richtete er sich etwas auf und fand seine Vorahnung bestätigt. Nur wenige Meter von ihm entfernt stand ein Fremder, der eine Pistole auf ihn gerichtet hielt.

6

„Was zum Teufel tun Sie hier!", schrie Kriminalhauptkommissar Meier dem Mann entgegen, der einige Schritte entfernt nach Atem rang.

Immer noch vornüber gebeugt hielt Georg Brandstetter abwehrend eine Hand in die Höhe. Zwischen jedem seiner Worte mehrmals heftig ein- und ausatmend stieß er hervor: „Ich… treibe… Sport… auf… meinem… Grundstück… und Sie?"

Meier reagierte nicht darauf, sondern verpackte seelenruhig seine Waffe im Holster. Dann zog er seinen Dienstausweis. „Meier, Kripo Garmisch. Ich stelle hier die Fragen, verstanden?"

Für mehr als ein zustimmendes Nicken fehlte Georg Brandstetter der Sauerstoff.

„Wie ist Ihr Name?"

Brandstetter war sichtlich bemüht zu antworten, doch seine Lungenflügel brannten wie Feuer.

„Das ist Georg Brandstetter." Anja Klein war aus Meiers Schatten getreten und raunte ihm die Worte leise wie eine Souffleuse zu. „Der Schriftsteller Georg Brandstetter."

Ärgerlich fuhr Meier herum. „Ich möchte es von ihm selbst hören, wenn Sie gestatten!"

Über Brandstetters Gesicht huschte ein gequältes Lächeln. Mit mehreren Pausen brachte er endlich heraus: „Sie hat recht… Herr Kommissar… ich… bin es… höchstpersönlich.“ Dann streckte er Anja seine Hand entgegen. Zögerlich schlug Anja ein und hauchte ihren Namen.

„Was soll das hier werden, eine Autogrammstunde?“, schnauzte Meier in die Runde. Anja zog ihre Hand zurück und wischte sie verlegen an ihrer Hose ab.

Im gleichen schnoddrigen Tonfall stellte Meier sofort die nächste Frage: „Herr Brandstetter, kannten Sie Helene Gruber?“

„Was soll das heißen, ob ich sie kannte?“ Obwohl Brandstetters Gesicht noch immer hochrot von der Anstrengung war, schien es jetzt eine noch dunklere Färbung anzunehmen.

„Ja oder nein, Herr Brandstetter! So schwer ist die Frage doch nicht, oder?“

„Ja doch! Ja! Ich kenne Helene. Sie ist die Frau meines besten Freundes Harald. Warum wollen Sie das wissen?“

„Falls Sie es noch immer nicht verstanden haben, Herr Brandstetter, ich stelle hier die Fragen. Und nun kommen Sie bitte mit! Sie können helfen, ihre Leiche zu identifizieren.“

Fassungslos starrte Brandstetter erst Meier und dann Anja Klein an. Die junge Frau schien nicht minder entsetzt über das, was Meier gerade gesagt hatte. Verwirrt folgte Georg Brandstetter dem Kommissar.

„Mein Gott, sie ist es wirklich“, stieß er hervor und im selben Moment dachte er an seinen Freund Harald und das Gespräch, welches er zuletzt mit ihm geführt hatte.

„Haben Sie einen Verdacht, wer das getan haben könnte?“

Meier, der Brandstetters veränderten Gesichtsausdruck wahrgenommen hatte, schleuderte ihm die Frage entgegen.

Brandstetter schluckte. Natürlich hatte er einen Verdacht. Doch den würde er dem Kommissar gegenüber unter keinen Umständen äußern. Schließlich war Harald Gruber sein bester Freund.

„Nein, wie sollte ich", antwortete er knapp.

„Haben Sie eine Idee, was Frau Gruber auf Ihrem Grundstück gesucht haben könnte?" Brandstetter schüttelte den Kopf. Spekulationen würde er jetzt sicher keine anstellen. Erst recht nicht in Gegenwart dieses unangenehmen Typen.

„Wie würden Sie Ihr Verhältnis zu Frau Gruber beschreiben?"

Brandstetters Schultern strafften sich. Seine Atmung hatte sich zwar beruhigt, doch für ein Verhör an diesem Ort und unter diesen Umständen war er nicht bereit.

„Ich beantworte gern und ausführlich all Ihre Fragen zu einem späteren Zeitpunkt, Herr Meier, aber jetzt möchte ich zunächst duschen und etwas zu Kräften kommen. Warum besuchen Sie mich nicht, sagen wir in einer Stunde, in meinem Haus? Es ist nur einhundert Meter den Weg entlang, Sie können es nicht verfehlen."

Leider gab es keinen plausiblen Grund für Meier, Brandstetter diesen Wunsch abzuschlagen. Als Täter kam er sicher nicht in Frage. „Meinetwegen", knurrte er, „aber in einer halben Stunde haben Sie sich zur Verfügung zu stellen!"

Mit einem genervten Kopfschütteln verschwand Georg Brandstetter im Wald so schnell wie er gekommen war.

7

Nur zu gern wäre Vincent Kaja vor der Holzhütte des Bootsverleihs auf der Bierbank sitzen geblieben, hätte weiterhin die warmen Sonnenstrahlen auf seinen blanken Schädel scheinen lassen und dabei in diversen Chatrooms mit süßen, blutjungen Mädels geflirtet. Der Anruf von Polizeiobermeister Lange zwang ihn jedoch dazu, den Laptop zuzuklappen. Wütend fuhr er mit seinem Pickup den Seewaldweg nach Westen.

Hin und wieder brachten Kunden ein Kajak zum Kentern. Jedes Mal ärgerte er sich maßlos darüber, weil die Leute bei seiner Einweisung einfach nicht richtig zuhörten. *Nicht gleichzeitig zur Seite lehnen, ist das denn so schwer zu verstehen*, dachte er. Vincent Kaja tippte auf die jungen Mädchen, die zuletzt ins Kajak gestiegen waren. Bestimmt waren diese beiden über Bord gegangen. Die Hübschere der zwei schien geistig vollkommen abwesend gewesen zu sein, während er die Handhabung der Boote erklärt hatte. Aber mussten sie denn gleich die Polizei rufen? Er hatte doch jedem die Karte mit seiner Telefonnummer für alle Fälle mitgegeben. *Wie dem auch sei. Jetzt ist sowieso nichts mehr zu ändern.*

„Kommen Sie zu der Stelle, wo der See an das Grundstück von Georg Brandstetter grenzt", hatte der

Polizist zu ihm gesagt. Der Pickup grub sich durch den Schotterweg, vorbei an dem Verkehrsschild, das die Durchfahrt für Kraftfahrzeuge und Motorräder verbot. Ab hier durften den Staffelseerundweg eigentlich nur Radfahrer und Fußgänger passieren. Im Rückspiegel bemerkte Kaja eine Gruppe Jugendlicher, die gerade ein rotes Kajak an Land hievte. Genau so eines war ihm letzte Woche gestohlen worden. Wie gern hätte er angehalten und wäre der Sache auf den Grund gegangen, doch dafür war jetzt keine Zeit.

„Machen Sie schnell", hatte der Polizist gedrängt. Und vor der Polizei hatte Vincent Kaja Respekt. Mit den Blauen wollte er Streit unbedingt vermeiden. Also trat er aufs Gaspedal und holperte der Stelle entgegen, die man ihm genannt hatte.

Schon von weitem wunderte er sich über die Armada an Fahrzeugen, die am Waldrand aufgereiht parkte. Sofort verspürte er einen unangenehmen Druck auf seinem Kehlkopf, als würde jemand eine unsichtbare Schlinge um seinen Hals legen.

Was ist denn hier los!

Kaja traute seinen Augen nicht. Ganz in der Nähe patrouillierten zwei Polizisten, ein rot-weißes Plastikband sowie einige Einsatzfahrzeuge der Polizei versperrten die Weiterfahrt. Der Krankenwagen neben ihm stand offen, drinnen glaubte er die beiden Mädchen zu erkennen, auf die er bereits getippt hatte. Besorgt sprang er aus dem Pickup. Die abwehrende Handbewegung des Sanitäters, der bis eben noch rauchend hinter seinem Fahrzeug gestanden hatte und nun auf ihn zukam, ignorierte er. Hastig wandte sich Kaja an Bella und Trixi, die in Decken gehüllt im Wageninneren hockten. Beide Mädchen wirkten geschockt und waren so blass, dass Kaja kaum wagte, seine Frage zu stellen, denn die Antwort darauf konnte in Anbetracht des gewaltigen Polizeiaufmarsches nichts Gutes bedeuten. Und so war es eher ein verunsichertes Flüstern, das er den beiden entgegenzischte:

„Was zum Teufel macht ihr hier?"

Kaja spürte, wie starke Hände ihn am Rücken packten und nach hinten zogen. Weg vom Auto, weg von den Freundinnen, weg von den Informationen, die das riesige Polizeiaufgebot erklären konnten. Beinahe flehend war sein Blick, den er Bella zuwarf, darauf hoffend, dass ihre Antwort eine einfache Erklärung beinhalten würde. Und tatsächlich erreichten ihre Worte seine Ohren, doch zur Beruhigung trugen sie nicht bei, ganz im Gegenteil.

„Fünf Kerle haben unser Boot umgestoßen und dann haben wir eine Leiche gefunden."

8

Vincent Kaja wehrte sich nicht länger gegen die Hände in seinem Rücken. Widerstandslos begab er sich in die Obhut der Polizisten.

„Polizeiobermeister Lange sucht mich", verkündete er rasch, als er sah, dass einer der Beamten seine Handschellen zückte. Nachdem er artig seinen Namen genannt und eine plausible Erklärung abgeliefert hatte auf die Frage, was er hier zu suchen hätte, begleitete man ihn am Absperrband vorbei bis zu jener Stelle, wo Kriminalhauptkommissar Meier auf Georg Brandstetter getroffen war. Meier, eben noch im Gespräch mit der Pathologin, kam auf ihn und seine Aufpasser zu. Im Schlepptau hatte er eine reizende junge Frau, deren Anblick Kaja kurzfristig die angespannte Situation vergessen und ihn regelrecht Haltung annehmen ließ.

„Wer sind Sie?", raunzte ihn Meier an.

„Ich bin der Besitzer des Bootsverleihs ein paar hundert Meter von hier. Vincent Kaja. Angenehm." Dabei nickte er ergeben mit seinem Glatzkopf.

„Meier und Klein, Kripo Garmisch", erwiderte Meier barsch.

„Ich hab schon gehört, was passiert ist. Schlimme Sache, wirklich. So etwas gab es noch nie in unserer Gegend. Haben Sie die Kerle schon?"

Beinahe freundlich fragte der überraschte Meier: „Welche Kerle meinen Sie, Herr Kaja?"

„Na die, die das Boot von Bella und Trixi umgekippt haben. Die Halbstarken, Sie wissen schon."

„Nun mal langsam, Herr Kaja, woher haben Sie diese Information?"

Der ist ja noch blöder als fett, dachte Kaja. „Das haben mir die Mädchen erzählt. Bella und Trixi. Die sitzen im Krankenwagen gleich dort vorn am Waldrand. Das müssen die Ihnen doch berichtet haben!"

Meier, der sich zunächst von der Pathologin über den Stand der Dinge hatte aufklären lassen, nachdem Georg Brandstetter im Wald verschwunden war, hatte noch keine Gelegenheit gehabt, weiter mit den Schülerinnen zu sprechen.

Warum zum Teufel hat denn der Lange nichts gesagt!

Wütend rief Meier nach dem Polizeiobermeister.

Amüsiert fuhr Kaja fort: „Mir sind übrigens gerade ein paar Hornochsen aufgefallen, die vermutlich eines meiner Kajaks geklaut haben. Vielleicht waren die das sogar!"

Meier drehte sich um und fuhr Anja Klein an: „Sie interviewen jetzt die Mädchen! Lassen Sie sich die Typen ganz genau beschreiben und dann geben Sie eine Großfahndung raus! Beeilung!"

Dann stieß Meier seinen Zeigefinger in Kajas Waschbrettbauch.

„Und Sie, Herr Kaja machen jetzt einen kleinen Ausflug auf Langes wunderschöne Dienststelle. Dort werden Sie Ihre Aussage zu Protokoll geben!"

„Ich muss aber vorher meine Frau anrufen, damit sie die anderen Teilnehmer der Tour empfängt und die Boote sichert."

„Arbeitet denn Ihre Frau auch bei dem Bootsverleih?“ fragte Meier.

„Ja, natürlich“, antwortete Kaja. „Genau genommen ist sie sogar die Besitzerin. Meine Wenigkeit ist nur der von ihr ernannte Geschäftsführer.“

„Mit anderen Worten sind Sie nur der Laufbursche Ihrer Frau“, stellte Meiers fest. In seiner Stimme ließ er geheucheltes Mitleid anklingen.

„Sie haben mich durchschaut“, räumte Kaja grinsend ein. Dabei kniff er ein Auge zusammen und zeigte nun seinerseits mit dem Zeigefinger auf Meier.

„Aber ein Laufbursche mit Zugriff auf ein dickes Bankkonto, wenn Sie verstehen, was ich meine.“

9

Das Schnurren des Opelmotors wirkte wie eine Beruhigungspille. Obwohl Anja Klein nicht wirklich viel zur Ermittlung beitragen konnte, stand sie die ganze Zeit unter Höchstspannung. Bella und Trixi hatten ihre fünf Peiniger detailliert beschrieben, tatsächlich alles andere als unauffällige Gestalten. So bestand guter Grund zur Hoffnung, dass man sie bald aufgreifen würde. Ob sie allerdings in den Mord verwickelt waren, stellte Anja doch in Frage. Was für ein Motiv sollten die fünf Halbstarken gehabt haben? Eine Mutprobe vielleicht? Aber wären sie dann nicht längst abgehauen, anstatt in Tatortnähe Teenagerinnen zu attackieren?

Anja lockerte ihre verspannten Schultern und lehnte sich im Beifahrersitz zurück. Meier hatte von ihrer Unsicherheit offenbar nichts mitgekriegt. Zumindest schien er ganz froh darüber zu sein, dass sie sich so zurückgehalten hatte.

Ihre Gedanken schweiften ab. Plötzlich dachte sie an Georg Brandstetter und daran, wie er ihre Hand geschüttelt hatte. Sie erinnerte sich an die Herzlichkeit in seinen Augen und die beiden Grübchen auf seinen Wangen. Und an das überaus charmante Lächeln, das er ihr geschenkt hatte, obwohl er vor Atemnot umzufallen drohte. Die Aussicht, ihn in Kürze in seiner Villa zu befragen, hatte sie mit einer gewissen Vorfreude erfüllt. Doch ihr Chef Meier hatte es sich anders überlegt und wollte zunächst den Ehemann der Ermordeten informieren. Das erschien folgerichtig, wenn es auch ein wenig schade war, wie Anja fand, denn zu sehen, wo dieser erfolgsverwöhnte Mann lebte und arbeitete, hätte sie schon sehr interessiert. *Aufgeschoben ist nicht aufgehoben*, dachte sie, als ein schrilles Klingeln sie aus ihren Träumereien riss.

„Kriminalhauptkommissar Meier."

Die Freisprecheinrichtung des Autotelefons knackte. Erschrocken hob Anja ihren Kopf.

„Hier spricht Polizeiobermeister Lange."

„Was gibt's?" schrie Meier, um die Nebengeräusche zu übertönen.

„Wie angeordnet habe ich die Aussage des Herrn Kaja protokolliert. Dabei bin ich auf eine höchst interessante Sache gestoßen."

„Nun reden Sie schon, Lange! Lassen Sie sich nicht jeden Wurm einzeln aus der Nase ziehen!"

„Es hat sich herausgestellt, dass Vincent Kaja die Ermordete kannte."

„Und das finden Sie interessant?", entgegnete Meier patzig. „Ist das alles?"

„Nein, natürlich nicht! Folgendes: Der Kaja hatte kürzlich was mit der minderjährigen Tochter der Toten. Als die Mutter davon Wind bekam, ist sie in der Bootsvermietung aufgetaucht und hat den Kaja zur Schnecke gemacht. Vor all seinen wartenden Kunden. Kaja hat wohl klein beigegeben und das Techtelmechtel mit der Tochter sofort beendet. Er muss mächtig Schiss gehabt haben, dass seine Frau davon erfährt. Auch mich hat er geradezu angefleht, ihr gegenüber nichts davon zu erwähnen. Ich hatte den Eindruck, dass er irgendwie abhängig ist von ihr."

„Wann war das?" fragte Meier, jetzt doch neugierig geworden. „Den Auftritt der Mutter meine ich."

„Vorgestern, am Samstagnachmittag!"

Meier zwirbelte seinen Schnauzbart. „Und am Sonntag wurde sie umgebracht." Gegen 10 Uhr, so hatte die Pathologin gemutmaßt.

„Halten Sie den Mann hin, wir kommen direkt zu Ihnen, sobald wir hier fertig sind!"

10

„Hier ist es!“

Auf der anderen Straßenseite funkelte ein Metallschild in der Sonne, auf dem die Buchstaben „Autowerkstatt Gruber“ eingestanzt waren. Mit dem Zeigefinger wies Anja ihrem Chef den Weg. Sofort setzte Meier den linken Blinker, stoppte den Wagen und wartete auf eine Lücke im Gegenverkehr. Ein Unterfangen, das mehr Zeit kosten konnte, als die Fahrt vom See hierher, denn die Weilheimer Straße war wie gewöhnlich um diese Uhrzeit vollgestopft mit Fahrzeugen. In dem Areal gegenüber der Werdenfelser Kaserne waren die unterschiedlichsten Gewerbe vertreten: Autohäuser verschiedener Marken, zwei Baumärkte, ein Fitnessstudio, ein Einrichtungshaus, ein Supermarkt, ein Schnellrestaurant. Mit seiner Autowerkstatt befand sich Harald Gruber hier in bester Gesellschaft.

Per Lichthupe signalisierte ein Minivan dem wartenden Meier, dass er abbiegen konnte. Meier schielte auf dessen Kennzeichen: GAP. Immer wieder fiel ihm auf, dass Ortsansässige sich besonders freundlich im Straßenverkehr zeigten. „Na endlich“, knurrte er und bedankte sich mit einem Handzeichen. Dann bog er ab, parkte den Wagen auf dem Werkstatthof und stieg aus.

„Wir halten es so wie bisher“, wandte sich Meier an Anja. „Ich rede und Sie sperren lediglich Ihre Lauscher auf und lernen, verstanden?“ Ohne eine Antwort abzuwarten, schob Meier sich und seinen Bauch aus dem Wagen. Anja wollte protestieren, doch Meier stapfte bereits schnurstracks in Richtung des länglichen Gebäudes vor ihnen.

Das Rolltor war hochgezogen und gab den Blick ins Innere der Werkstatt frei. Darin glänzte ein schwarzer BMW mit geöffneter Motorhaube. Über den Motorraum gebeugt, hantierte ein Mann in blauer Arbeitskleidung.

„Sind Sie Harald Gruber?“, rief Meier schon von weitem.

„In voller Größe und stets zu Diensten“, lachte Harald den Polizisten zu. „Womit kann ich behilflich sein?“

„Das werden Sie gleich erfahren, Herr Gruber“, erhob Meier drohend seine Stimme. „Kripo Garmisch. Kriminalhauptkommissar Meier und das hier ist Kriminalkommissar Klein.“

Kommissarin, dachte Anja wütend, noch immer perplex, dass Meier ihr mit derartiger Dreistigkeit den Mund verboten hatte.

Meier hielt Harald Gruber seinen Ausweis vor die Augen und zog ihn eine Sekunde später wieder weg. „Es geht um Ihre Frau Helene. Können Sie uns sagen, wo sie ist?“

Das Lächeln verschwand augenblicklich aus Harald Grubers Gesicht. „Nein“, antwortete er zögernd und senkte den Kopf.

Anja spürte, dass ihm die Frage nach seiner Frau höchst unangenehm war, und in ihr keimte der Verdacht, dass Harald Gruber etwas mit ihrem Tod zu tun haben könnte oder zumindest die Information, dass sie nicht mehr lebte, ihm nicht neu sein würde. Meier schien den gleichen Gedanken zu haben und platzte ohne jegliches Feingefühl heraus: „Das wundert mich nicht, Herr Gruber, schließlich haben Sie sie umgebracht!"

Harald Gruber starrte Meier mit geweiteten Augen fassungslos an. Blankes Entsetzen formte sein Gesicht zu einer maskenähnlichen Fratze. Er machte einen Schritt zurück und lehnte sich an den Kühlergrill des direkt hinter ihm stehenden BMW.

„Meine Frau ist tot?" Grubers Knie schlotterten. „Wollen Sie das damit sagen?" Kreidebleich stand er vor ihnen, mit der rechten Faust seinen linken Daumen umschließend, als wollte er sich daran festhalten. Dann hob er den Kopf und sah Meier mit den Augen eines Mannes an, der soeben von einem Hochhaus gestoßen wurde. Wenn das nur Schauspielerei war, dann bot der unscheinbare Mann eine sehr überzeugende Vorstellung.

Anja wollte Harald Gruber keiner weiteren Breitseite von Meier aussetzen und sprach nun, entgegen der Anweisung ihres Chefs, beruhigend auf den Mann ein. „Es tut uns unendlich leid, Herr Gruber. Aber wir müssen Ihnen die traurige Mitteilung machen, dass Ihre Frau Helene heute Morgen tot am Staffelsee aufgefunden wurde. Kommen Sie bitte und setzen Sie sich!" Sie zog einen Stuhl heran, der ganz in der Nähe stand. Wortlos ließ sich Gruber darauf sinken, kraftlos und am ganzen Leibe zitternd.

„Wann haben Sie sie zuletzt gesehen?"

Meier ließ Harald Gruber keine Zeit, sich wieder zu fassen und drängte ihn zu weiteren Antworten. „Wann, Herr Gruber, wann?"

„Gestern, beim Frühstück."

„Dann müssen Sie doch bemerkt haben, dass sie die Nacht nicht zu Hause verbracht hat!"

„Das stimmt! Helene und ich haben uns am gestrigen Morgen heftig gestritten. Sie hat gedroht, mich zu verlassen. Als sie den ganzen Tag und auch am Abend nicht nach Hause kam, dachte ich, dass sie ihre Drohung wahr gemacht hat."

„Wohin könnte sie gegangen sein?"

„Keine Ahnung! Das war mir in dem Moment auch egal. Sie hat viele Möglichkeiten, anderswo zu übernachten. Ihre Eltern wohnen hier in Murnau, und dann sind da noch jede Menge Freundinnen, die ich gar nicht alle kenne, die ihr bestimmt jederzeit ein Bett zur Verfügung stellen würden."

„Worüber haben Sie beide gestritten?"

Zum ersten Mal schien Harald Gruber einen Augenblick zu überlegen, jedenfalls antwortete er nicht sofort.

„Worüber, Herr Gruber. Sagen Sie es einfach!", drängte Meier.

„Alles Mögliche, wegen des Haushalts zum Beispiel, den sie allein führen muss, und wegen der Werkstatt, die immer weniger Geld einbringt. Es kam eins zum anderen. Bis wir uns beide nur noch anbrüllten. Dann ist sie wütend aus dem Haus gerannt."

„Was haben Sie dann gemacht?"

„In der Werkstatt gearbeitet."

„Am Sonntag?"

„Ja, wenn ich irgendwo meine Ruhe habe, dann hier."

„Und Sie haben wirklich keinerlei Nachforschungen angestellt, wohin Ihre Frau gegangen sein könnte, auch nicht, als sie bis zum späten Abend nicht wieder aufgetaucht ist?", hakte Meier nochmals nach.

„Nein. Ich war sogar froh darüber, ungestört werkeln zu können. Ich hatte ja keine Ahnung!"

„Sie scheinen viel Zeit in dieser Werkstatt zu verbringen, Herr Gruber."

„Ich gehe nur zum Essen und zum Schlafen ins Haus rüber. Die übrige Zeit bin ich hier. Die Werkstatt ist mein zuhause. Das weiß jeder, der mich kennt."

„Warum dann die finanziellen Sorgen?"

„Die Leute bringen mir ihre Autos, weil sie halt wissen, dass ich sie noch mit Liebe repariere und weil ich nicht so viel Geld dafür verlange wie die großen Markenwerkstätten. Oft deckt es gerade mal so meine Materialkosten. Ich bin da viel zu gutmütig, sagt meine Frau. An den Mopeds der Kids gibt es beispielsweise immer was zu schrauben. Denen kann ich doch keine Rechnung für meine Arbeitszeit schicken!"

„Hat ihre Frau auch gearbeitet?"

„Ja, beim Finanzamt in Garmisch. Mit ihrem Gehalt halten wir uns einigermaßen über Wasser."

„Kam es öfter vor, dass Sie sich mit Ihrer Frau gestritten haben?"

„Zu oft, leider. Es ging immer um dasselbe Thema: die Werkstatt."

„Aber Ihnen war schon klar, dass Sie Haus und Werkstatt verlieren könnten, wenn Ihre Frau Sie eines Tages tatsächlich verlassen sollte?"

„Natürlich war das immer meine größte Angst, was meinen Sie denn! Wenn ich die Werkstatt nicht mehr hätte, dann könnte ich mich gleich aufhängen, ich hab doch sonst nichts im Leben."

Meier stutzte.

„Was meinen Sie mit *war*? Nun, da ihre Frau tot ist und damit auch ihr Gehalt ausfällt, hat sich Ihre finanzielle Lage doch erheblich verschlechtert, oder?"

„Ich weiß schon, dass das jetzt blöd klingt, aber für den Todesfall haben Helene und ich uns gegenseitig recht gut abgesichert."

„Das ist ja interessant! Über welche Summe sprechen wir denn, Herr Gruber?"

Nur zögernd kam die Antwort. Und sehr leise. Gruber flüsterte fast.

„Eine Million Euro."

Für einen Moment weiteten sich Meiers kleine, graue Augen zur Größe von Tischtennisbällen.

„Wenn ich Sie richtig verstehe, Herr Gruber, ist damit Ihre größte Angst zunächst einmal gebannt, richtig? Und der Schmerz über den Verlust Ihrer Frau scheint sich auch in Grenzen zu halten, oder liege ich da etwa verkehrt?"

Diese Verdächtigung weckte offensichtlich Grubers Widerspruchsgeist. „Jetzt mal langsam! Ich bin mit meiner Frau seit 17 Jahren verheiratet, Herr Kommissar. Und wir haben eine ebenso alte Tochter. Wir haben schwierige Zeiten miteinander durchgestanden. Niemand steckt einen solchen Verlust so leicht weg. Ich würde viel dafür geben, wenn wir uns beim letzten Mal nicht nur Grobheiten an den Kopf geworfen hätten!" Harald Gruber beugte sich vor und vergrub leise schluchzend das Gesicht in seinen Händen.

„Nun lassen Sie mal das Theater", fauchte Meier. „Ich bin noch nicht fertig, Ihre Krokodilstränen können Sie später vergießen!"

Anja schüttelte innerlich den Kopf. Noch nie hatte sie einen derart unsensiblen Menschen kennengelernt. Meier schienen andere Menschen und deren Gefühle völlig egal zu sein. Seine Gehässigkeiten waren nicht nur polizeitaktisches Kalkül. Er ging mit jedem so um, der ihm über den Weg lief. Sie fragte sich jetzt schon, ob sie mit diesem Mann auf Dauer würde zusammenarbeiten können. Dabei hatte sie noch nicht mal ihre erste Schicht mit ihm überstanden.

Als Harald Gruber sich aufrichtete, schoss Meier die nächste Frage ab. „Kennen Sie Vincent Kaja?"

Etwas verwundert über die plötzliche Wende des Gesprächs antwortete Harald Gruber: „Ja, der betreibt die Bootsvermietung unten am Staffelsee. Warum fragen Sie?"

„Wussten Sie, dass Vincent Kaja kürzlich ein Techtelmechtel mit Ihrer Tochter hatte?"

Gruber schien aufrichtig schockiert zu sein.

„Himmel, nein! Der ist doch viel zu alt für sie und noch dazu ein Weiberheld. Wer hat denn sowas von meiner Maria erzählt?“

„Heißt so Ihre Tochter?“

„Ja doch, ja!“

„Ist sie zu Hause?“

„Nein, sie ist mit einer Freundin unterwegs.“

Unvermittelt machte Meier Anstalten zu gehen.

„Bitte warten Sie, Herr Kommissar! Sie müssen mir doch sagen, wie meine Frau gestorben ist. Wo wurde Sie gefunden? Kann ich sie sehen?“

Meier kehrte Harald Gruber den Rücken und rief über die Schulter: „Wissen Sie das nicht längst, Herr Gruber? Halten Sie sich bereit! Ich komme wieder!“

Anja verstand die Welt nicht mehr. Meier hielt es offensichtlich nicht für nötig, Gruber über das Schicksal seiner Frau aufzuklären. Das war nicht nur unsensibel. Das war unmenschlich. Wenn er Gruber wirklich für den Täter hielt, warum ließ er ihn dann hier in seiner Werkstatt zurück? Musste er ihn nicht wenigstens zum Verhör mit aufs Präsidium nehmen? Offensichtlich war der Kommissar doch nicht so sehr davon überzeugt, dass Gruber für den Tod seiner Frau verantwortlich war. Umso schlimmer, erst den Mann so brutal des Mordes zu beschuldigen und ihn jetzt, in Unkenntnis über die Geschehnisse, einfach hier zurückzulassen.

„Ihre Frau ist heute Morgen auf dem Grundstück von Georg Brandstetter gefunden worden. Am Ufer des Staffelsees.“

„Danke, Frau Kommissarin“, sagte Gruber. „Wie ist sie gestorben? Ist sie ertrunken?“

„Sie ist erstochen worden.“

Harald Gruber versuchte hastig, eine Zigarette aus der Verpackung zu ziehen, was ihm jedoch nicht gelingen wollte. Die ölverschmierten Finger gehorchten ihm einfach nicht. Als er die Schachtel zurück auf einen Werkzeugwagen legen wollte, stieß er an den übervollen Aschenbecher, der daraufhin krachend zu Boden fiel.

„Es tut mir leid für Sie“, stammelte Anja und folgte mit eiligen Schritten ihrem Chef, der den Motor des blauen Opels bereits angelassen hatte und nun mehrmals auf die Hupe drückte.

11

Seit einer halben Stunde saß Georg Brandstetter in einem Sessel vor dem mannshohen Kamin der Villa und starrte vor sich hin. Nach der ausgiebigen Dusche hatte er seine erschöpften Glieder ausgestreckt, um etwas Ruhe zu finden. Doch Körper und Geist wollten nicht in Einklang kommen. Während Brandstetter äußerlich vollkommen ruhig wirkte, tobte ein Sturm diffuser Gedanken durch seinen Kopf. Das Bild der toten Helene tauchte auf und verschwand. Immer wieder. Verdrängt von Haralds entschlossenem Gesicht, als er vor drei Wochen im Wald auf den Baumstumpf gekauert zu ihm gesagt hatte: „Ich finde schon eine Lösung!"

Jetzt war Helene tot und Harald anscheinend gerettet. Die Risiko-Lebensversicherung würde ihm so viel Geld auszahlen, dass er die Werkstatt behalten und sein bisheriges Leben weiterführen konnte. Helene selbst hatte seinerzeit auf den Abschluss dieser Versicherung bestanden. „Keinesfalls sollte einer von uns auf dem Schuldenberg sitzenbleiben, falls dem anderen etwas zustößt", hatte sie damals argumentiert. War ihr dies nun zum Verhängnis geworden? Brandstetter konnte und wollte das einfach nicht glauben. Aber gesetzt den Fall, Harald wäre tatsächlich ein Mörder, wie würde er sich verhalten? Würde er seinen Freund decken?

Es klingelte. *Sicher der Kommissar*, dachte Brandstetter und erhob sich. Er würde loyal seinem Freund gegenüber sein und seinen Verdacht für sich behalten. Langsam brachte er die nicht unbeträchtliche Strecke zum Hauseingang hinter sich und öffnete die Tür. Doch weder der dicke Kommissar noch seine kleine Assistentin standen vor der Villa.

Brandstetters Blick fiel auf ein blutleeres Gesicht mit tiefen Augenhöhlen, das Gesicht seines besten Freundes. Um den Hals gehängt trug er eine Nikon D 500. Die Hände schützend vor die Kamera haltend flüsterte er: „Ich muss dir etwas zeigen!"

Harald sah elend aus. So elend, dass Brandstetter ihn ohne Zögern einließ. Zwar konnte jeden Moment die Polizei auftauchen, doch sein Freund war jetzt wichtiger. Es war unverkennbar, dass Harald über den Tod seiner Frau Bescheid wusste. Warum er die Kamera mitschleppte, war Brandstetter ein Rätsel, doch das würde sich bestimmt gleich aufklären.

Langsam schloss sich die übergroße Eingangstür der Villa hinter den beiden Männern und blieb im Verlauf des Vormittags verschlossen, auch als später eine Kriminalkommissarin und ein Kriminalhauptkommissar Sturm klingelten.

12

„Reden Sie mir nie wieder dazwischen, Frau Klein! Hinter meinen Verhörmethoden steckt Sinn. Auch wenn der sich nicht gleich für Sie erschließen mag, Kollegin. Nur mit lieb und nett kommen Sie nicht weit. Das werden Sie schon noch kapieren und am besten fangen Sie gleich damit an!"

Der blaue Opel war aus dem Werkstatthof zurück auf die B2 gerollt, an der nächsten Kreuzung rechts abgebogen und vor der Polizeiinspektion Murnau zum Stehen gekommen.

Anja Klein hatte sich gefragt, ob hinter der Art und Weise, wie sich Meier ihr gegenüber verhielt, auch ein Sinn steckte. Am liebsten hätte sie ihren Chef angeschrien, doch sie hatte geschwiegen und ihren Ärger heruntergeschluckt.

Nachdem sie die Dienstelle betreten hatten, wurde schnell klar, dass es Polizeiobermeister Lange nicht gelungen war, Vincent Kaja länger aufzuhalten, nachdem er dessen Aussage protokolliert hatte. Er müsse sich schnellstens um die Boote kümmern, hatte Kaja gedrängt und da nichts Konkretes gegen ihn vorlag, musste Lange ihn ziehen lassen.

„Den nehme ich mir morgen vor!", hatte Meier geknurrt und sich anschließend Langes Bericht angehört, der erste

Ergebnisse der Spurensicherung und eine grobe Einschätzung der Pathologin enthielt.

Demnach war Helene Gruber am Sonntag gegen 10 Uhr vormittags gestorben. Sie war also etwas mehr als 24 Stunden tot, als man sie fand. Die Tat war nicht an der Stelle verübt worden, an der man sie gefunden hatte, sondern etwa fünf Meter vom Wasser entfernt. Ein einziger Messerstich in die Brust hatte ausgereicht, sie zu töten. Anschließend hatte ihr Mörder den Leichnam in Richtung Ufer geschleift, um ihn im Dickicht der Pflanzen zu verstecken. Die tiefe Schnittwunde am Hals hatte er ihr erst dort beigebracht, vielleicht um sicherzugehen, dass sie wirklich tot war. Brauchbare Fußabdrücke konnten nicht gesichert werden, weder auf dem Weg noch an der Fundstelle. Die Fahndung nach den Jugendlichen lief auf Hochtouren, doch bisher gab es keine heiße Spur. Kaja war der Letzte, der die Gruppe gesehen hatte.

Nach einem missgelaunten „Sonst noch was?“ und Langes genervtem Kopfschütteln hatte Meier seiner neuen Kollegin mit einer Handbewegung zu verstehen gegeben, dass sie wieder ins Auto steigen sollte, war hinunter zum See gefahren und hatte direkt vor Brandstetters Villa geparkt. Als auch nach fünfminütigem Dauerklingeln die überdimensionierte Eingangstür verschlossen geblieben war, hatte er geschimpft und geflucht wie ein Rohrspatz. „Macht denn hier jeder, was er will!“, hatte er gebrüllt und den Opel zornig zurück zur B2 in Richtung Garmisch gelenkt. Erst das nächste Zigarillo hatte ihn beruhigen können und wieder hatte Anja nicht gewagt, wegen des entsetzlichen Gestankes zu protestieren.

Jetzt saßen sie schweigend im Wagen, Anja Klein wütend auf Meier und Meier wütend auf den Rest der Welt.

„Morgen teilen wir uns auf!“

Wie Peitschenhiebe zerrissen Meiers Worte die angespannte Stille. „Ich nehme mir noch einmal den

Gruber zur Brust. Meine Spürnase sagt mir, dass mit dem etwas nicht stimmt. Ich muss herausfinden, was das ist. Und Sie werden bei dem Schriftsteller aufschlagen! Vielleicht bequemt sich der Herr morgen, Ihnen seine Tür zu öffnen. Sollte er etwas zu erzählen haben, wird er es Ihnen gegenüber sicher tun, denn an Ihnen schien er ja einen Narren gefressen zu haben. Sicher wird er ganz aus dem Häuschen sein, Ihnen helfen zu können. Sehen Sie zu, dass Ihr angemaltes Gesichtchen wenigstens zu etwas nützlich ist! Fragen Sie ihn, ob er irgendetwas bemerkt oder gesehen hat! Immerhin lag die Leiche auf seinem Grundstück. Vielleicht haben seine Kinder, Besucher oder sonst jemand etwas Ungewöhnliches beobachtet. Wenn Sie dort fertig sind, kommen Sie zur Werkstatt gefahren und sammeln mich wieder ein!“

Anja nickte eifrig, obwohl die bloße Vorstellung, diesen berühmten Mann ganz allein befragen zu müssen, ihr Unbehagen bereitete. Einem so erfolgreichen Menschen gegenüberzutreten, auf sich gestellt und ohne Rückendeckung, war nicht gerade das, was bisher auf ihrer Tagesordnung gestanden hatte. Dennoch freute sie sich über das unerwartete Vertrauen, welches Meier offensichtlich in sie setzte, auch wenn er es wie immer hinter Beleidigungen verstecken musste.

Du wirst ihn nicht enttäuschen.

13

Anja Klein verzog das Gesicht. Anderen Leuten kribbelte es im Bauch, ihr juckte die Nase, wenn die Begegnung mit einem Menschen bevorstand, für den sie etwas mehr als nur oberflächliche Sympathie hegte. Seit ihrer Jugend hatte Georg Brandstetter sie mit seinen Büchern begleitet. Für jedes Detail seines Lebens hatte sie sich interessiert, jeden Zeitungsbericht, jedes Interview, jede Leserkritik studiert. Und gestern war sie ihm tatsächlich persönlich begegnet. Was für ein Zufall, sie konnte es selbst kaum glauben. Sein herzlicher Blick und der feste Handschlag hatten sie sehr berührt und die Zuneigung, welche sie für Georg Brandstetter empfand, weiter verstärkt. Entweder lag es daran, dass er in Wirklichkeit noch besser aussah als auf Fotos, oder vielleicht doch daran, dass er ein Mann war, der im Rampenlicht stand? Allseits bekannt, verehrt, bewundert?

Mit glühenden Wangen fuhr Anja Klein den Seewaldweg entlang bis zum Anwesen des Schriftstellers. Ihren Chef Meier hatte sie wie ausgemacht an der Werkstatt von Harald Gruber abgesetzt. In wenigen Minuten würde sie dem Mann gegenüberstehen, der ihr seit dem gestrigen Tag nicht mehr aus dem Kopf ging. Mehrere Seiten ihres Notizblockes hatte sie gefüllt mit Fragen, die sie ihm stellen wollte. Wenn in seinen Antworten auch nur die winzigsten Hinweise auf Helene Grubers Mörder versteckt waren, so musste sie sie finden. Unbedingt. Und sie durfte sich nicht anmerken lassen, wie sehr sie für ihn schwärmte. *Alles andere wäre unprofessionell!*

Brandstetters Villa war noch etwa 100 Meter entfernt, als sie durch die Bäume einen kurzen Blick auf das Bauwerk erhaschen konnte. Das von Wald umgebene Gebäude hatte bereits gestern auf Anja gewirkt wie ein verwunschenes Schlösschen aus Grimms Märchen. Aus ziegelroten Backsteinen erbaut, beherrschte es majestätisch die kleine Anhöhe, auf der es errichtet worden war. Kupferdächer glänzten im Schein der Sonne, die Dächer der älteren Gebäudeteile waren von grünlicher Patina überzogen und verstärkten den Eindruck eines sagenumwobenen, geheimnisvollen Ortes. Über dem verwinkelten Anwesen bohrte ein schmaler Turm seine vergoldete Spitze in den Himmel. Anja nahm die gekieste Auffahrt und parkte vor einer steinernen Treppe. Als sie die Stufen zum Eingang hinaufging, klopfte ihr das Herz bis zum Hals. Sie fühlte sich wie ein Teenager, dem ein Auftritt bei der Schulaufführung bevorstand. Zögernd streckte sie die Hand aus und drückte den stählernen Klingelknopf, der in ein kunstvolles Schmiedeeisengeflecht eingebettet war. Ein nachhallender Gong ertönte. Es verging fast eine Minute, ehe die schwere Eisentür langsam aufschwang. Aus dem Dunkel löste sich eine hochgewachsene Gestalt in dunkler Anzugshose und weißem Hemd, die Ärmel leger zurückgeschlagen. Wie in Zeitlupe hob er seinen Kopf, als wäre er absolut uninteressiert daran, wer da am frühen Morgen vor seiner Tür stand. Doch als er sie erblickte, kam plötzlich Leben in sein Gesicht.

„Guten Morgen, Frau Klein! Schön, Sie wiederzusehen! Kommen Sie doch bitte herein!“

„Dankeschön!“

„Wollten Sie und Herr Meier nicht gestern schon vorbeischauen?“

Brandstetter gab den Platz in der Tür frei und wies den Weg nach drinnen mit ausgestrecktem Arm.

„Wir waren da, Herr Brandstetter, und haben mehrmals geläutet.“

„Tatsächlich?“, entgegnete Brandstetter nachdenklich. „Schon längst wollte ich eine vernünftige Klingel installieren lassen. Dieser altertümliche Gong ist nur in den vorderen Räumlichkeiten hörbar. Tut mir sehr leid, dass Sie sich noch einmal die Mühe machen mussten zu kommen.“

Brandstetters Lächeln war entwaffnend.

„Nicht weiter tragisch“, winkte Anja ab und betrat zögerlich die Villa. Ehrfürchtig blickte sie sich um, während Georg Brandstetter hinter ihr die hohe Tür mit beiden Händen zuschob. Sie befanden sich nun in einer Eingangshalle, deren Größe und Schönheit an das Foyer eines Spitzenhotels erinnerten. Vier weiße, stuckverzierte Säulen stützten die gewölbte, goldfarbene Decke. Edle, handgeknüpfte Teppiche aus fernen Ländern schmückten mit ihren szenischen Darstellungen die Wände und tauchten den Raum in ein orientalisches Flair.

„Sie wohnen ja in einem Schloss“, staunte Anja und bekam den Mund nicht mehr zu.

„Gefällt es Ihnen?“

„Ich bin beeindruckt“, gestand Anja. „Es ist überwältigend.“

„Kommen Sie, Frau Klein! Hier entlang bitte!“ Georg Brandstetter wies auf eine Tür am hinteren Ende. „Darf ich Ihnen ein kleines Frühstück anbieten?“

Anja Klein überhörte die Frage. Fasziniert schritt sie durch Küche, Ess- und Wohnbereich der Villa und bestaunte die Einrichtung, als wäre sie in einem Museum.

„Ich mache uns erst einmal einen Kaffee“, hörte sie Georg Brandstetter sagen. In diesem Moment erinnerte sich Anja an den Grund ihres Besuches. „Das ist nicht nötig, Herr Brandstetter, ich habe nur ein paar Fragen an Sie!“

„Mögen Sie keinen Kaffee?“

„Doch, doch…“, stammelte Anja. „Es ist nur…, ich möchte keine Umstände bereiten.“

„Das tun Sie doch gar nicht.“ Mit diesen Worten stellte Brandstetter zwei Porzellantassen mit Goldrand und Unterteller auf den Eichentisch. „Der Kaffee kommt schon fertig aus der Maschine. Milch und Zucker stehen dort. Bitte bedienen Sie sich!“ Brandstetter zeigte auf zwei schmale Gefäße aus Kristallglas.

„Danke, sehr freundlich“, akzeptierte Anja die Einladung und nahm auf einem der mit Schnitzereien verzierten, rustikalen Holzstühle Platz, den Brandstetter eigens für sie ein wenig abgerückt hatte. Ohne sie aus den Augen zu lassen, schritt Brandstetter um den Tisch herum und ließ sich direkt gegenüber nieder. Anja fragte sich, ob dies sein angestammter Platz war oder ob er normalerweise an der Stirnseite dieser gewaltigen Tafel aus Eichenholz zu sitzen pflegte, wie Schlossherren in den Märchenfilmen es für gewöhnlich tun. Die ganze Szene kam Anja irreal vor. Eben noch war sie in Meiers stinkendem Dienstwagen gesessen und hatte während der Fahrt von Garmisch nach Murnau dessen Schweigen ertragen müssen, und nun wurde sie in diesem Palast von einem überaus charmanten Mann behandelt, als wäre sie eine Prinzessin.

Nur nicht ablenken lassen. Hol deine Notizen hervor und spule den Fragenkatalog herunter. Genauso, wie du es während der ganzen Nacht daheim geübt hast.

Doch dann fiel ihr Blick auf eine filigran bemalte, bauchige Porzellanvase, die ihren Platz auf dem Sockel des Kamins gefunden hatte und sie vermochte es nicht, sich abzuwenden. Brandstetter bemerkte es. „Ein sehr altes, aber wunderschönes Stück aus China“, erklärte er.

„Ming-Dynastie. 16. Jahrhundert“, antwortete Anja. „Von dieser Vase gibt es nur vier Stück auf der Welt. Und keine der drei anderen ist so gut erhalten wie diese hier. Sie ist ein kleines Vermögen wert!“, schwärmte sie.

Georg Brandstetter konnte seine Freude darüber, dass er offensichtlich einer Gleichgesinnten in Sachen Kunst gegenübersaß, nicht verbergen. „Sind Sie nun Polizistin oder Kunsthistorikerin?“, fragte er in einem Tonfall, der außerordentlichen Respekt und tiefe Bewunderung ausdrückte.

„In erster Linie bin ich natürlich Polizistin, Herr Brandstetter. Aber mein Vater sammelt mit großer Leidenschaft Antiquitäten. Diese Liebe hat ein wenig auf mich abgefärbt. Ich weiß noch genau, wie er diese Vase auf einer Auktion in Brüssel ersteigern wollte, aber ein anonymer Bieter am Telefon ihn immer wieder überbot. Mein Vater regte sich furchtbar auf damals. Jetzt weiß ich, wem er seine Niederlage in diesem Bietergefecht zu verdanken hat.“ Anja lächelte.

„Das tut mir leid, Frau Klein.“ Brandstetter blickte bedauernd drein.

„Das muss es nicht“, erklärte Anja rasch. „Es ist lange her. Außerdem hat mein Vater etwas später eine der drei anderen Vasen ergattern können.“ Wieder lächelte sie.

Brandstetters Miene hellte sich auf. „Bitte kommen Sie, Frau Klein! Ich möchte Ihnen etwas zeigen. Sie werden begeistert sein!“

Noch ehe Anja antworten konnte, war Georg Brandstetter aufgesprungen und in Richtung Treppenaufgang gelaufen.

„Hier entlang!“ rief er voller Enthusiasmus.

Anja fühlte aufsteigendes Unbehagen. *Das ist nicht der Grund, weswegen du hier bist! Du musst endlich deine Fragen stellen! Der Meier wird nicht ewig auf dich warten wollen!*

Andererseits reizte es sie ungemein, mehr von diesem wunderschönen Prachtbau in Augenschein zu nehmen. *Wann hat man dazu schon Gelegenheit?*

„Okay, einverstanden“, sagte sie. „Aber dann stelle ich meine Fragen, abgemacht?“

„Natürlich, so viele Sie wollen!“ Brandstetter hielt einladend seinen Arm in ihre Richtung. Als Anja die erste Stufe der breiten Treppe erreicht hatte, hakte er sie wie selbstverständlich unter und führte sie behutsam nach oben. Bei jedem Schritt knarzte es laut hörbar in unterschiedlichsten Tonlagen, obwohl die Stufen mit einem samtigen Teppich überzogen waren. Anja schien es, als wollte die Treppe ihnen beiden zum Tanz aufspielen. Obwohl sie es gern verhindert hätte, lachte sie plötzlich hell auf. Brandstetter schien den gleichen Gedanken zu haben, denn er stimmte in das Lachen ein und blieb stehen. Anja, die bereits eine weitere Stufe erklommen hatte, drehte sich nach Brandstetter um und stand ihm nun gegenüber, von Angesicht zu Angesicht. Jetzt überragte er sie nur noch um ein paar Zentimeter, aber ihre Gesichter waren sich plötzlich so nahe, dass Anja vor Anspannung den Atem anhielt. Sie spürte, wie ihr Herzschlag beschleunigte. Der intensive Duft seines Aftershaves kroch in ihre Nase und benebelte sie zusätzlich.

Brandstetters Augen hatten etwas Magisches. In seinem Blick gefangen, fielen alle Sorgen von ihr ab und es gab für sie nur diesen Moment. Mit klopfendem Herzen musterte sie sein Gesicht. Kräftige, schwarze Haare fielen locker in seine Stirn. Dunkle Brauen schwangen über seinen Augenlidern. Winzige Grübchen schienen mit seinen Wangen zu spielen.

Plötzlich zerriss ein neuerliches Knacken der alten Treppe den Augenblick. In Sekundenbruchteilen verschwand der Zauber und ließ Anja wieder klar denken. Im Geiste gab sie sich selbst eine schallende Ohrfeige und mahnte zur Vernunft.

Reiß dich zusammen, Anja. Sofort!

14

Sie befreite sich von Brandstetters Blick und suchte fieberhaft nach Worten, die von der Situation ablenken würden.

„Außergewöhnliche Bilder!“, bemerkte sie schließlich und deutete auf die Gemälde, die den gesamten Treppenaufgang zierten. „Ein Schüler von Claude Monet, nehme ich an?“

„Nicht ganz. Aber Ihre Annahme hat gute Gründe“, freute sich Brandstetter. „Ein Freund hat sie für mich gemalt, weil ich schon immer von Monets Bild „La Japonaise“ fasziniert war. Nur posiert hier nicht dessen Gattin in den außergewöhnlichen Kostümen, sondern meine Frau Lisa und meine beiden Kinder. Es war ein Riesenspaß für uns alle.“

Schlagartig wurde Anja bewusst, dass Georg Brandstetter verheiratet war und sich eine Szene wie eben nicht nur aus beruflichen Gründen unter keinen Umständen wiederholen durfte.

„Sie haben eine sehr hübsche Frau, Herr Brandstetter. Ist sie zu Hause?“

„Leider nein.“ Brandstetter machte ein betrübtes Gesicht. „Sie verbringt wie jedes Jahr den August mit den

Kindern bei ihren Eltern auf Sylt. Ich erwarte sie erst in zwei Wochen zurück."

„Oh, auf Sylt, wie schön!" Anjas Augen leuchteten. „Ein toller Ort, um die Ferien zu verbringen."

Brandstetter ging voraus und so erreichten sie im oberen Stockwerk einen Raum von der Größe eines Tennisplatzes. Der Boden war mit dem gleichen samtigen Teppich überzogen wie die knarzende Treppe. Sein leuchtendes Rot dominierte den Raum und lenkte von den vielen cremefarbenen Holztüren an den hohen Seitenwänden ab.

Anja deutete auf eine Fotografie, die einen älteren Mann mit stechenden Augen und buschigen Brauen zeigte.

„Eine beeindruckende Portraitaufnahme! Auch jemand aus Ihrer Familie?"

„Ja", bestätigte Brandstetter. „Mein Onkel Arthur. Er war es, der mir vor über zwanzig Jahren half, mein Elternhaus zu verlassen und in München Fuß zu fassen."

„Das muss zu der Zeit gewesen sein, als Sie mit dem Schreiben begonnen haben, richtig?"

„Stimmt." Brandstetter nickte nachdenklich. „Es war das Jahr, in welchem Onkel Arthur gestorben ist."

„Das tut mir sehr leid, Herr Brandstetter. Sicher hatten Sie eine enge Beziehung zu ihm?"

„Ja, wenn auch erst recht spät in seinem Leben. Genau genommen habe ich ihn das erste Mal gesehen, als ich von daheim ausgerissen bin. Von meiner Familie wurde er stets gemieden. Mürrisch, eigenbrötlerisch und selbstverliebt sei er, so wurde mir immer berichtet, wenn es um den Bruder meines Vaters ging. In Wirklichkeit schloss man ihn von der Familie aus, weil er sich entgegen den Erwartungen meines Großvaters geweigert hatte, in dessen Kanzlei einzutreten. Mein Vater, der so gern Meteorologe geworden wäre, folgte dem Willen meines Großvaters, kämpfte sich widerwillig durch das Jura-Studium und stieg, ganz wie es die Familientradition vorsah, in die Kanzlei ein.

Währenddessen machte Onkel Arthur ein immenses Vermögen an der Börse, lebte verschwenderisch und sorgenfrei. Das wurmte meinen Vater so sehr, dass er nichts mehr von seinem Bruder wissen wollte."

„Dann war es sicher ein Schlag ins Gesicht für Ihren Vater, als er erfuhr, wer Ihnen geholfen hatte, nach München zu gehen?"

„Das kann man wohl sagen. Genau genommen war er so sauer, dass er auch zu mir jeden weiteren Kontakt abbrach. Seit bekannt wurde, dass Onkel Arthur sein gesamtes Vermögen mir vermacht hat, herrscht erst recht Funkstille zwischen uns."

„Warum sind Sie eigentlich von zu Hause weggegangen?"

„Mein Vater wollte, dass auch ich Jura studiere, um die Kanzlei fortführen zu können. Ich habe seinen Wunsch nie wirklich verstanden, weil er doch selbst nicht glücklich mit der Kanzlei war. Keinesfalls wollte ich mich in ein vorgegebenes Leben pressen lassen. Ich wollte frei sein, allein bestimmen, was ich tue und wie ich mich einrichte. Niemals hätte ich mich in ein gemachtes Nest gesetzt, ich wollte selbst erfolgreich sein und der Welt zeigen, was ich für ein Prachtkerl bin. Es ging nicht anders, ich musste weg."

„Was für eine traurige Geschichte."

„Wie kommt es, dass Sie sich so sehr dafür interessieren?"

„Ist das so offensichtlich?" Anja errötete. „Wissen Sie, Herr Brandstetter, seit ich 13 bin, faszinieren mich Ihre Krimis. Jetzt hier mit Ihnen zu stehen und quasi hinter die Kulissen des Autors schauen zu können, ist in der Tat ein besonderes Erlebnis für mich."

Brandstetter lachte.

„Dankeschön. Ich fühle mich sehr geschmeichelt!"

Anja, die sich plötzlich an den Grund ihres Besuches erinnerte, lenkte ab: „Was wollten Sie mir denn nun zeigen, Herr Brandstetter?"

„Es befindet sich in meinem Arbeitszimmer. Bitte hier entlang!" Brandstetter deutete auf eine mächtige hölzerne Tür. Während er die schwarz lackierte, geschwungene Klinke aus Metall niederdrückte, drang plötzlich ein schrilles Geräusch aus Anjas Handtasche.

„Entschuldigung", stammelte sie und zog ihr Smartphone hervor. Eine mehr als erboste Stimme brüllte auf Anja ein. Brandstetter konnte zwar nicht jedes Wort verstehen, aber er hatte eine Ahnung, wer sich dermaßen aufregte.

„Bin in fünf Minuten da!"

Anja legte auf. „Es tut mir schrecklich leid, aber ich muss los. Die Schätze hinter dieser Tür zeigen Sie mir beim nächsten Mal, einverstanden?"

Brandstetter stand die Enttäuschung ins Gesicht geschrieben. „Natürlich", sagte er knapp und nickte. „Wann immer Sie mögen."

Anja wandte sich der Treppe zu.

„Ich begleite Sie nach draußen", vernahm sie dankbar. Bevor sie Meiers Dienstwagen bestieg, winkte sie Brandstetter zu. Der hob die Hand und grüßte ebenfalls.

Ein Gentleman, dachte Anja. Dann brauste sie davon.

15

Nachdem Anja Klein ihn vor der Autowerkstatt Gruber abgesetzt hatte, marschierte Meier zielstrebig über den gepflasterten Hof und klopfte an die gläserne Tür des Empfangsbüros. Niemand öffnete. Sein Blick fiel auf einen handgeschriebenen Zettel mit den Öffnungszeiten, der mit Klebestreifen in Augenhöhe befestigt war.

Montag–Samstag, 9-13 und 15-19, stand dort geschrieben.

„Der verjubelt wohl schon im Voraus die Versicherungssumme, da braucht´s keine Pünktlichkeit am Arbeitsplatz mehr!“, schimpfte Meier, stemmte die Hände in die Hüften und stolzierte in Richtung des verschlossenen Rolltores, hinter dem er am Vortag Harald Gruber an einem BMW bastelnd angetroffen hatte. Nirgends konnte er eine Klingel entdecken, seine Rufe und das Klopfen verhallten ungehört. Verärgert schritt er über den Hof, die Hände im Rücken, das Kinn gen Himmel gereckt. Mit jeder weiteren verstrichenen Minute erhärtete sich sein Verdacht, dass Harald Gruber getürmt sein könnte. Wenn er allerdings die Versicherungssumme kassieren wollte, wäre Flucht sicher keine Option für ihn, denn so würde er keinen Cent von der Million sehen. Wo also steckte er? Im

Wohnhaus der Grubers gleich nebenan gab es eine Klingel, die Meier auch ausgiebig drückte, doch die Tür blieb ebenso verschlossen wie die der Werkstatt.

Meier wippte mit seinem Schnauzbart, ohne ihn zu berühren. *Eine Million Euro.* Er wusste genau, was er selbst mit solch einem Geldsegen anstellen würde. Erst einmal Job und Wohnung kündigen und dann den nächsten Flieger nach Neuseeland nehmen. Schon viel zu oft hatte er sich ausgemalt, wie es sein würde, wenn er nach neun Jahren seine Frau wiedersehen würde. So lange war es her, dass sie ihn Hals über Kopf verlassen hatte und in diese ferne Welt ausgewandert war. Freilich musste er zugeben, dass er seine Arbeit seinerzeit wichtiger genommen hatte als seine Familie. In zu vielen Nächten hatte er es vorgezogen, im Büro über Akten zu brüten, statt nach Hause zu kommen. Die Beschwerden seiner Frau hätte er ernster nehmen und sich mehr um sie kümmern müssen. Doch das, was Marianne ihm letztendlich angetan hatte, das hatte er wirklich nicht verdient.

Neun Jahre, vier Monate und zwölf Tage.

Genauso lange hatte er seine beiden Töchter, die nun schon zehn beziehungsweise zwölf Jahre alt waren, nicht mehr gesehen, ja nicht einmal ein Lebenszeichen von ihnen erhalten. „Die Mädchen haben jetzt einen anderen Vater, bitte akzeptiere das!“, hatte seine Frau am Telefon gesagt, aufgelegt und war für immer mit den Kindern aus seinem Leben verschwunden. Sämtliche Recherchen nach ihrem Aufenthaltsort in Neuseeland waren im Sand verlaufen. Vier Wochen lang war Meier quer durch das Land am anderen Ende der Welt gereist, ohne den geringsten Hinweis auf seine Töchter zu bekommen. „Klassischer Fall von Kindesentzug“, hatte sein Anwalt gesagt. Doch weiterhelfen hatte er ihm nicht können. Frau und Kinder blieben verschwunden. Bis heute.

Seit jener Zeit war Wolfgang Meier nicht mehr der Gleiche. Als wäre der gutherzige Wolfgang von damals gestorben und als misstrauischer, frauenverachtender Meier wiedergeboren worden. Ohnmächtige Wut verdunkelte seither sein Denken. Eine Frohnatur hatte sich in einen introvertierten Eigenbrötler verwandelt, der mürrisch und missgelaunt von jedem neuen Tag nur das Schlechteste erwartete. Zu Frauen und Kindern mied er seither wenn möglich jeden näheren Kontakt. Die Wunden, die ihm seine Frau damals beigebracht hatte, rissen zu leicht wieder auf. Er sah in sich den wandelnden Beweis dafür, dass „Die Zeit heilt alle Wunden" nur hilflose Worte von Bekannten waren, die nicht wussten, wie sie mit seinem Schmerz umgehen sollten. Insbesondere hübsche Blondinen reizten ihn wie das rote Tuch einen Stier. Denn sie erinnerten Meier allzu schmerzlich an seine verschollene Frau. Als am Montag Anja Klein in sein Büro getreten war, glaubte er tatsächlich für einen Moment, seine Frau würde ihm gegenüberstehen. Obwohl er es zu verhindern versuchte, kochten Zorn, Wut und Enttäuschung wieder in ihm hoch. Er verachtete sich selbst dafür, aber diese junge Kommissarin hatte keine Chance. Ohne es zu wissen, würde sie stellvertretend für den Verrat seiner Frau büßen müssen.

Meier drehte bereits die fünfte Runde im Hof, doch von Harald Gruber fehlte nach wie vor jede Spur. Jetzt ärgerte er sich, dass er den Dienstwagen der KKK überlassen hatte. Meier verwendete von Anfang an diese Abkürzung, wenn er an Kriminalkommissarin Klein dachte. Mehr Raum als drei Buchstaben sollte sie in seinem Kopf nicht einnehmen.

Zunehmend genervt blieb Meier an der Hofeinfahrt stehen und verfolgte die unentwegt vorüberrollenden Autos mit den Augen. Ein Mann in Jeans und Pullover stand auf der anderen Straßenseite, auch er beobachtete den Verkehr. Meier sah ihn immer nur kurz, meist versperrten Fahrzeuge die Sicht. Er hatte den Mann schon einmal gesehen, dessen war sich Meier sicher. Wirklich einordnen konnte er ihn aber nicht, dazu müsste er ihn länger als eine Zehntelsekunde in Augenschein nehmen.

Plötzlich tauchte der Mann auf der Mittellinie auf, offensichtlich versuchte er, zu ihm herüberzukommen. Meiers Blick blieb am Pullover des Mannes hängen, der durchtränkt zu sein schien von einer rotbraunen Flüssigkeit. War das etwa Blut? Meier trat vor, um besser sehen zu können, als der nächste Sattelzug vorüberrauschte. Mit ungewöhnlich großem Sicherheitsabstand folgte ein Reisebus. Die Lücke nutzte der Mann und überquerte die Straße. Meier glaubte, ihn zu erkennen. *Das ist doch der Gruber, aber tausendprozentig!*

„Herr Gruber?“

Erschrocken sah Harald Gruber auf, erblickte Meier und machte auf der Stelle kehrt. Zurück in der Straßenmitte, wartete er den nächsten PKW ab, dann hetzte er über die Straße und rannte auf dem parallel zur B2 verlaufenden Gehweg ortseinwärts.

„Herr Gruber! Bleiben Sie stehen!“ Meiers Worte verloren sich im tosenden Straßenlärm. Ohne ein Verkehrschaos zu provozieren, würde er die B2 nicht überqueren können. Also beschloss Meier, die Verfolgung zunächst auf seiner Seite aufzunehmen. Vielleicht würde sich ja später eine Gelegenheit bieten, auf die andere Straßenseite zu wechseln.

Schon nach wenigen Metern musste sich Meier eingestehen, dass eine Verfolgung des Mannes zu Fuß zwecklos sein würde. Zu dick der Bauch, zu verteert die Lunge, zu gering die Kondition, um ihm auch nur ansatzweise folgen zu können. Nach Luft hechelnd gab er auf und zog sein Handy hervor, um Anja Klein anzurufen. Noch bevor er wählen konnte, klingelte es.

„Hier spricht Polizeiobermeister Lange."

„Was gibt's denn, Lange, Sie stören gerade überhaupt nicht!", maulte Meier den Kollegen der örtlichen Polizei an.

„Eine weitere Tote, das gibt es!", antwortete Lange gereizt. „Dieses Mal eine junge Frau. Längenfeldweg, gegenüber der Realschule. Ich warte auf Sie!"

Meier legte auf. Noch während er Anja Kleins Nummer wählte, kamen ihm die Flecken auf dem Pullover des Mannes in den Sinn, den er für Harald Gruber gehalten hatte. *Sieht ganz so aus, als hätte ich soeben einen Mörder gesehen*, dachte er und schnauzte dann in sein Handy:

„Bewegen Sie Ihren Arsch hierher, es gibt eine weitere Leiche!"

16

Anja blieben nur ein paar Minuten während der Autofahrt von Brandstetters Villa zu Grubers Werkstatt, um ihre Gedanken zu sortieren. Sie dachte an den innigen Moment auf der alten Treppe und sie war sich nicht sicher, wie ihre Reaktion gewesen wäre, wenn Georg Brandstetter sie einfach geküsst hätte.

Ob ich mir das nur einbilde oder wäre es wirklich beinahe dazu gekommen?

Zum Glück hatte das Geräusch der Treppe die befremdliche Szene rechtzeitig beendet. Nicht auszudenken, wenn die ermittelnde Kommissarin einen Zeugen küssen würde. Mal ganz abgesehen von der Tatsache, dass Georg Brandstetter verheiratet und Vater war.

Über sich selbst verwundert, schüttelte Anja den Kopf. Noch nie in ihrem Leben hatte sie sich zwingen müssen, dem Charme eines Mannes zu widerstehen. Bisher hatte es stets einer langen Kennenlernphase bedurft, ehe sie überhaupt dieses gewisse Nasenkribbeln spüren konnte. Eigentlich war sie gar nicht der Typ Frau, der schnell seinem Bauchgefühl erlag. Vielmehr entschieden stets rationale Gründe darüber, ob sie sich mit einem Mann einließ oder nicht. Und ihre Vernunft hatte immer gute

Argumente gefunden, warum der Mann nicht zu ihr passte. Und so war sie, bis auf eine einzige nennenswerte Beziehung als Teenager, immer Single geblieben. Im Fall Georg Brandstetter gab es tausend gute Gründe, die gegen eine Annäherung sprachen.

Es gibt aber auch tausend Gründe dafür, witzelte Anja mit dem Wissen, dass auch dieses Mal ihre Vernunft siegen würde. Sie lächelte.

Doch das Lächeln war nur von kurzer Dauer. Dann drängten sich Meiers letzte Worte in den Vordergrund:

Bewegen Sie Ihren Arsch hierher, es gibt eine weitere Leiche!

Meier stand wie erwartet am Straßenrand vor der Werkstatteinfahrt. Während er zu Anja ins Auto stieg, schnippte er sein aufgerauchtes Zigarillo weg. Wütend schnauzte er sie an: „Mussten Sie den Opel schieben, weil Sie keinen Gang gefunden haben? Fahren Sie Richtung Markt und an der Ampel nach der Tankstelle links!“

„Was ist passiert?“, wagte Anja zu fragen.

„Das sagte ich doch bereits“, giftete Meier. Er hätte auch „Maul halten“ sagen können, für Anja hätte es keinen Unterschied bedeutet. Schweigen folgte. Eisiges Schweigen. Offensichtlich war Meier nicht gewillt, ihr nähere Informationen zukommen zu lassen. Nach Fassung ringend überlegte Anja, ob sie lieber losheulen oder Meier anschreien sollte. Bevor sie eine Entscheidung getroffen hatte, erreichten sie den Längenfeldweg. Anja parkte direkt neben Langes Polizeiwagen. Wortlos stieg Meier aus. Resigniert tat Anja es ihm gleich.

Offensichtlich hält er mich für dumm und nutzlos, dachte sie. *Und vielleicht hat er sogar recht. Nicht einmal die Befragung von Brandstetter habe ich hinbekommen.*

Meier schritt zielstrebig auf den lindgrünen Häuserblock zu, ein gepflegtes Haus mit drei Stockwerken und ebenso vielen Eingangstüren. Er zog sich Gummihandschuhe über und drückte die Klinke der mittleren. Anja folgte. Ein Blick auf die Klingelleiste verriet ihr, dass zu diesem Eingang sechs Wohnungen gehören mussten.

„Fassen Sie bloß nichts an!“, ätzte Meier in Anjas Richtung, dann betraten beide das Treppenhaus. Die Tür der linken Erdgeschosswohnung stand offen. Nach dem Namen auf dem Klingelschild wohnte hier eine Emilia Sonnleitner. Polizeiobermeister Lange stand im Flur. Als er die Kommissare sah, nickte er zum Zeichen der Begrüßung und bedeutete, ihm zu folgen.

Der Geruch von frischem Kaffee kroch Anja in die Nase. Ein Blick in die Küche verriet den Grund. Die rote Lampe der Kaffeemaschine brannte noch und die gläserne Kanne war zur Hälfte mit der duftenden Flüssigkeit gefüllt. Daneben stand ein Tablett mit zwei unbenutzten Tassen, Zucker und Milch, dekoriert mit hübschen Papierservietten. Zügig ging Meier durch den fensterlosen Flur ins Wohnzimmer. Widerstrebend tat Anja es ihm gleich. Sie wusste, dass sie sich auf dem Weg zu einer Leiche befanden und dass ihr wahrscheinlich erneut ein grauenhafter Anblick bevorstand. Doch das Bild, das sich tief in ihre Netzhaut brannte, während sie durch den Türrahmen spähte, übertraf ihre schlimmsten Befürchtungen.

Auf dem Laminatboden, keine zwei Meter von ihr entfernt, lag sie auf dem Rücken. Eine junge Frau mit schwarzen, langen Haaren, deren Enden in einer Lache dunkelroten Blutes schwammen. Der stählerne Schaft eines Messers ragte aus dem leblosen Oberkörper. Ihr ärmelloses Shirt troff von Blut und hatte durchgehend dessen Farbe angenommen. Es klebte auf der Haut, alle Konturen detailliert nachzeichnend.

Anja Klein schluckte. Nach Halt suchend trat sie einen Schritt zurück. Ihr Blick fiel auf den Couchtisch, dessen Glasplatte blutverschmiert war. In der Tischmitte befand sich ein Strauß frischer Schnittblumen. Die zugehörige Vase lag auf dem Boden, direkt neben dem Kopf der toten

Frau. Anja bemerkte die weit aufgerissenen Lider und einen Ausdruck der Überraschung in ihren Augen. Mit einem solchen Angriff schien sie nicht gerechnet zu haben.

Mitleid erfasste Anja. Mitleid und ein Gefühl von Verbundenheit. Die Frau, die ebenso alt sein mochte wie sie selbst, war von ihrem Mörder plötzlich und brutal aus dem Leben gerissen worden. Anja presste ihre Hände vor die Brust, als spürte sie den Schmerz der jungen Frau am eigenen Körper. Dann drehte sie sich auf dem Absatz um, rannte den Flur zurück ins Treppenhaus und gelangte gerade noch rechtzeitig nach draußen, wo sie mit beiden Händen an der Hauswand gestützt aufhörte, sich gegen die Rebellion ihres Magens zu wehren.

17

Von den Anstrengungen des Tages gezeichnet, stieß Polizeiobermeister Lange die Tür des Wirtshauses „Zur alten Post“ auf, das inmitten der Murnauer Fußgängerzone gelegen war und durch dessen getönte Fensterscheiben man einen hübschen Blick auf die Mariensäule hatte. Hinter dem Tresen stand Karl Lechleitner, der seit Ewigkeiten dieses uralte Lokal betrieb und bei dem sich, neben jeder Menge Touristen, allabendlich auch eine Reihe männlicher Einheimischer einfand, um ihre Alltagsprobleme zu diskutieren beziehungsweise in dem einen oder anderen Bierglas zu ertränken. Auch der Polizeiobermeister verkehrte hier regelmäßig nach Dienstschluss und genoss sein wohlverdientes Feierabendbierchen.

Auf einem Barhocker saß der Mann, den Lange den ganzen Tag vergeblich gesucht hatte: Harald Gruber. Wie er von Meier erfahren hatte, war Gruber kurz nach Emilia Sonnleitners Tod mit blutbeflecktem Pullover zu Fuß entlang der Weilheimer Straße in Richtung Zentrum geflüchtet. Deshalb hatte Lange nichts unversucht gelassen, um den Mann zu finden und sofort dingfest zu machen. Dass ihm das rasch gelingen würde, davon war Lange am Morgen noch überzeugt gewesen, schließlich kannte jeder im Ort den Werkl-Harald. Die Suche nach ihm hatte sich aber schwieriger als erwartet gestaltet, denn niemand hatte den Bastelkönig an diesem Tag gesehen. Ganz Murnau hatte Lange nach ihm abgesucht, hatte in sämtlichen Geschäften, Restaurants, Eisdielen des Ober- und Untermarktes seine Karte hinterlassen mit der Bitte anzurufen, sobald Harald Gruber auftauchte. Doch sein Telefon war stumm geblieben. Niemand schien den Harald gesehen zu haben, auch in seiner Werkstatt war er nicht mehr aufgetaucht. Und nun saß er wie selbstverständlich hier am Tresen und nuckelte an einem Weißbier.

Im Dunkeln sitzend hatte Lechleitner ihn vorgefunden, als er seine Wirtschaft öffnen wollte, und dann sofort bei Lange angerufen, um von seiner Entdeckung zu berichten.

„Der Harald hockt hier bei mir und lässt sich volllaufen!“

Geschimpft wie ein Rohrspatz hatte er über den ungebetenen Gast. „Ich hab ihm zwar die Schlüssel zur Hintertür anvertraut, aber doch nicht um sich volllaufen zu lassen, sondern um die Schankanlage zu reparieren. Frechheit! Ich dachte, mich trifft der Schlag, als ich gegen 17 Uhr hier reinkam und er im Halbdunkel da sitzt. Immerhin läuft der Gerstensaft jetzt wieder!“

Auf dieses Versteck wäre Lange nie und nimmer gekommen. Umso erleichterter war er, dass er den Flüchtigen nun endlich gefunden hatte. Lange griff nach hinten und löste die Handschellen von seinem Lederkoppel, während er langsam auf den Tresen zuging. Er beschloss, mit der Verhaftung zu warten und zunächst ein paar Worte mit Harald zu wechseln. Also schob er sich den benachbarten Barhocker zurecht, als wäre alles in Ordnung.

„Was darf es denn sein, Franz?“, rief ihm der Wirt zu. „Bist du noch im Dienst oder hast du schon Feierabend?“, was so viel heißen sollte wie: Cola oder Bier?

„Cola“, entschied Lange und wandte sich Harald Gruber zu. Beim Blick auf dessen befleckten Pullover festigte sich sein Griff um die Handschellen. „Hoppala! Wo hast du denn reingelangt? Sieht nicht grad nach Schmiere oder Motoröl aus“, sprach er ihn an. Daraufhin packte Harald Gruber sein randvoll gefülltes Glas und drehte sich ganz langsam, beinahe wie in Zeitlupe, zu dem Polizisten um. „Das ist Blut, mein Lieber. Echtes Blut. Blut. Blut.“ Lallend kamen die Worte aus seinem Mund, und die Zunge drohte sich jeden Moment zu verknoten. „Ja verdammt, Blut ist das. Echtes Blut. Verstehst du? Blut.“

Dann begann Harald Gruber laut zu lachen. Doch in diesem Lachen steckte keinerlei Freude. Nur grenzenlose Wut, tiefe Trauer und eine gehörige Portion Selbstmitleid. Das Glas in seiner Hand schwankte bedrohlich. Bier schwappte über den Rand und tropfte auf den Boden.

„Die wollen mir was anhängen, Leute!“, rief Gruber. „Das ist eine Verschwörung, hört ihr! Eine hundsgemeine Verschwörung!“

Laut drangen die Worte aus seinem Mund. Unnötig laut. Die Aufmerksamkeit aller Gäste wäre ihm sicher gewesen, doch außer Lange und Lechleitner war niemand im Raum.

„Erst meine Frau und jetzt auch noch die Emilia. Eine verdammte Verschwörung sag ich, eine Verschwörung!“

Krachend sauste das Bierglas zurück auf den Tresen, wo es wie durch ein Wunder zum Stehen kam, ohne allzu viel von dem schaumigen Gebräu zu verlieren.

„Tot sind sie, alle beide tot! Tot! Tot!“

Dann sank Harald Gruber in sich zusammen, verdrehte die Augen und sein Körper erschlaffte. Sein Kopf schlug hart auf den Tresen. Polizeiobermeister Lange sprang von seinem Hocker herunter, drehte Grubers Arme auf den Rücken und schloss die metallisch klickenden Fesseln um dessen Handgelenke.

„Muss das sein?“, schimpfte Karl Lechleitner kopfschüttelnd.

„Fass mal mit an“, erwiderte Lange barsch und gemeinsam hievten sie den völlig weggetretenen Gruber in den bereitstehenden Polizeiwagen.

18

Feierabend.

Die erste Woche als Kriminalkommissarin lag hinter ihr. Anja Klein lenkte ihren roten Polo nach Murnau, wo sie eine kleine Dachgeschosswohnung bewohnte. Mit viel Liebe hatte sie Anfang Juli die winzigen Räume eingerichtet. Voller Tatendrang war sie gewesen und voller Vorfreude auf die neuen Aufgaben bei der Kriminalpolizei. Und nun, nach nur einer einzigen Arbeitswoche, herrschte blanke Ernüchterung. Ihre grenzenlose Euphorie war verflogen und wachsender Mutlosigkeit gewichen. Tag für Tag hatte Meier sie mit seinen chauvinistischen Äußerungen terrorisiert. Unzählige verbale Nadelstiche hatten ihr ohnehin fragiles Selbstwertgefühl durchlöchert. Wie ein geprügelter Hund schlich sie neben ihm her und suchte hilflos nach einer Taktik, die es erträglich machen würde, mit Meier zu arbeiten. Doch was sie auch tat, was sie auch sagte, Meier kanzelte sie mit gleichbleibender Brutalität ab. Unverblümt gab er seine Schmähungen zum Besten. Keine einzige Gelegenheit verpasste er, sie zu brüskieren. Zwar bedachte Meier auch andere Menschen, die seinen Weg kreuzten, mit seinen schroffen Ansprachen, doch ihr gegenüber legte er sich keinerlei Zurückhaltung auf. Jedes seiner Worte schien darauf abzuzielen, sie noch kleiner zu machen, als sie ohnehin schon war.

Was für eine beschissene Woche.

Ungeduldig wich Anja den Verkehrsinseln aus, die das Vorankommen auf der Schwaiganger Straße erschwerten. Dann setzte sie den Blinker und bog rechts in ihre Straße ab. Normalerweise linste sie neugierig auf jedes der imposanten Grundstücke in Hanglage, schließlich wohnte sie erst seit wenigen Wochen hier und es ließen sich immer wieder neue Wohlfühloasen entdecken, die ihr bisher entgangen waren. Doch heute hatte sie kein Auge für die prächtigen Häuser mit den großzügigen Gärten. Sie wollte einfach nur schnell nach Hause. Rasch zirkelte Anja den Polo in den Carport und ging hinüber zu ihrem ganz in Blau gehaltenem Haus, das Platz für mehrere Familien bot. Das Dachgeschoss war erst kürzlich ausgebaut worden und so waren zwei weitere Apartments in dieser begehrten Wohnanlage mit fantastischem Bergblick entstanden. Als die Maklerin ihr die Räumlichkeiten vorführte, hatte Anja nicht entscheiden können, welche der beiden Wohnungen ihr besser gefiel. „Ich nehme die rechte!“, hatte Saskia gerufen und ihr somit die Entscheidung abgenommen. Seither wohnte Anja Tür an Tür mit ihrer besten Freundin.

Anja packte den Inhalt ihres Briefkastens sowie die Tüte mit ihren Wochenendeinkäufen, drückte die Klinke der Haustür und betrat das Treppenhaus. Dann eilte sie die Stufen nach ganz oben. Nachdem sie mit der freien Hand den Schlüssel ins Schloss gesteckt und zweimal gedreht hatte, schob Anja mit ihrer Schuhspitze die Wohnungstür auf und schlüpfte in den winzigen Flur. Auf einem Bein stehend, stieß sie mit der Hacke an die Innenseite der Wohnungstür, bis sie sich mit einem dumpfen Knall hinter ihr geschlossen hatte. Das Geräusch war eine Erlösung. Zu Hause. Wochenende. Kein Meier.

Tüte, Post und Schlüssel deponierte sie auf der Kommode, ging die wenigen Schritte in das gegenüber liegende Bad, verstöpselte die Badewanne und öffnete den Warmwasserhahn. Ihr Lieblingsbadesalz färbte das Wasser grün und ließ weißen Schaum aufsteigen. Das Blinken des Anrufbeantworters auf der Kommode ignorierend, lief sie in die kleine Küche, um den Backofen einzuschalten und ihn mit einer Pizza Margherita aus dem Eisfach zu bestücken. Die Küche bestand nur aus einer Zeile mit Herd und Spüle, Hängeschränken an der Wand und Haltern für Gewürze, Küchenrollen und Haken für langstieliges Besteck. An der schrägen Wand gegenüber hatte sich Anja schon oft den Kopf gestoßen, doch sie liebte diesen perfekt ausgenutzten Raum, ihren weiß lackierten Holztisch unter der Schräge und vor allem das quadratische Dachgaubenfenster mit dem grandiosen Blick auf das Estergebirge. Während sie die Lebensmittel in ihrem pinkfarbenen Kühlschrank verstaute, an dessen Vorderfront unzählige Zettel, Notizen und Zeitungsausschnitte von Magnetstreifen in verschiedensten Farben gehalten wurden, hörte sie die beiden Nachrichten ab. Ihr Vater lud sie für Sonntag zum Mittagessen nach Eschenlohe in seine Ferienwohnung ein und Saskia fragte an, was sie am Abend von einer Caipirinha im „Seeblick" hielte. Während Anja ihre Schuhe und Socken abstreifte, tänzelte sie in ihr kombiniertes Wohn- Schlafzimmer, klappte die Flügel des Dachgaubenfensters auseinander und streckte ihren Blondschopf hinaus.

„Saskia?"

Saskia Buntler war ihre beste Freundin, seit sie denken konnte. Kennengelernt hatte Anja die Pferdenärrin auf einem Reiterhof in der Nähe von Eschenlohe, wo diese mit ihren Großeltern, Eltern, Brüdern, Schwestern, Pferden, Hunden, Katzen, zwei Meerschweinchen und einem Wellensittich lebte. Anja war so begeistert gewesen, dass sie von da an fast alle Ferien auf dem Hof verbrachte und ihr Vater sich deshalb sogar veranlasst sah, eine Ferienwohnung in Eschenlohe zu erwerben. Seit Anjas Mutter bei einem Autounfall ums Leben gekommen war, tat Anjas Vater alles, um seine Tochter glücklich zu machen. Und Anja machte nichts glücklicher, als dem Nürnberger Großstadtleben zu entfliehen und mit Saskia und den Pferden durch die Natur zu streifen, nicht nur in den Ferien, sondern auch an den Wochenenden.

Nur wenige Sekunden nach Anjas Rufen tauchte Saskias Gesicht im Fenster der benachbarten Gaube auf.

„Na, Süße, wie stehen die Aktien?“

Anja drehte ihren Daumen nach unten.

„Tut mir leid, Saskia, ich bin erledigt. Lass uns morgen was unternehmen! Für heute bin ich raus.“

Saskia, deren dunkles, kurz geschorenes Haar sich markant von ihrer blassen Gesichtsfarbe abhob, mimte einen Schmollmund. Ihre einzige lange Haarsträhne, geflochten und dunkelrot eingefärbt, flatterte im Wind.

„Dann will ich aber alles über deine erste Woche als Kriminalkommissarin wissen, versprochen?“

„Versprochen! Ich muss gleich wieder rein, sonst läuft das Badewasser über. Bis morgen, Saskia! Ich freu mich.“

Ohne eine Antwort abzuwarten, zog Anja ihren Kopf zurück, schnappte sich Schreibblock und Kugelschreiber vom Wohnzimmertischchen und ging entlang der Schlafcouch zurück in die Küche, entnahm dem Backofen die heiße Pizza und balancierte alles ins Bad. Sie setzte den Pizzateller und die Schreibutensilien auf dem kleinen Hocker neben der Wanne ab, schlüpfte aus ihren Kleidern und streckte sich in dem heißen Wasser aus. Den Badeschaum verteilte sie noch gleichmäßig, ehe sie sich ein Stück der goldgelben Pizza in den Mund schob. Kauend griff sie nach Papier und Stift.

19

Wenn es mir gelänge, den entscheidenden Beitrag zur Aufklärung der Mordfälle zu leisten, würde ich in der Gunst Meiers steigen und er müsste mich als Partnerin akzeptieren und auch wie eine solche behandeln.

Dieser Gedanke war ihr schon im Auto gekommen und spukte seither durch ihren Kopf.

Ich muss ihn mit außergewöhnlichen Leistungen überzeugen, mit Ideen, die sonst keiner hat, mit besonders schlauen Gedankengängen, mit verblüffender Kombinationsgabe. Freies Kombinieren und Assoziieren war doch schon immer meine Stärke! Mal überlegen. Was haben wir bis jetzt?

Anja ließ die Bilder der Woche Revue passieren. Am Montag ist Helene Gruber erstochen am Ufer des Staffelsees aufgefunden worden. 24 Stunden soll sie dort gelegen haben, ehe Bella und Trixi zufällig über sie gestolpert sind. Vermutlich würde die Leiche noch immer dort liegen, wenn nicht die fünf jungen Männer mit den rasierten Schädeln das Kajak der beiden Mädchen umgekippt hätten. Die zunächst ergebnislose Fahndung nach den Halbstarken war schließlich doch von Erfolg gekrönt worden. Auf der Heimreise hatten sie im Zug andere Fahrgäste angepöbelt. Ein halbes Dutzend Beamte war auf einem kleinen Bahnhof kurz vor Berlin nötig gewesen, um die gewaltbereiten Kahlköpfe aus dem Zug zu bugsieren. Die Untersuchung der sichergestellten Messer hatte lediglich ergeben, dass keines davon als Tatwaffe in Frage kam. Wer wäre auch so dumm gewesen, sich ein Mordwerkzeug wieder an den Gürtel zu klemmen? Zum Mordvorwurf selbst äußerten sich die Männer gar nicht. Jegliche Fragen nach dem Grund ihrer Reise in den Süden Deutschlands beantworteten sie mit nichtssagenden Floskeln wie „Spaß haben halt!", „Mal abhängen und saufen!" und ähnlichen geistreichen Ergüssen. Die Berliner Kollegen konnten nur ihre Personalien festhalten, ehe sie die Brutalos wieder auf die Menschheit loslassen mussten, da ihnen keine Verbindung zum Opfer und zum Tatort nachgewiesen werden konnte. Vermutlich hatten sie ein paar Tage auf der Jakobsinsel gezeltet, darauf deutete zumindest der Müllberg aus zerdrückten Bierdosen, leeren Konservenbüchsen und zerschlagenen Schnapsflaschen hin. Die Beamten der Spurensicherung hatten den übel stinkenden Haufen komplett eingetütet und mitgenommen. Das exakte Ergebnis der Untersuchung stand noch aus, aber mehr als eine Ordnungswidrigkeit wegen illegaler Abfallentsorgung würde da wohl kaum zusammenkommen.

Anja fingerte mit nassen Händen nach dem Kugelschreiber. Ein paar Wassertropfen drangen durch das Papier, als sie notierte:

Tatverdächtige:

1. Berliner Rüpelbande

Motiv: Mutprobe, Gruppenzwang, Spaß, Blödheit, Suff

Am Dienstag ist die nächste Frau erstochen worden. Auch sie war Murnauerin. Emilia Sonnleitner. Die 23-jährige Mutter hinterließ ihren fünf Jahre alten Jungen Thomas. Als ihre greise Nachbarin beim Blick aus dem oberen Fenster einen Mann hatte weglaufen sehen, wollte sie nach dem Rechten schauen und fand dabei die Leiche der jungen Frau. Verwunderlich, dass die alte Dame trotz ihres hohen Alters angesichts der blutüberströmten Emilia noch fähig war, den Notruf zu wählen und die Einsatzkräfte zu alarmieren. Doch diese Anstrengung hatte all ihre Kräfte erschöpft. Als Lange kurz darauf am Tatort eintraf, saß sie schockiert in ihrer Küche und brachte kaum ein Wort heraus. Auch als Meier ihr eine Beschreibung des flüchtigen Mannes entlocken wollte, stammelte sie lediglich immer wiederkehrend: „Der Harald, der Harald. Warum nur? Harald. Warum?"

Meier musste einsehen, dass mehr aus dieser verstörten Frau nicht herauszuholen war. Also rief er einen Arzt und verschob die weitere Vernehmung auf später. Die Blutspuren auf Harald Grubers Pullover und Schuhen bewiesen letztlich sowieso, dass er am Tatort gewesen sein musste, auch wenn er vehement bestritt, Emilia Sonnleitners Mörder zu sein.

Anja Klein legte Stift und Papier beiseite, schloss die Augen, drückte mit Daumen und Zeigefinger ihre Nasenflügel zusammen und ließ sich auf den Grund der Badewanne gleiten. Mit angehaltenem Atem verharrte sie in dieser Position so lange, bis sie dem Drang nach Sauerstoff nicht länger widerstehen konnte, tauchte auf und füllte betont langsam ihre Lungen. Flüchtig trocknete sie ihre Hände ab, dann griff sie wieder zum Kugelschreiber und notierte auf ihrem Block unter dem Wort „Tatverdächtige":

2. Harald Gruber

Motiv: Rettung seiner Werkstatt, Geld, Geliebte

Vom Tod seiner Frau profitierte Gruber tatsächlich außerordentlich. Zumindest in finanzieller Hinsicht. Die Drohung seiner Frau, sich von ihm scheiden zu lassen und somit die Hälfte des hypothekenbelasteten Hauses mit der Werkstatt zu beanspruchen, musste über ihm geschwebt haben wie das Fallbeil einer Guillotine. Die Auszahlung der Millionensumme aus der Lebensversicherung würde das Überleben seiner Werkstatt sichern. Und, das gab Harald

Gruber ohne Umschweife zu, er hatte eine Geliebte. Emilia Sonnleitner. Gleich zwei gute Gründe, warum seine Frau aus dem Weg geräumt werden musste.

Aber warum hat er dann auch noch Emilia getötet?

Vielleicht wollte Emilia nicht mit einem Mörder liiert sein und gab Harald Gruber den Laufpass, nachdem er ihr den Mord an seiner Frau gestanden hatte? Vielleicht hatte sie aber auch gemeinsam mit Harald dessen Frau getötet, dann kalte Füße bekommen und war von Gruber daran gehindert worden, sich zu stellen? Auch wenn der Tathergang noch nicht geklärt war, für Kriminalhauptkommissar Meier stand fest, dass Harald Gruber der Mann war, den sie suchten. Den ganzen Mittwoch hatte er in endlosen Verhören versucht, Gruber zu einem Geständnis zu bewegen. Doch dieser bestritt beharrlich die Tat. Immer wieder gab er seine Version zum Besten: Man hätte sich gegen ihn verschworen und erst seine Frau und dann seine Geliebte umgebracht. Die Polizei solle seine Tochter Maria beschützen. Sie sei erst siebzehn und vermutlich als nächstes dran.

Besonders glaubwürdig schien seine Aussage nicht zu sein. Meier schenkte ihr dementsprechend wenig Beachtung. Dennoch war er am Donnerstag mit Anja zur Kajakvermietung gefahren, um noch einmal mit Vincent Kaja zu sprechen. Immerhin hatte Kaja mit Helene Gruber einen Tag vor ihrem Tod eine heftige Auseinandersetzung gehabt. Er wiederholte seine Aussage, die er bereits Lange gegenüber gemacht hatte, berichtete ausführlich von dem Techtelmechtel mit Maria Gruber und dem heftigen Streit mit deren Mutter. Er gab zu, eine Schwäche für süße Mädchen zu haben und bat händeringend darum, unter keinen Umständen seiner Frau davon zu berichten. Wenn diese mitbekäme, dass ihm schon wieder ein so junges Ding den Kopf verdreht hatte, würde sie ihn sofort rausschmeißen und er wäre nicht nur seine Arbeitsstelle als

Geschäftsführer der Kajakvermietung los, sondern auch noch sein luxuriöses Dach über dem Kopf. Ebenso die Kreditkarten und seinen heißgeliebten Pickup. „Das habe ich sogar schriftlich", hatte Kaja gesagt. „Im Ehevertrag."

Meier hatte abgewunken, als Kaja anbot, ihm den Vertrag zu zeigen. „Wir werden versuchen zu vermeiden, Ihrer Frau davon zu erzählen." Es schien, als hätte er Verständnis für den glatzköpfigen Kerl mit der sportlichen Figur. Ein Wesenszug, den Anja noch nicht an ihrem Chef gesehen hatte.

Als sie im Präsidium ankamen, zelebrierte Meier wieder eine jener Gemeinheiten, die Anja fast zur Weißglut trieben, und das in einer Lautstärke, die alle Beamten von ihren Schreibtischen aufblicken ließ: „Den Rest der Woche verbringen Sie im Aktenarchiv und machen sich dort mit unserem Ablagesystem vertraut. Verirren Sie sich nicht zwischen den Regalen, wer weiß, ob wir Sie Winzling sonst jemals wiederfinden werden. Hin und wieder muss ich eine Akte aus dem Keller einsehen. Darauf möchte ich dann nicht stundenlang warten müssen. Bringen Sie bloß nichts durcheinander! Dort hat ein kluger Kopf ein unfehlbares System ersonnen. Es ist wie mit meinen Verhörmethoden: Alles hat einen Sinn. Sie erinnern sich?"

Innerlich vor Zorn kochend hatte Anja schwach genickt und war vorbei an den anderen Kollegen in den Keller getrottet und erst am Freitagnachmittag wieder hochgekommen, um sich vollkommen frustriert ins Wochenende zu verabschieden.

Was für eine beschissene Woche.

Der Badeschaum war zu einem mickrigen Häufchen zusammengeschmolzen und sammelte sich am Überlauf der Wanne. Als vor wenigen Minuten das Badewasser über Anjas Kopf zusammengeschlagen war, hatte sie ihre Hände so stark zu Fäusten geballt, dass sich die Fingernägel schmerzhaft in ihre Handflächen gegraben hatten. Aber auf die beruhigende Wirkung eines heißen Bades konnte sich Anja immer verlassen. Genüsslich verbannte sie Meier dorthin, wo er hingehörte, nämlich in den virtuellen Mülleimer der schlechten Gedanken.

Dann geschah etwas, das ihren Frust sofort wegfegte: Es klingelte.

Nicht der schrille Ton, der losrasselte, wenn jemand unten vor der Haustür stehend den Klingelknopf betätigte. Nein, es war die beschwingte Melodie, die nur dann erklang, wenn der Knopf direkt neben ihrer Wohnungstür gedrückt wurde. Demnach konnte es nur eine Person sein, die jetzt vor ihrer Wohnung stand und Einlass forderte: Saskia von nebenan.

Was mag sie nur wollen? Ich hab ihr doch gesagt, dass ich völlig erledigt bin!

Es klingelte erneut.

Wasser schwappte über den Rand, als Anja eilig aus der Wanne stieg und ihren nackten Körper provisorisch in ein viel zu kurzes Handtuch hüllte.

Schon wieder die Klingelmelodie.

„Ich komme ja schon!"

Anja strich ihre nassen Haare zurück und ignorierte die Tropfen, die ihr über Gesicht und Hals rannen. Barfuß durchschritt sie den Flur, feuchte Abdrücke auf dem Parkett hinterlassend. Mit verschränkten Armen presste sie das Handtuch an ihre Brust. Noch ehe die Wohnungstür vollständig aufgeschwungen war, rief sie: „Was gibt's denn, Saskia?"

Doch die Silhouette, die vor ihr im Treppenhaus auftauchte, gehörte keiner Frau.

Anja stand beinahe nackt vor einem Mann.

20

Noch ehe ihr erschrockener Aufschrei im Treppenhaus verklungen war, hatte Anja die Wohnungstür zurück ins Schloss krachen lassen. An ihren Füßen formte sich ein stetig wachsender See aus Wassertropfen, die ihr vom Körper rannen. Noch immer klatschnass überlegte sie, was der ungebetene Besucher von ihr wollte. Gleichzeitig schaute sie prüfend an sich herunter, welche Einblicke sie versehentlich dem Mann gewährt hatte, der vermutlich noch immer vor ihrer Tür wartete.

Was zum Teufel geht hier vor? Woher kennt der meine Adresse? Warum ist er hier? Und was will er?

Anja zog das Handtuch hoch bis zum Hals, reckte den Kopf nach vorn und öffnete die Tür einen zentimeterbreiten Spalt.

„Geben Sie mir 10 Minuten, dann bin ich für Sie da.“

Zeit für eine Antwort ließ sie dem Mann nicht. Mit dem Ende ihres Satzes war die Tür wieder geschlossen. Für einen Moment hielt sie inne und erwog, ob sie den Mann wirklich hineinbitten sollte. Immerhin kannte sie ihn kaum. Außerdem hatte er heimlich ihre Wohnung ausfindig gemacht und ohne sich anzumelden bei ihr geklingelt.

Dabei hatte sie immer darauf geachtet, ihre privaten Daten so weit wie möglich aus der Öffentlichkeit herauszuhalten.

Warum tut er das? Was ist so wichtig, dass es nicht bis Montag warten kann?

Es war nicht nur berufliche Neugier, die sie ins Bad trieb, um sich notdürftig abzutrocknen und hastig anzuziehen. Da war auch noch etwas anderes, was ihre Schritte beschleunigte und sie den kommenden Ereignissen mit einer eigentümlichen Vorfreude entgegensehen ließ.

Verdammt, meine Nase kribbelt.

Und so trat die Frage nach den Motiven des Besuchers immer mehr in den Hintergrund und wich anderen, wesentlich persönlicheren Überlegungen.

Ist meine Wohnung vorzeigbar? In welches Zimmer soll ich ihn führen? Wie sehe ich aus? Bin ich passend angezogen?

Eine Viertelstunde später saß Georg Brandstetter an dem weiß lackierten Tisch in Anjas Küche. Falls er sich darüber geärgert haben sollte, dass er wie ein lästiger Handelsvertreter vor der Tür hatte warten müssen, so war ihm das nicht anzumerken. Wie gewohnt strahlte sein charmantes Lächeln eine Souveränität aus, die es Anja unmöglich machte, erbost auf sein plötzliches Auftauchen zu reagieren. Wortlos hatte sie ihm den Weg in die Küche gewiesen.

Nun saß sie ihm gegenüber und fixierte seinen dunklen Kaschmirpullover mit V-Ausschnitt, aus dem der Kragen eines schneeweißen Hemdes blitzte.

Gut, dass ich mich für die Bluse und nicht für das T-Shirt entschieden habe.

„Was kann ich für Sie tun, Herr Brandstetter?"

Brandstetter legte seine Hände auf den Tisch und erhob seine Stimme.

„Entschuldigen Sie bitte vielmals mein unerwartetes Auftauchen, Frau Klein. Es liegt mir wirklich fern, Sie in

Verlegenheit zu bringen. Bitte gestatten Sie mir fünf Minuten Ihrer Zeit, um mich zu erklären, einverstanden?“

Dankbar registrierte Anja, dass Brandstetter ihren peinlichen Auftritt von soeben unkommentiert ließ und antwortete betont beiläufig: „Ich nehme an, dass Sie gekommen sind, um meine noch offenen Fragen zum Fall Helene Gruber zu beantworten?“

„Nein, nein! Deswegen bin ich nicht hier“, wehrte Brandstetter ab. „Der Grund für meinen Besuch ist nicht beruflicher Natur.“

Anja konnte ihre neuerliche Überraschung nur schwer verbergen. „Sie machen mich neugierig. Warum also sind Sie gekommen?“

Brandstetter antwortete nicht sofort. Mit großer Sorgfalt wählte er seine folgenden Worte. Dann endlich, nach einer gefühlten Ewigkeit, begann er zu sprechen. Langsam. Ganz langsam. Und dennoch fast zu schnell für Anja, um die Botschaft der Sätze wirklich zu begreifen.

„Ich fühle mich sehr wohl in Ihrer Gegenwart. Sie haben eine so ungekünstelte Natürlichkeit, die mich unglaublich inspiriert und zu neuen Taten anregt.“

Nein, nicht doch!

„Ich hatte dieses Gefühl sofort, als wir uns das erste Mal gesehen und die Hände gereicht haben.“

Das darf doch jetzt nicht wahr sein. Der Mann ist verheiratet!

„Nicht, dass Sie mich falsch verstehen. Ich bin ein verheirateter Mann und liebe meine Frau und die Kinder. Aber das wissen Sie ja bereits. Mir ist vielmehr an einer engen Freundschaft zu Ihnen gelegen. Eine Freundschaft zwischen einer jungen Kommissarin und einem alternden Schriftsteller, die sich gegenseitig hier und da ein wenig unterstützen, Hilfestellung leisten oder einfach nur einander zuhören.“

Bei den Worten „alternder Schriftsteller“ zuckte für einen kurzen Moment sein linkes Augenlid.

„Zugegeben habe ich dabei einen Hintergedanken, den ich Ihnen nicht verschweigen möchte. In meiner Eigenschaft als Schriftsteller bin ich immer wieder auf der Suche nach neuem Material, das ich in meinen Büchern verarbeiten kann: Gewaltverbrechen, Aufklärungsmethoden, forensische Beweise, pathologische Gutachten. Sie sitzen doch an der Quelle, Frau Klein, und könnten mich bei meiner Arbeit mit Ihrem fachmännischen Rat unterstützen. Ich kann mich nicht an jeden x-beliebigen Kriminalbeamten wenden, ich muss vollkommen auf seine Integrität und Diskretion vertrauen können. Und diese Eigenschaften sehe ich in Ihnen verkörpert. Umgekehrt würde ich Ihnen selbstverständlich gern mit meiner Lebenserfahrung in dem ein oder anderen Ihrer Fälle zur Seite stehen. Manchmal hilft die Meinung eines Unbeteiligten, die Dinge in einem völlig neuen Licht zu sehen."

Anja schaute noch immer ungläubig drein. Etwas entspannter zwar, da „ein unmoralisches Angebot" wohl vom Tisch war, aber dennoch skeptisch, was Brandstetters Vorschlag anging.

Da Anja nicht antwortete, sprach Brandstetter einfach weiter: „Ich möchte keinen Handel mit Ihnen abschließen, es geht mir lediglich um Ihre Freundschaft, Frau Klein. Wie oft im Leben trifft man schon Menschen, die einem spontan sympathisch sind? Ich finde, man sollte solche Gelegenheiten nicht ungenutzt vorüberziehen lassen."

Anja beobachtete Brandstetter während seiner Rede. Ruhig und selbstsicher perlten die Worte aus seinem lächelnden Mund. In seinen Augen glaubte Anja zu erkennen, dass er es ehrlich mit ihr meinte.

Plötzlich stützte Brandstetter die Hände auf den Tisch, stand auf und schob den Stuhl mit seinen Beinen zurück.

„Meine fünf Minuten sind um. Ich bitte nochmals um Entschuldigung wegen des Überfalls!"

„Nein, nehmen Sie bitte wieder Platz!", stoppte ihn Anja, die soeben eine Entscheidung getroffen hatte. Brandstetters Worte hatten sie tief berührt, ihr geschmeichelt und gleichzeitig die Angst geschmälert, etwas Verwerfliches zu tun.

Freunde werden. Seelenverwandte.

Diesen außergewöhnlichen Mann jetzt ziehen zu lassen, ohne auf seinen Vorschlag einzugehen, würde sie später bereuen. Also stand sie ebenfalls auf und begann, den Tank der Kaffeemaschine mit Wasser zu füllen.

„Sie trinken doch auch einen?", fragte sie vorsichtig und registrierte erleichtert, wie sich Georg Brandstetter zurück auf den Stuhl sinken ließ und ihre Frage mit einem Kopfnicken beantwortete.

21

Anjas uralte Kaffeemaschine setzte den zweiten Farbtupfer in ihrer Küche. Das glänzende Lila stach ebenso ins Auge wie das Pink ihres zettelbespickten Kühlschrankes. Leise knatternd verbreitete das gute Stück neben der Spüle anregenden Kaffeeduft, bevor es sich in ein dampfendes Ungetüm verwandelte. Wie immer drohte das Gerät mit einem finalen Knall zu bersten, kurz bevor die letzten Wassertropfen aus der verkalkten Leitung in den Filter schossen. Georg Brandstetter konnte sich einen Kommentar über dieses Relikt aus ferner Technik-Urzeit nicht verkneifen.

„Wie ich sehe, sammeln Sie auch Antiquitäten?“

Wieder zuckte sein linkes Auge. Offensichtlich sein mimisches Gestaltungsmittel, um einen ironisch gemeinten Scherz zu signalisieren.

„Spätes 20. Jahrhundert“, griff Anja seine Vorlage auf. „Deutsches Modell mit deutlich erkennbaren Spuren häufigen Gebrauchs, dennoch voll funktionsfähig.“

Nun zwinkerte sie ihrerseits mit dem Auge. „Und macht noch immer hervorragenden Filterkaffee.“

Während sie die dampfenden Kaffeebecher auf dem Tisch abstellte und sich wieder auf ihrem Stuhl niederließ, erwiderte sie Brandstetters breites Grinsen. Dieser packte den Henkel der überdimensionierten Tasse und stieß seinen Arm nach vorn.

„Auf eine wunderbare und lang andauernde Freundschaft!“

„Auf uns“, flüsterte Anja verhalten und prostete ihm symbolisch zu. Dann tranken sie. Ganz so, als wollten sie damit ihr nagelneues Bündnis besiegeln.

Noch mit der Tasse in der Hand schaute Brandstetter irritiert in Anjas Gesicht, das jetzt belustigt wirkte, fast so, als wolle sie jeden Moment in schallendes Gelächter ausbrechen.

„Darf ich den Grund Ihrer Erheiterung erfahren?“, tastete er sich behutsam vor.

„Ich musste eben an Heiko Kaminski denken.“

„Beweise ich mit meiner Unkenntnis dieses Namens gerade eine unverzeihliche Bildungslücke?“

„Nein, sicher nicht! Heiko und ich waren 12 Jahre alt, als er mir auf dem Schulhof einen Zettel zum Ankreuzen zusteckte auf dem stand, ob wir Freunde werden wollten. Ja, nein und vielleicht hatte er als Auswahl vorgegeben.“

„Und, haben Sie etwas angekreuzt?“

„Nein“, lachte Anja. „Einen zweiseitigen Brief habe ich verfasst mit der ausführlichen Begründung, warum wir nicht zueinander passen. Danach haben wir jahrelang kein Wort mehr miteinander gesprochen. Erst als wir uns als 18-Jährige in einer Tanzschule wiedertrafen, um für den Abiball die Grundschritte einiger Standardtänze zu erlernen, konnten wir beide herzlich darüber lachen und sind seither doch befreundet.“

„Eine filmreife Geschichte“, bemerkte Brandstetter und massierte nachdenklich sein Kinn. „Wie ich meinen bis heute besten Freund kennengelernt habe, werde ich auch nie vergessen. Allerdings waren die Umstände weniger lustig, damals im Winter vor zweieinhalb Jahren.“

„Und das Drehbuch zu welchem Drama hat Ihnen das Leben geliefert?“, fragte Anja mit beiden Händen ihren Kaffeebecher umschließend.

„An jenem Tag schneite es ununterbrochen, und ich unternahm einen Spaziergang mit meinen Zwillingen unten am See. Moritz und Annabelle waren damals gerade drei Jahre alt und ständig auf Entdeckungstour. Ich hatte meine liebe Not damit, sie beide im Auge zu behalten. Sie tollten im Schnee herum, kreischten und jauchzten, doch dann stürzte Moritz der Länge nach hin und heulte herzzerreißend. Um ihn zu trösten, nahm ich ihn hoch. Dabei entging mir, dass Annabelle einfach weiterlief. Als sich Moritz endlich wieder beruhigt hatte und ich ihn auf seinen Schlitten setzen wollte, hörte ich merkwürdige Geräusche vom Ufer. Ich ahnte, was passiert war und folgte panisch den Fußspuren meiner Tochter. Sie führten hinaus auf den schneebedeckten See, aber Annabelle war nirgends zu sehen. Dann bemerkte ich einen Mann, der bis zur Hüfte im Wasser steckte. Mit den Händen zerschlug er die Eisschicht und kämpfte sich vorwärts. Plötzlich zog er ein Kind nach oben. Die blaue Mütze meiner Tochter erkannte ich sofort.

Mit dieser selbstlosen Tat hat er nicht nur das ihre, sondern auch mein Leben gerettet. Denn verantwortlich zu sein für den Tod des eigenen Kindes, damit hätte ich nicht leben können. Es ist aber nicht nur Dankbarkeit, die mich mit ihm verbindet. Er ist der gutherzigste Mann, den ich je kennengelernt habe, und ich bin verdammt froh, ihm begegnet zu sein. Seit jenem Tag ist er mein bester Freund und ich kann nur hoffen, dass das für immer so bleiben wird. Übrigens kennen Sie ihn.“

Anja machte große Augen. „Verraten Sie mir seinen Namen?“

„Harald Gruber.“

„Der Harald Gruber?“

Georg Brandstetter nickte bedeutungsschwer. „Ja. Der Mann, der verdächtigt wird, einen Doppelmord begangen zu haben, ist mein bester Freund!“

„Sie glauben, dass er unschuldig ist?“

„Ich weiß es!“, erwiderte Brandstetter energisch. „So etwas Abscheuliches könnte Harald niemals tun. Nicht einmal eine Hand kann er gegen einen anderen Menschen erheben, geschweige denn ein Messer. Ich kenne ihn!“

„Die Beweise sprechen aber eine andere Sprache“, warf Anja ein.

„Dann sind die Beweise falsch!“, entgegnete Brandstetter knapp und entschieden. „Ich habe mit Harald gesprochen. Er hat mir versichert, dass er nichts mit den tragischen Geschehnissen zu tun hat, und ich glaube ihm. Mich würde er nicht anlügen. Ganz sicher nicht!“

Er hatte aber Motiv und Gelegenheit. Und er ist am zweiten Tatort gesehen worden, dachte Anja, sagte jedoch zunächst nichts. Sie spürte, wie sehr sich Georg Brandstetter bemühte, seine aufkochenden Emotionen unter Kontrolle zu halten, und suchte nach einer Möglichkeit, ihm entgegenzukommen, ohne ihre wahre Einschätzung der Lage preiszugeben. „Ich verspreche Ihnen, alles dafür zu tun, den wahren Täter zu überführen.“

„Danke“ war das letzte Wort, das Brandstetter hervorbrachte, ehe er mit einer Handbewegung Anjas Frage nach einem weiteren Kaffee ablehnte. „Ich melde mich“, sagte er noch, als er sich eilig verabschiedete und im Treppenhaus verschwand. Der letzte Satz hatte wie ein Schluchzer geklungen und Anja konnte erahnen, wie sehr Georg Brandstetter unter der Inhaftierung seines Freundes litt. Sie saß noch lange allein an ihrem Küchentisch und starrte grübelnd in die Tasse mit dem kalten Kaffee.

Dann sind die Beweise falsch!

Dieser Satz ließ sie nicht mehr los. Zu gern wollte sie glauben, dass er wahr wäre. Und nur zu gern wollte sie

Brandstetter helfen, seinen Freund zu rehabilitieren. Zumal sie selbst nicht hundertprozentig überzeugt war, dass Harald Gruber der Mörder war.

Schließlich ballte Anja die Finger zur Faust und spornte sich selbst an: „Ich werde weiter ermitteln! Das ist das Mindeste, was ich tun kann. Ich habe es Georg Brandstetter versprochen!“

22

Ein klarer, blauer Himmel erwartete Anja, als sie am nächsten Morgen erwachte. Ihr Entschluss, nach Beweisen für Grubers Unschuld zu suchen, war unumstößlich, auch wenn sie sich die Entscheidung, allein mit der Suche zu beginnen, nicht leicht gemacht hatte. Mindestens ein Kollege sollte wissen, was sie zu unternehmen gedachte und vor allem wo. Soweit die Dienstvorschriften. Doch das Risiko, von Meier zurückgepfiffen zu werden, wollte sie keinesfalls eingehen. Sobald Meier ihr Vorhaben auch nur entfernt witterte, würde er sie zur Unterwerfung zwingen wie ein Alpharüde einen ungezogenen Welpen. Sein zorngerötetes Gesicht konnte sie sich schon jetzt allzu gut vorstellen, ganz abgesehen von dem mit Schimpfwörtern gespickten Wortschwall, mit dem er sie niederbrüllen würde.

Nein! Es blieb ihr nur eine einzige Möglichkeit. Sie musste allein recherchieren und ihm dann handfeste, unwiderlegbare Ergebnisse präsentieren. Nur so war es möglich, ihm den Wind aus den Segeln zu nehmen und vielleicht sogar in seiner Gunst zu steigen.

Und nur so kann ich Georg Brandstetter dabei helfen, dass sein bester Freund wieder frei kommt. Warum das Unvermeidliche noch länger hinauszögern? Energisch strich sich Anja die verwuschelten Haare aus dem Gesicht. Sie dehnte ihre Muskeln und schleuderte die Decke schwungvoll in Richtung des Fußendes ihrer Schlafcouch. Dann rappelte sie sich auf, begnügte sich mit einer kurzen Morgentoilette und schlüpfte in frische Kleidungsstücke, die sie ohne groß zu überlegen aus ihrem Schrank nahm. Mit wenigen Handgriffen verwandelte sie ihr Bett in ein Sofa und verstaute die Decke im Bettkasten. Ohne auch nur einen Gedanken an Frühstücken zu verschwenden, schnappte sie sich die Auto- und Wohnungsschlüssel, klemmte sich ihre Handtasche unter den Arm und verließ ihre Wohnung. Vorsorglich klebte sie einen gelben Haftzettel an Saskias Tür. „Musste dienstlich noch mal weg. Melde mich, sobald ich zurück bin", stand darauf geschrieben, in schulmäßiger, schnörkelloser Mädchenhandschrift.

Fünf Minuten später sauste ihr roter Polo den Federberg hinunter. Unter normalen Umständen fuhr Anja niemals zu schnell. Akribisch hielt sie sich stets an die Geschwindigkeiten, die ihr die Verkehrsschilder vorschrieben. Doch heute schien sie die Belastungsgrenze ihres Polos austesten zu wollen. Rasant schoss sie um die Kurve Richtung Weindorf, passierte den beschaulichen Murnauer Ortsteil und gelangte schließlich zum Längenfeldweg, wo sie das Auto am Straßenrand abstellte und zu dem Häuserblock hinüberlief, in dem Emilia Sonnleitner bis zum Dienstagmorgen gelebt hatte.

Das zornige Kläffen eines Hundes empfing sie, als sie das Treppenhaus betrat. Es drang aus der Wohnung genau jener Frau, mit der Anja sprechen wollte und die, obwohl eine wichtige Zeugin, bisher nur von Meier verhört worden war. Nicht dass Anja vor Hunden besondere Angst gehabt hätte, aber etwas mulmig war ihr dennoch zumute, während sie den Klingelknopf im ersten Obergeschoss neben dem Schriftzug „Hintersberger" drückte.

Glücklicherweise verstummte das Gebell, noch ehe die Tür aufschwang.

„Sie wünschen?“, fragte eine zittrige Stimme, die zu einer alten Dame mit weißen Haaren gehörte.

„Frau Hintersberger?“

„Ja.“

„Ich bin Anja Klein von der Kriminalpolizei Garmisch. Ich habe einige Fragen an Sie. Darf ich reinkommen?“

„Aber natürlich, meine Liebe! Kommen Sie! Kommen Sie! Eine Frau in meinem Alter hat nur selten Besuch. Möchten Sie einen Tee?“

„Ja, gern“, sagte Anja und folgte Frau Hintersberger in die Küche. Der schwarze Spitz, der sich ihnen anschloss, war in Wirklichkeit viel zutraulicher, als sein anfängliches Bellen hatte vermuten lassen, und wedelte nun fortwährend mit seinem buschigen Schwanz.

„Nehmen Sie doch Platz, ich bin gleich bei Ihnen!“

Anjas Blick schweifte durch den schmalen Raum, der ebenso winzig war wie ihre eigene Küche, doch in puncto Gemütlichkeit nicht mithalten konnte. Weißgekalkte, nackte Wände, ein schmales Fensterbrett ohne Pflanzen, farblose Platzdeckchen aus PVC. Der Raum war sauber und aufgeräumt, keine Frage, aber ihm fehlten Charme und Individualität. Fast so, als wäre er bereits auf das Ableben der alten Dame vorbereitet worden. Als Anja sah, welche enorme Kraftanstrengung es für die Frau bedeutete, den Tee einzuschenken, dämmerte ihr, dass dieser Tag wohl nicht allzu lang auf sich warten lassen würde.

Die knöchernen Hände im Schoß gefaltet, um jedes Zittern zu unterdrücken, setzte sich die extrem untergewichtige Dame Anja gegenüber und krächzte: „Bitteschön!“

„Dankeschön!“, antwortete Anja höflich, griff nach der Tasse und lächelte. „Wenn Sie erlauben, würde ich jetzt meine Fragen stellen.“

„Nur zu, mein Kind. Nur zu!"

Nervös strich Anja eine Strähne zurück, die ihr ins Gesicht gefallen war.

Die zweite Zeugenbefragung ganz allein.

Diesmal gab es keinen Spielraum für Tändeleien. Sie hatte nur diesen einen Versuch. Kein Improvisieren. *Mach es wie in der Schule, halte dich an die Vorgaben, dann kannst du nichts übersehen!*

Und so begann sie den Fragenkatalog abzuspulen, den sie am Vorabend zusammengestellt und während der Nacht auswendig gelernt hatte.

„Hatten Sie ein gutes nachbarschaftliches Verhältnis zu Emilia Sonnleitner?"

„Wenn man Tür an Tür mit jemandem lebt, kennt man denjenigen oft besser als die eigene Familie. Emilia war fünf Jahre meine Nachbarin. Fünf Jahre!"

„Wie würden Sie sie beschreiben?"

„Emilia?"

Anja nickte eifrig.

„Emilia war eine wunderschöne Frau, ja, das war sie. Und sympathisch. Sehr sogar. Und fürsorglich. Stundenlang hab ich im Hof gesessen und ihr dabei zugesehen, wie sie mit ihrem kleinen Thomas gespielt hat. Der Thomas ist ihr Sohn, wissen Sie? Er hat die gleichen Kulleraugen wie Emilia. Ja, genau die gleichen."

Für einen Moment kehrte der frühere Glanz in die trüben Augenlichter der vom Alter gezeichneten Frau zurück.

„Dann gab es bestimmt auch einen sympathischen Mann in Emilias Leben", spekulierte Anja.

„Ganz und gar nicht! Nicht einmal eine Freundin hatte sie. Nicht eine! Der Einzige, der sie hin und wieder besuchte, war mein Enkel Vince. Das ist aber schon Monate her. Monate. Als Emilia herausfand, dass er verheiratet ist, hat sie ihn sofort abserviert, diesen Schuft.

Seither ist er nicht wieder hier gewesen. Auch bei mir nicht. Der Schuft! An mich hat er sich nur solange erinnert, wie er sich Chancen bei Emilia ausrechnete, danach sah ich ihn nie wieder. Kein einziges Mal."

Klingt ganz nach Vincent Kaja vom Bootsverleih, dachte Anja. *Schuft* war genau der Ausdruck, der ihr in den Sinn gekommen war, als Kaja von seiner „Schwäche für süße Mädchen" berichtete.

„Sprechen Sie etwa von Vincent Kaja?"

„Ja, Kindchen. Das sagte ich doch! Mein Enkel Vince."

Hatte sie gerade „Ekel-Winz" gesagt? Solch einen beißenden Humor hätte sie der alten Dame nicht zugetraut.

Unter Schmerzen beugte sich Frau Hintersberger zu ihrem Hund hinunter, der sich prompt auf den Rücken wälzte und die Streicheleinheiten seines Frauchens sichtlich genoss. Ihre ächzende Stimme erinnerte an das Knarren uralter Holzdielen.

„Du bist halt mein Bester, der Beste, ja der Beste bist du!"

Anja ging neben ihr in die Hocke. Sie wollte der zerbrechlichen Frau die Gelegenheit geben, sich wieder zu sammeln. „Stimmt, das ist ein ganz Süßer", sagte sie dann und ließ das Tier an ihrer Hand schnuppern.

„Er heißt eigentlich Ambrassador von Huglfing, so steht es jedenfalls in seinen Papieren", erklärte die Dame stolz. „Aber ich rufe ihn Kläffi, weil er immer Laut gibt, wenn jemand in unser Haus kommt. Er tut keiner Menschenseele was. Ein sehr braves Tier. Das ist er."

Anja stutzte. „Er bellt immer, wenn jemand das Treppenhaus betritt?"

„Immer, meine Liebe! Immer! Er gibt erst wieder Ruhe, wenn ich zur Tür gegangen bin, durch den Spion geschaut und ihm ein Zeichen gegeben habe, dass keine Gefahr droht. Mein Kläffi hat einen sehr ausgeprägten

Beschützerinstinkt. Ja, den hat er wohl. Sie haben es doch eben selbst erlebt, nicht wahr?"

„Dann hat er vermutlich auch am Dienstag gebellt, als Emilia Sonnleitners Mörder bei ihr klingelte?"

Frau Hintersberger richtete mühsam ihren Oberkörper wieder auf und legte die Handflächen auf den Tisch. Dann lehnte sie ihren Kopf zurück und blickte nach oben an die Zimmerdecke. „Lassen Sie mich einen Augenblick nachdenken, einen Augenblick."

Anja setzte sich wieder auf den Stuhl und nickte zustimmend.

„An dem Morgen bellte der Hund andauernd. Andauernd, sage ich! Im Treppenhaus ging es zu wie in einem Taubenschlag."

„Erzählen Sie weiter!", drängte Anja ungeduldig. „Bitte!"

„Ja doch, Kindchen, ja doch! Ich bin doch schon dabei", empörte sich Frau Hintersberger und griff seelenruhig nach der Teekanne. Offensichtlich lag ihr viel daran, den unerwarteten Besuch möglichst lange bei sich zu behalten.

„Ich helfe Ihnen!" Rasch griff Anja nach der Kanne und schenkte nach.

„Danke, mein Kind! Das ist sehr liebenswert von Ihnen."

„Gerne doch, aber jetzt erzählen Sie!"

„Zunächst klingelte Vince an Emilias Tür."

„Ihr Enkel?", hakte Anja nach. „Sagten Sie nicht, dass es Monate her ist, seit er Emilia zuletzt besuchte?"

„Ja, ja, das stimmt schon. Ich bin mir auch nicht ganz sicher, ob er es wirklich war. Er hatte eine schwarze Kappe auf, so eine Mütze mit Sonnenschutz, wissen Sie?"

Anja nickte und zuckte gleichzeitig mit den Schultern.

„Vielleicht war er es auch gar nicht. Aber für mich sah es so aus. Jedenfalls hatte ich gehofft, dass er auch bei mir klingeln würde, bei seiner Omi, das gehört sich doch, oder nicht? Doch er ist einfach so abgehauen, der undankbare Schuft! Kläffi hat zwar wieder gebellt, als er ging, aber ich war nicht schnell genug am Fenster, um ihn noch einmal sehen zu können, nicht schnell genug."

„Was ist dann passiert?"

„Kaum war ich zurück in der Küche, bellte der Hund schon wieder. Erst freute ich mich, dass Vince zurückgekehrt war und mich nun doch noch besuchen wollte. Ich hab mich so gefreut."

„Aber?"

„Aber es war nicht Vince, der unten vor der Haustür stand. Der Mann hatte auch keine Kappe auf. Es war der Werkl-Harald. Eindeutig! Er klingelte und klopfte und schaute sich um, als würde er jemanden erwarten. Dann ging er ein Stück zurück und schaute ganz intensiv durch jedes Fenster im Erdgeschoss. Das war schon fast unheimlich!"

„Und weiter?"

„Dann betrat er plötzlich den Hausflur, obwohl ganz bestimmt der Türöffner nicht gesummt hatte. Vielleicht war die Tür nur angelehnt oder nicht richtig eingeschnappt, das passiert manchmal bei der alten Tür. Mir kam das alles merkwürdig vor und so bin ich raus ins Treppenhaus. Hab ihn schließlich ewig nicht mehr gesehen, den Harald. Schon seit dem Tod meines Mannes nicht mehr. Gott hab ihn selig!"

„Sie stehen also oben an der Treppe und dann?"

„Gerade als ich…"

Weiter kam Frau Hintersberger nicht. Sie schaffte es noch, die Tasse auf dem Tisch abzustellen, bevor ein Hustenanfall ihren Körper packte. Innerhalb von Sekunden wurde ihr Gesicht puterrot, als ob der Tee sich in ihrer Kehle verklumpt hätte und sie nun verzweifelt versuchte, den gigantischen Brocken herauszuwürgen. Hilfsbereit sprang Anja auf und klopfte der Frau auf den Rücken, allerdings so zaghaft, als wollte sie einem Baby ein Bäuerchen entlocken. Für kräftigere Schläge fehlte ihr der Mut. Schließlich wollte sie der gebrechlichen Frau keine Rippen zertrümmern. Zwischen langsam nachlassenden Hustenschüben gelang es der Alten, bruchstückhafte Silben hervorzupressen, die Anja etwas beruhigten.

„Nur – ver – schlu – ckt!"

Offensichtlich hatte sie Erfahrung mit derartigen Attacken und vertraute darauf, dass auch diese in wenigen Minuten vorüber sein würde.

„Wo waren wir stehengeblieben?", fragte sie, nachdem der letzte Hustenreiz verflogen war.

Anja tupfte sich den Schweiß von der Stirn und fühlte sich selbst völlig atemlos. „Sie haben Harald Gruber im Hausflur verschwinden sehen und dann Ihre Wohnungstür geöffnet", sagte sie schließlich.

„Ganz genau!", bestätigte Frau Hintersberger und tippte sich an die Stirn, als ob ihr jetzt alles wieder einfiele. „Ich bin in den Keller gegangen."

„In den Keller?"

„Ja, Kindchen, in den Keller."

„Was wollten Sie dort unten?"

„Meinen Toaster habe ich gesucht. Meinen alten Toaster. Ich wollte ihn raufholen, damit der Werkl-Harald ihn mitnehmen und reparieren kann. Aber ich habe ihn nicht gefunden."

„Und dann sind Sie wieder raufgegangen?"

„Ja! Wie ich so die Stufen nach oben gehe, fliegt plötzlich die Wohnungstür von Emilia auf und der Harald rennt wie von der Tarantel gestochen aus dem Haus. Der Harald ist immer ein ganz Netter und Lustiger, wissen Sie? So verstört wie an diesem Morgen habe ich ihn noch nie gesehen, noch überhaupt nie! Als ob er einen Geist gesehen hätte, so hat der geschaut."

„Wie lange, würden Sie sagen, war Herr Gruber in der Wohnung, ehe er wieder herausgerannt kam?"

„Vielleicht eine Viertelstunde, länger im Keller zu stöbern, dazu fehlte mir die Kraft."

„Und der Mann zuvor? Wie lange hat der sich in der Wohnung aufgehalten?"

„Wen genau meinen Sie jetzt, Kindchen?"

„Na Ihren Enkel, den Vincent!"

Die alte Dame schüttelte verständnislos den Kopf. „Sie hören nicht zu, Fräulein, ich sagte doch, dass Vince seit Monaten nicht mehr hier war!"

Ratlos ließ Anja die Schultern sacken und stützte ihren Rücken an der Stuhllehne ab. *Das darf doch jetzt nicht wahr sein!*

„Frau Hintersberger." Anja hob beide Hände, um der Dringlichkeit ihrer Worte Nachdruck zu verleihen. „Sie berichteten mir doch von einem Mann, der Emilia besuchte, noch bevor Harald Gruber auftauchte. Der Mann mit der schwarzen Kappe. Sie erinnern sich?"

„Ich weiß nicht, was Sie meinen, Kindchen! Und nun entschuldigen Sie mich bitte! Ich muss mich jetzt ausruhen."

So einfach wollte Anja nicht aufgeben. „Bitte, Frau Hintersberger! Das ist sehr wichtig. Möglicherweise sitzt Harald Gruber zu Unrecht in Untersuchungshaft. Bitte denken Sie noch einmal ganz genau nach!"

„Nicht jetzt, Liebes! Ich bin müde. Nicht jetzt! Und danke für den Tee!"

Wieso bedankt sie sich denn für ihren eigenen Tee?

Anja verstand. Von der hochbetagten Frau war im Moment nicht mehr zu erfahren. Der Hustenanfall hatte sie doch stärker erschöpft, als es zunächst den Anschein gehabt hatte. Anja würde wiederkommen und sie noch einmal befragen. Immerhin hatte sie jetzt einen ersten Hinweis, dem sie folgen konnte. Vielleicht nur ein

Hirngespinst der alten Dame. Vielleicht aber doch ein heiße Spur, der sie nachjagen sollte?

„Nichts zu danken“, murmelte Anja und stand auf. „Kommen Sie, Frau Hintersberger, ich begleite Sie ins Wohnzimmer!“

„Danke!“, flüsterte die Alte, als Anja ihr dabei half, die Beine auf die Couch zu heben. Sanft zog Anja eine Decke über den hageren Körper. Dann fielen Frau Hintersberger die Augen zu.

23

Mit lieb und nett kommen Sie nicht weit. Das werden Sie schon noch kapieren.

Meiers Predigt hallte durch Anjas Kopf. War es möglich, dass die alte Dame ihre Verwirrung nur vorgetäuscht hatte, um ihren Enkel Vincent Kaja zu schützen, nachdem sie ihn mehr aus Versehen verdächtig gemacht hatte? Und wenn dem so wäre, hätte sich diese gespielte Fassade mit einem skrupellosen Verhör nach Meier-Manier einreißen lassen?

Nein, entschied Anja. *Frau Hintersberger ist keine Schauspielerin!*

Vincent Kaja hin oder her. Die alte Dame hat an jenem Morgen zwei Männer in Emilias Wohnung gehen sehen. Harald Gruber und den Mann mit der schwarzen Kappe. Nun galt es herauszufinden, wer dieser andere Mann war. Ganz offensichtlich kannte Emilia Sonnleitner diesen Menschen, hatte ihn vielleicht sogar erwartet. Sonst hätte sie ihn nicht hineingebeten und Kaffee serviert.

Anja beschloss, zunächst Emilias Umfeld nach männlichen Bekanntschaften abzuklopfen. Erst danach würde sie einen Frontalangriff auf Vincent Kaja wagen. Was lag also näher, als Emilias Eltern einen Besuch abzustatten. Dass sie im Nachbarort Riegsee einen

Bauernhof betrieben, stand in dem Bericht, den Anja eigenhändig abgeheftet hatte.

Als Anja den Hof der Sonnleitners erreichte, verschlug es ihr beinahe den Atem. Die deckenhohen Flügeltüren an der Stirnseite eines Flachbaus standen weit offen, dahinter grunzten Schweine und quiekten Ferkel. Ein beißender Geruch nach Ammoniak fraß sich zunehmend durch ihre Nasenschleimhäute, je mehr sie sich dem Gebäude näherte. Ein älterer Mann schob, auf einem Traktor sitzend, einen gewaltigen Haufen Stroh und Gülle durch den Mittelgang vor sich her.

„Vorsicht, junge Frau, die Odelgrube!“, schrie er grinsend zu ihr herüber. Anja blickte naserümpfend in das tiefe Becken direkt vor ihr, das bis zum Rand mit dickflüssigen Exkrementen gefüllt war. Dann stoppte er den Traktor und der Motor erstarb mit einem gurgelnden Geräusch, als wäre er in ein Schlammloch gefallen.

„Suchen Sie jemanden?“

Die Hosenbeine seiner abgewetzten Jeans steckten in dreckigen Gummistiefeln. Ein fleckiges Unterhemd spannte sich über seinen Bauch. Der Schweinezüchter kam näher.

„Sind Sie der Vater von Emilia Sonnleitner?“

Abrupt blieb der Mann stehen, senkte den Kopf und nestelte an seiner Schildmütze.

„Ja, der bin ich“, antwortete er mürrisch ohne aufzublicken. Von seiner anfänglichen Freundlichkeit war nichts mehr zu spüren.

Anja zog ihren Dienstausweis aus der Handtasche. „Anja Klein, Kripo Garmisch. Ich habe einige Fragen an Sie!“

Der Mann nickte, ohne ihr in die Augen zu sehen.

„Es tut mir sehr leid, was Ihrer Tochter zugestoßen ist.“

Der Mann nickte erneut, dann brach es unaufgefordert aus ihm heraus: „Es musste ja so kommen!“ Er schniefte.

„Bei dem Lebenswandel wundert mich das überhaupt nicht!"

„So darfst du nicht über sie reden, Helmut!"

Eine von harter Arbeit gezeichnete Frau kam aus dem Stall gestapft, offenbar Sonnleitners Ehefrau, stellte sich neben ihren Mann und knuffte ihn in die Seite. Der Knoten in ihrem grauen Haar löste sich, während sie ihren krummen Rücken ein wenig zu strecken versuchte.

"Das ist nicht recht!" Sie wandte sich Anja zu und fuhr fort: „Sie müssen wissen, Frau Kommissarin, mein Mann und ich sind beide streng katholisch. In diesem Sinne haben wir auch unsere Tochter erzogen."

„Doch sie hat nichts von uns annehmen wollen!", funkte Herr Sonnleitner dazwischen. „Rumgetrieben hat sie sich, schon mit 16. Wie ein Flittchen hat sie sich benommen und unseren guten Ruf in den Dreck gezogen. Mit 18 haben wir sie vor die Tür gesetzt, wir konnten uns ja nirgends mehr sehen lassen, und dann hat sie dieses Kind bekommen. Sie wusste ja nicht einmal, wer der Vater ist. Sogar dem Herrn Pfarrer konnte sie nicht sagen, wer dafür gerade zu stehen hat. Dabei ist der extra zu ihr gefahren, um ihr ins Gewissen zu reden. So sieht es aus. Das ist unsere Tochter! Und deshalb ist es nicht verwunderlich, was passiert ist!" Sichtlich erzürnt machte er eine abwertende Handbewegung und drehte sich weg.

„Vermutlich blieb ihr Verhältnis bis zuletzt angespannt?", fragte Anja vorsichtig, doch Herr Sonnleitner schien nicht gewillt, weitere Fragen zu beantworten. Die Hacken seiner Gummistiefel schlurften über das Pflaster, während er langsam zurück zu seinem Traktor trottete. Seine Frau war dafür umso redseliger.

„Mein Mann hat seit damals nicht mehr mit ihr gesprochen. Das ist jetzt fünf Jahre her", sagte sie mit trauriger Stimme. „Ich dagegen habe sie immer wieder angerufen und das Gespräch mit ihr gesucht. Doch Emilia war sehr stolz. Sie wollte ihrerseits keinen Kontakt mehr, nachdem wir sie damals von zu Hause weggeschickt haben. Dabei hatten wir uns doch einfach nicht mehr zu helfen gewusst, weil sie so gar nicht auf uns hören wollte. Unzählige Nachrichten habe ich immer wieder auf ihrem Anrufbeantworter hinterlassen. Leider hat sie nie zurückgerufen. Nicht ein einziges Mal. Selbst unseren Enkel hat sie uns vorenthalten. Ich war verzweifelt darüber und habe mir solche Vorwürfe gemacht, weil ich damals meinem Mann seinen Willen gelassen habe, aber da war nichts zu machen. Den Sturkopf muss sie von ihrem Vater geerbt haben."

„Verstehe", sagte Anja leise. „Das tut mir leid für Sie!"

In diesem Moment heulte mehrmals der Motor des Traktors auf, ganz so, als wollte der Mann seiner Frau ein Zeichen geben.

„Ich muss wieder zur Arbeit!", sagte sie prompt und wandte sich bereits dem Stall zu.

„Eine Frage habe ich noch an Sie, Frau Sonnleitner!" Die Frau blieb widerstrebend stehen, besorgt zu ihrem Mann hinüberblickend.

„Sind Ihnen Personen bekannt, die Ihrer Tochter nahestanden? Freundinnen vielleicht, Verwandte oder Arbeitskollegen? Irgendjemand, von dem Sie wissen, dass er regelmäßigen Kontakt zu Emilia hatte?"

Die Frau überlegte kurz. „Nein", sagte sie schließlich. „Bei Familienfeiern war Emilia nie mehr dabei. Und ob sie Freunde hatte, das kann ich Ihnen nicht beantworten. Gesprochen hat sie ja nicht mit mir und gesehen habe ich sie immer nur allein mit ihrem Sohn. Vielleicht fragen Sie mal im ‚Muckistadl' nach. Sie arbeitete dort als Trainerin. Jetzt muss ich aber wirklich los! Sonst kriegt mein Mann einen Wutanfall!"

Die letzten Worte rief sie bereits im Gehen über die Schulter. Dann verschwand sie im Schweinestall.

24

Der „Muckistadl" befand sich im Gewerbegebiet Murnau Nord ganz in der Nähe der Autowerkstatt Gruber. Der Parkplatz des Sportstudios war bis auf den letzten Platz belegt. Anja drehte schon die zweite Runde, als sie einen wegfahrenden Porsche bemerkte und sogleich die frei gewordenen Lücke für ihren Polo beanspruchte. Raschen Schrittes betrat sie die geräumige Halle mit ihren unzähligen Geräten, an denen junge, ältere, dicke und dünne Männer und Frauen trainierten. Ganz unterschiedliche Typen, einige mit überflüssigen Pfunden kämpfend, manche mit sehr athletischen Figuren, andere muskelbepackt in viel zu engen Shirts, die aber alle eines gemeinsam hatten: sie schwitzten und stöhnten, während sie Gewichte gleichmäßig von sich weg drückten oder zu sich heranzogen, sich auf den Laufbändern austobten oder in die Pedale der Ergometer traten, als ginge es morgen zur Tour de France.

Der Geruch von frischem Schweiß schlug Anja entgegen. Hinter dem Tresen in der Mitte der Halle stand ein Mann, recht klein, aber mit sehr definiertem Bizeps, um die dreißig, schätzte Anja. Blondes, gestylt wuscheliges Haar umrahmte das solariumgebräunte, kantige Gesicht.

Seine blaugrauen Augen tanzten lebhaft, als er Anja näherkommen sah, und sein breiter Mund verzog sich zu einem verschmitzten Lächeln.

„Was kann ich für dich tun, schöne Frau?“, flirtete er Anja ungeniert an.

„Sind Sie der Besitzer des Studios?“

„Nein, aber der Geschäftsführer! Womit kann ich dir helfen?“

„Anja Klein, Kripo Garmisch!“ Anja hielt ihm ihren Ausweis hin. Verdutzt betrachtete der Mann das Dokument.

„Kriminalpolizei?“, fragte er erstaunt.

„Ganz recht! Gibt es hier einen Ort, wo wir uns ungestört unterhalten können?“

„Sicher, kommen Sie bitte!“

Plötzlich strahlte der Mann professionelle Seriosität aus. *Was so ein Ausweis doch für eine Wirkung hat!* Anja folgte ihm durch eine Tür ins Treppenhaus. Im oberen Stockwerk befand sich ein kleines Büro mit jeder Menge Aktenschränken und einem Schreibtisch darin.

„Nehmen Sie doch bitte Platz, Frau Klein!“

„Danke!“

„Worum geht es?“

„Wenn Sie mir zunächst sagen würden, wie Sie heißen?“

„Oh, ich bitte um Entschuldigung! Torben Ehrlich.“

„Schön, Herr Ehrlich, es geht um Emilia Sonnleitner. Der Name sagt Ihnen etwas?“

„Selbstverständlich! Sie ist Fitnesstrainerin hier im Hause. Sogar eine der besten, die wir haben.“

„Angestellt?“

„Ja, in Teilzeit. Ihre Kurse laufen montags bis freitags an den Vormittagen. Zumba, Bodyattack, Pilates, alles für fortgeschrittene Trainierende auf hohem Fitnessniveau.“

Ehrlich unterbrach sich, als würde er sich selbst in Erinnerung rufen, dass hier kein Werbegespräch für einen neuen Langzeitvertrag stattfand. Mit nachdenklicher Miene fuhr er fort: „Allerdings ist sie seit Montag nicht mehr hier gewesen, hat sich nicht entschuldigen lassen, nicht krank gemeldet, gar nichts. Ganz untypisch für sie, ich hoffe, ihr ist nichts zugestoßen?“

„Ich fürchte, doch“, entgegnete Anja. „Sie ist tot aufgefunden worden.“

„Was?“, schrie Torben Ehrlich überrascht auf. Er versuchte erst gar nicht, sein Entsetzen zu verbergen, starrte Anja mit offenem Mund an, um sich sogleich haltsuchend in seinem Drehstuhl zu verkriechen.

„Wie konnte das nur passieren?“

Anja antwortete ihrem Gegenüber nicht, sondern musterte die Veränderungen in seinem Gesicht.

„Waren Sie mit Emilia befreundet?“

„Nein, das war ich nicht! Leider!“

Vorsicht, dachte Anja. *Er ist ein Mann, er kennt Emilia und sicher auch ihre Adresse. Somit erfüllt er bislang alle Kriterien, die auch auf Emilias Mörder zutreffen dürften.*

„Wie soll ich das verstehen?“, fragte sie beiläufig.

„Emilia war eine bildschöne Frau, immer nett und ausgesprochen freundlich. Stets gut gelaunt, absolut zuverlässig, kam nie zu spät. Eine vorbildliche, hochmotivierte Mitarbeiterin. Ihre Kurse waren durch die Bank gut besucht. Doch privat ließ sie niemanden an sich heran. Viele Kerle haben versucht bei ihr zu landen, ohne Erfolg.“

„Sie eingeschlossen?“

„Ehrlich gesagt hätte ich sie gern näher kennen gelernt, doch sie hatte daran kein Interesse. Jegliche gemeinsame Unternehmung mit Kollegen lehnte sie ab. Da war nichts zu machen. Zu keiner der Trainerinnen suchte sie engeren Kontakt. Sie war einfach eine Einzelgängerin. Irgendwann habe ich mich damit abgefunden, dass unser Verhältnis rein beruflicher Natur bleiben würde. Das war auch okay für mich, zumal sie wie gesagt eine exzellente Mitarbeiterin war."

„Was wissen Sie außerdem über Emilia? Hatte sie noch andere Jobs? Womit gestaltete sie ihre Freizeit? Welchen Hobbies ging sie nach?"

„Über Privates hat Emilia nie gesprochen. Mit solchen Informationen kann ich leider nicht dienen."

„Hat sie jemals einen Bekannten mit ins Studio gebracht? Vielleicht eine Freundin, mit der sie gemeinsam trainieren wollte?"

„Nein, nicht dass ich wüsste!"

„Hat sie Ihnen gegenüber jemals einen Freund erwähnt oder vielleicht den Vater ihres Sohnes?"

„Nein!"

„Wie lange arbeiteten Sie mit Emilia zusammen, Herr Ehrlich?"

„Seit der Eröffnung des Studios. Im November sind es fünf Jahre."

„Bitte korrigieren Sie mich gegebenenfalls, Herr Ehrlich! Sie kannten Frau Sonnleiter seit fünf Jahren. Sie sahen sie fünf Mal pro Woche hier im Studio. Und sie wissen dennoch praktisch nichts über sie? Finden Sie das nicht auch etwas merkwürdig?"

Torben Ehrlich strich sich nervös die lockigen Haare zurück. „Ich sagte doch, Emilia war eine Einzelgängerin. Die anderen Kollegen werden Ihnen das bestätigen können. Die Tina zum Beispiel hat vor einiger Zeit auf dem Studioparkplatz beobachtet, wie Emilia aus dem Wagen eines Mannes gestiegen ist. Eigentlich keine große Sache, aber die Kollegen haben die wildesten Spekulationen über den Typen angestellt. Ob er ein Verwandter ist, ein Freund oder ihr Lover. Wo sie den kennengelernt haben könnte und so weiter. Allein die Tatsache, dass über so eine Banalität getratscht wird, sagt doch schon alles! Gerade ihre

Verschlossenheit machte sie besonders interessant, aber die Mauern um sie herum waren nicht einzureißen."

„Wann genau war das?"

„Ist schon eine Weile her, ein paar Monate vielleicht."

Anja überlegte. *Ob diese Tina den Mann im Auto nach der Zeit noch beschreiben konnte? Oder zumindest den Wagen?*

„Wo finde ich diese Tina?"

„Tina Berthold. Ab Montagnachmittag ist sie wieder hier im Studio."

„Derzeit ist sie nicht im Haus?"

Torben Ehrlich schüttelte den Kopf.

„Bitte geben Sie mir die Adresse von Frau Berthold!"

„Privatadressen gebe ich niemals heraus!"

„Das war keine Frage, Herr Ehrlich. Ich ermittle in einem Mordfall. Und nun geben Sie mir bitte sofort die Adresse!" Anja war von sich selbst überrascht, in welch scharfem Ton sie die Sätze hervorbrachte, aber sie taten ihre Wirkung. Ohne weiteres Zögern kramte Torben Ehrlich in einem der Aktenschränke und notierte einen Straßennamen in Ettal nebst Hausnummer auf einem Zettel.

Er konnte ja nicht ahnen, dass er damit Tina Bertholds Todesurteil unterschrieb.

25

Tina Bertholds Wohnung lag im Souterrain eines Mehrfamilienhauses im Ettaler Ortsteil Dickelschwaig. Über Anjas Kleins plötzliches Auftauchen war die junge Frau nicht überrascht.

„Der Torben vom ‚Muckistadl' hat mich bereits darüber informiert, dass Sie kommen. Es war ihm wohl etwas peinlich, meine Privatadresse so ohne Weiteres rauszugeben, deshalb hat er mich vorgewarnt", sagte sie augenzwinkernd, gleich nachdem sie Anja in ihre Wohnung gebeten hatte.

Von Emilias Tod hat er sicher nichts erzählt, ansonsten würde sie wohl kaum so breit grinsen, dachte Anja.

„Setzen Sie sich doch bitte!" Tina zeigte auf den einzigen Stuhl im Raum.

„Danke!"

Anjas Augen wanderten durch die Wohnung, während sie sich setzte. Wenn man dieses Zimmer überhaupt so nennen wollte. Eine kleine Kochnische, ein Bett, ein Schrank, ein Schreibtisch, ein Stuhl. Mehr gab es hier nicht. Überall verteilt lagen Bücher und Blätter mit handschriftlichen Notizen.

„Bitte entschuldigen Sie die Unordnung! Ich lerne gerade für eine Klausur. Da sieht es bei mir immer so aus", sagte Tina und quetschte sich zwischen zwei Bücherstapel auf das Bett.

„Sie studieren?“

„Ja, Psychologie an der Fernuniversität Hagen.“

„Und zur Finanzierung des Studiums geben Sie Kurse im Fitnessstudio“, folgerte Anja.

„Ja, genau!“

Tina klemmte sich mit beiden Händen die glatten, hellroten Haare hinter die etwas abstehenden Ohren. Dann rückte sie mit dem Zeigefinger ihre drahtige Brille auf der mit Sommersprossen übersäten Stupsnase zurecht. „Außerdem mag ich Sport und die Kurse sind eine willkommene Abwechslung zu der ewigen Paukerei.“

„Wie lange arbeiten Sie schon in diesem Studio?“

„Seit ich das Studium begonnen habe, also seit fast zwei Jahren.“

„Wie gut kennen Sie die anderen Trainer?“

„Wir sind ein flippiges und junges Team. Wir albern und frotzeln viel miteinander. Es macht echt Spaß, dort zu arbeiten. Selbst unser Chef, der Torben, ist noch keine dreißig und eine richtige Stimmungskanone.“

„Auch Emilia Sonnleitner?“

Tina zuckte mit den Schultern.

„Emilia ist immer korrekt zu ihren Mitmenschen, wenn auch auf eine sehr distanzierte Art und Weise. Ich glaube, sie sieht in uns Kollegen, mit denen man auskommen muss, aber nicht mehr. Privat weiß ich zum Beispiel kaum etwas von ihr. Nur, dass sie einen Sohn hat. Vielleicht hat sie sich diesen Kältepanzer zugelegt, um sich vor den zahlreichen Annäherungsversuchen der Männer zu schützen. Sie ist unglaublich hübsch und so unaufgetakelt sexy.“

Tina schien tatsächlich nicht zu wissen, was Emilia zugestoßen war, und Anja ließ sie vorerst in diesem Glauben. „Kennen Sie Freunde oder Bekannte von Emilia?“

„Nein, niemanden!"

„Torben Ehrlich erwähnte, dass Sie auf dem Parkplatz des ‚Muckistadl' beobachtet haben, wie Emilia aus dem Auto eines Mannes gestiegen ist. Können Sie sich daran erinnern?"

„Ja, sicher! Aber das ist doch schon Monate her! Warum fragen Sie danach?

„Weil ich auf der Suche bin nach einem Mann, der Emilia gut kannte. Und zwar so gut, dass er sie zu Hause besuchte, um ein Kaffee mit ihr zu trinken. Glauben Sie, der Typ vom Parkplatz könnte ein solcher Kandidat sein?"

Tina Bertholds Interesse war geweckt. „Aber Frau Klein, Kaffeetrinken ist doch nicht verboten! Da steckt doch mehr dahinter. Was hat der Mann getan?"

Anja registrierte das Funkeln in den Augen der Studentin. Eine unangenehme Mischung aus unverhohlener Neugier und purer Sensationslust.

„Ich stelle hier die Fragen!"

Diesen Satz hatte Anja schon mehrmals ihren Chef sagen hören und nicht im Entferntesten hätte sie sich vorstellen können, ihn selbst während eines Verhörs zu gebrauchen. Vor allem nicht in dieser Lautstärke.

Verdammt, jetzt rede ich schon wie der Meier!

Mit betont leiser Stimme fuhr sie fort: „Es handelt sich um eine ernste Angelegenheit. Das können Sie mir wirklich glauben. Ihre Mithilfe in diesem Fall ist von enormer Wichtigkeit. Also sagen Sie mir bitte, was auf dem Parkplatz geschehen ist!"

Für Anja war nicht auszumachen, was genau Tina Berthold zur Kooperation bewog: die lautstarke Zurechtweisung à la Meier oder der leise Appell an ihre Hilfsbereitschaft.

„Also", begann Tina mit wichtigtuerischer Miene. „Ich kann mich genau an die Szene erinnern. Es war einer der ersten warmen Tage des Jahres, es muss also Ende April oder Anfang Mai gewesen sein. Ich verließ das Studio so um die Mittagszeit und lief über den Parkplatz, als plötzlich ein rot glänzender Pickup direkt vor mir in eine Parklücke preschte. Ich war sauer, weil der Kerl mir fast über die Füße gefahren wäre und zeigte ihm den Stinkefinger. Der Mann hinterm Steuer schien gut drauf zu sein, denn er begann herzlich zu lachen. Als der Wagen hielt, stieg er aus, lief zur Beifahrertür, öffnete sie und streckte seine Hand hinein. Wie eine Prinzessin zum Schlossball führte er Emilia an der Hand haltend zum Studioeingang. Dann verbeugte er sich übertrieben tief und Emilia machte ihrerseits einen Knicks, ehe sie im Studio verschwand. Mir war, als würde ich eine Ballszene in ‚Sissi' beobachten, nur dass die Klamotten nicht dazu passten. Sie mit ihrem Mini, die endlosen Beine ausnahmsweise mal in Stilettos anstatt in Sneakers, und er in einem hautengen Shirt, das jeden einzelnen seiner unverschämt kräftigen Bauchmuskeln nachzeichnete. Ich wollte die Straße überqueren, drehte mich aber ein letztes Mal nach ihm um. Er lief gerade zurück zu seiner aufgemotzten Karre. Ich weiß noch genau, wie sein glattrasierter Schädel in der Sonne glänzte. Kurz bevor er einstieg, winkte er überschwänglich und warf mir total übertrieben eine Riesenkusshand zu. Dabei lachte er wieder übers ganze Gesicht. Vermutlich amüsierte er sich königlich, weil ein Autofahrer, der extra angehalten hatte, um mich über die Straße zu lassen, verärgert schimpfte und gestikulierte. Normalerweise bin ich ganz und gar nicht so, aber zu diesem Typen würde ich sofort in die Kiste klettern. Und damit meine ich nicht sein Auto. Dabei wechselten wir nicht ein einziges Wort. Hammer, oder?"

„Vielleicht auch besser so", murmelte Anja gedankenversunken.

„Wie bitte?" Tinas Empörung war nicht zu überhören.

„Es ist nicht auszuschließen, dass es sich bei dem Mann um Emilias Mörder handelt."

Mist. Zu spät. Der verhängnisvolle Satz hatte ihre Lippen bereits verlassen und Tinas Ohren erreicht. Das war mehr als deutlich in deren Gesicht ablesbar.

„Emilia ist ermordet worden? Wann denn, wo denn und warum?"

„In ihrer Wohnung, am Dienstag. Warum, das versuche ich gerade herauszufinden." Anja machte absichtlich eine Pause, damit sich Tina Berthold etwas sammeln konnte. Dann fuhr sie fort: „Haben Sie den Mann mit dem Pickup später noch einmal gesehen?"

„Nein, nur das eine Mal!"

„Kennen Sie seinen Namen?"

„Nein!"

„Hat Emilia irgendetwas erwähnt, was von Wichtigkeit sein könnte? Vielleicht in welcher Beziehung sie zu dem Mann stand, was er beruflich macht, irgendetwas?"

„Sorry, rein gar nichts! Weil ich den so witzig fand, habe ich Emilia auf ihn angesprochen. Sie sagte nur knapp, das sei ein Bekannter, der sie hergefahren hätte. Mehr war ihr nicht zu entlocken."

„Könnte es dieser Mann gewesen sein?" Anja zog ein Prospekt des Bootsverleihs hervor und tippte auf Vincent Kaja, der mit freiem Oberkörper alleine in einem Zweier-Kajak sitzend auf dem Staffelsee trieb und charmant in die Kamera lächelte.

„Ja!", rief Tina Berthold aus. „Das ist der Mann! Eindeutig! Wenn Sie wollen, kann ich das auch vor Gericht bestätigen."

„Ich denke, das wird vorerst nicht nötig sein, Frau Berthold. Ich danke Ihnen, Sie haben mir sehr geholfen!"

Anja, die bereits die Treppe erklommen und das Erdgeschoss erreicht hatte, trat ins Freie. Die Worte, die ihr Tina Berthold aus dem Keller nachrief, hörte sie nicht mehr.

„Ich werde den Typen mal googeln, vielleicht kann ich Ihnen ein paar Infos über ihn besorgen!“

26

„Hock dich her, Süße, und bring mich auf den neuesten Stand der Dinge“, hatte Saskia zu ihr gesagt. Das war vor einer Stunde gewesen. Jetzt war Anjas Mund ganz trocken vom vielen Reden. Gespannt hatte Saskia an ihren Lippen gehangen und mit Ausrufen wie „Das ist jetzt nicht wahr!“ oder „Ja glaub ich´s denn!“ ihren Redefluss genährt. Natürlich war Anja bewusst, dass sie schon wieder gegen die Dienstvorschriften verstieß, aber hatten nicht die meisten Polizeibeamten jemanden, dem sie ihr Herz ausschütten konnten? Und wenn Anja für jemanden bedingungslos die Hand ins Feuer gelegt hätte, dann für Saskia. So hatte sie bis ins kleinste Detail von ihrer ersten Woche als Kriminalkommissarin berichtet.

Nun saß sie erschöpft auf der knallbunten Patchworkdecke, die über Saskias Zweisitzer lag, und kuschelte sich in die unzähligen Kissen.

„Dieser Bootsverleiher könnte es tatsächlich sein“, dachte Saskia laut, während sie ihre geflochtene Haarsträhne durch die Finger gleiten ließ. „Den solltest du besser nicht allein in die Mangel nehmen, wenn du nicht riskieren willst, eventuell Nummer drei auf der Todesliste zu werden!“

Anja nickte gedankenversunken. „Da hast du wohl recht! Ich muss den Meier um Hilfe bitten."

Diese Einsicht verhagelte ihr gründlich die Stimmung. Der Gang nach Canossa würde sie einiges an Überwindung kosten. Wer bittet schon gern ein Scheusal um Hilfe, das am liebsten Ankläger, Richter und Henker in einer Person wäre?

„Glaubst du, dass es üble Konsequenzen für dich haben wird, wegen deines Alleinganges, meine ich?"

Saskia hatte wieder einmal den Nagel auf den Kopf getroffen. Sie vermochte es, ihre Finger immer genau in die Stelle einer Wunde zu bohren, wo es am meisten wehtat. Natürlich hatte Anja längst darüber gegrübelt, was Meier mit ihr anstellen würde, wenn er von ihren samstäglichen Aktivitäten erführe. Und es war nichts Gutes, was sie sich da ausmalte. Ganz und gar nicht.

„Mindestens ein kräftiger Anschiss dürfte mir sicher sein", antwortete sie und lächelte gequält.

„Na dann steck mal lieber etwas Klopapier ein!"

Die Gesichter der Freundinnen erhellten sich.

„Hör auf! Die Bilder bekomm ich doch nicht mehr aus dem Kopf!", grinste Anja widerwillig. Noch so ein liebenswerter Charakterzug von Saskia. Egal, wie gedrückt die Stimmung auch sein mochte, sie schaffte es mit wenigen Worten, die Menschen wieder zum Lachen zu bringen. Anja war froh, eine so wunderbare Freundin an ihrer Seite zu wissen. Auch wenn sie in mancher Hinsicht Welten trennten. Anja, stets im adretten Businesslook mit Stufenhaarschnitt und dezentem Pony. Dagegen Saskia, deren staksige Beine für gewöhnlich in Ringelleggins steckten, die knöchrigen Hüften kaschiert von überdimensionierten Pullovern, deren knallige Farben jeden Pop-Art-Künstler begeistern würden. Ebenso farbenreich gestaltete Saskia ihr Markenzeichen, die geflochtene, haarspraygetränkte Strähne, die ihr stets wie ein verbogener

Draht vom kurzgeschorenen Kopf abstand. Anja war schleierhaft, wofür dieses alberne Ding gut sein sollte. Doch mittlerweile hatte sie sich daran gewöhnt. Hin und wieder zauberte ihr der Anblick sogar ein Lächeln ins Gesicht.

„Was, glaubst du, will dieser Schriftsteller wirklich von dir? Die Sache mit der Freundschaft nimmst du ihm doch nicht ab, oder?“ Bei dem Wort Freundschaft mimte Saskia mit ihren Mittel- und Zeigefingern Gänsefüßchen und rollte mit den Augen.

Manchmal waren Saskias Gedankensprünge dermaßen rasant, dass Anja Mühe hatte, ihnen zu folgen. Doch dieses Mal wusste sie sofort, worauf ihre Freundin anspielte.

„Warum so skeptisch, Saskia? Glaubst du nicht, dass sich ein berühmter Mann für mich interessieren könnte?“

„Interessieren schon, Süße! Aber doch wohl eher für deine Unterwäsche als für deine unermessliche Erfahrung in der Polizeiarbeit. Er ist ein Mann, und er hat Augen im Kopf. Ist doch klar, was der von dir will. Und ganz abgeneigt scheinst du ja nicht zu sein, oder sollte ich mich da etwa täuschen?“

„Das ist nicht wahr“, empörte sich Anja. „Der Mann ist verheiratet!“

„Und warum wirst du dann ganz rot im Gesicht? Da fühlt sich wohl jemand ertappt?“ Saskia grinste breit und bohrte mehrmals ihre Zeigefinger in Anjas Bauch. „Ertappt, ertappt, ertappt!“

„Gibst du wohl Ruhe!“, grummelte Anja. „Okay, ich gebe es ja zu. Er ist ein toller Mann, aber ich werde mich zügeln. Ganz sicher!“

Das Piepsen eines Handys mischte sich mit dem Gekicher der beiden Frauen. Anja setzte sich auf, klappte die hellblaue Lederhülle ihres Smartphones beiseite, die mit weißen Strasssteinchen beklebt war, entsperrte den Bildschirm mit ihrem Daumen und öffnete WhatsApp.

„Eine Nachricht von Georg Brandstetter!"
„Zeig her! Ich wette, er will mit dir ausgehen!"

Nebeneinander auf dem Sofa sitzend, lasen sie gespannt die Zeilen der Textnachricht:

„Ich bitte, meinen überstürzten Aufbruch am gestrigen Tage zu entschuldigen", stand dort geschrieben. „Wenn Sie Überraschungen lieben, würde ich Ihnen gern eine solche bereiten. Sagen wir morgen um 9 Uhr? Ich hole Sie ab. Einverstanden?"

Saskia riss Anja das Handy aus der Hand. Blitzschnell tippte sie „GERNE" ein und versendete die Nachricht. Anja war so verblüfft, dass sie erst reagierte, als die Antwort bereits unterwegs war.

„Spinnst du jetzt total?", rief sie entsetzt.

Doch Saskia antwortete seelenruhig: „Ich denke, dieser Schriftsteller könnte dir gut tun. Und damit du mal siehst, wie man einem Mann den Kopf verdreht, gehen wir heute Abend tanzen."

27

„Taxi oder Getränke?“

„Getränke“, antwortete Saskia. „Das kommt mich billiger. Es sei denn, es gibt keine Männer in diesem Laden.“ Damit sprang sie aus dem Wagen und knallte die Tür zu.

Das kann ja heiter werden, dachte Anja, zückte ihren Geldbeutel und reichte dem Taxifahrer die Scheine. Dann folgte sie Saskia, die bereits am Eingang des Nightfever stand und heftig mit dem Türsteher flirtete.

Das Nightfever hatte sich zur angesagtesten Location der Region gemausert. Erst in diesem Sommer eröffnet, strömten seither allwöchentlich tausende Tanzwütige in den Diskotempel. Und das, obwohl es fernab von Großstädten auf einer Wiese zwischen Weilheim und Murnau gelegen war. Kein einziges öffentliches Verkehrsmittel verirrte sich hierher. Nur ein schmales, geteertes Sträßchen führte zum Mekka der Partywütigen. Von dem enormen Zulauf waren selbst die Betreiber überrascht worden, denn der gepflasterte Parkplatz reichte bei weitem nicht aus, und so stellten die Besucher ihre fahrbaren Untersätze einfach auf den benachbarten Feldern und Wiesen ab. Der Bauer, dem diese Flächen gehörten, verdiente sich mit den Ausgleichszahlungen des Clubs für die entstehenden Flurschäden eine goldene Nase. Mit Taschenlampen bewaffnet strömten die Gäste zu Hunderten durch die Dunkelheit dem gigantischen Laser entgegen, der vom Dach des Nightfever gen Himmel strahlte.

„Du musst ihn nur küssen, dann lässt er dich umsonst rein“, rief Saskia und lachte. Anja schaute dem breitnasigen Türsteher keck in die Augen und hauchte ihm eine Kusshand zu. Als sie an ihm vorbeiging, spürte sie einen Klaps auf dem Hintern. Nicht gerade die feine englische Art, aber sie hatte sich ja darauf eingelassen, um die 20 Euro Eintrittsgeld nicht berappen zu müssen.

Anja straffte ihren kurzen Rock und nahm Saskias Hand. Gemeinsam tauchten sie ein in die Welt heißer Rhythmen und hämmernder Beats.

„Ich besorge uns was zu trinken“, schrie Saskia ihrer Freundin ins Ohr. Dann verschwand ihr knallpinkes Top in der Menschenmenge.

Anja hielt sich am Geländer fest, welches die quadratische Tanzfläche umspannte. Man musste eine der vier an den Seiten gelegenen Treppen benutzen, um zu der tiefergelegten Ebene aus Glas zu gelangen. Bisher tummelten sich dort nur zwei Hände voll junger Mädchen. *Die sind doch höchstens 15*, dachte Anja. Die Felder der gläsernen Tanzfläche mit dem schachbrettartigen Muster blinkten in den verschiedensten Farben, und die Mädchen schienen sich einen Spaß daraus zu machen, den leuchtenden Formationen zu folgen. Fasziniert beobachtete Anja das bunte Treiben. Plötzlich wurde die Musik leiser und eine butterweiche Männerstimme säuselte durch den Saal. „So Ladies und Gentlemen, die Tanzfläche ist jetzt offiziell eröffnet.“ Es folgten einige krachende Beats und dann wieder die Stimme: „Lockert die Schultern und schwingt die Hüften! Groovt euch ein! Dies kann der Beginn der Nacht eures Lebens sein!“

Dann spuckten die mannshohen Boxen Bässe aus, die nur knapp die Schmerzgrenze von Anjas Trommelfellen verfehlten. Die Felder der Tanzfläche blinkten immer schneller und wilder. Plötzlich füllten sich die Treppen und Menschenmassen strömten in Scharen nach unten, als wollten sie gemeinsam die fluoreszierende Glasscheibe verdunkeln. *Großer Gott*, dachte Anja. *Lass dort unten bloß keine Panik ausbrechen! Die Leute würden sich alle tottreten.* Und tatsächlich schienen einige die Senke fluchtartig verlassen zu wollen, denn sie kletterten eilig an den Podesten nach oben, die in den Ecken der Tanzfläche emporragten. Doch nicht Panik war hierfür die Ursache, sondern die pure Freude daran, ihre sexy verpackten Körper für jedermann weit sichtbar zur Schau zu stellen.

In drei der vier Ecken rekelten sich jeweils zwei Mädchen in einem Hauch von Nichts auf den offensichtlich heißbegehrten Tanzplätzen. Auf dem vierten Podest streckte ein kahl rasierter, maskierter Mann seinen Astralkörper in alle Himmelsrichtungen. Mit erstaunlich flüssigen Bewegungen stellte er seine Muskelmassen zur Schau und brachte so die unter ihm hüpfenden Mädchen in Verzückung. Sein weißes Tanktop leuchtete hell im Neonlicht.

Anja verspürte den Drang, es den kreischenden Teenagerrinnen gleichzutun und konnte die Augen nicht von diesem Tanzfreak lassen, der mit rhythmischem Zucken seines Unterkörpers seine Fans weiter anheizte.

Doch in diesem Moment wurde sie von der Seite angerempelt. Anja drehte sich um und hatte Saskias schreiende Stimme am Ohr: „Das ist Dietmar! Er hat unsere Drinks spendiert." Sie zwinkerte Anja zu und tat so, als wollte sie an einer herabhängenden Schnur ziehen. Anja kannte dieses Zeichen. *Na bravo! Jetzt verschwindet sie aufs Klo und lässt mich allein mit diesem…, diesem Dietmar.*

Keine zehn Sekunden später war Saskia tatsächlich wieder in der Menge untergetaucht. Dietmar lächelte hilflos und zog seine Schultern hoch. Dann drückte er Anja ein Glas in die Hand und prostete ihr zu. Hinter seiner breitrahmigen Brille blinzelten Anja verlegen dreinschauende Augen entgegen. Auch sie führte ihr Glas zum Mund und formte ein „Dankeschön“ mit den Lippen. Dann kehrte sie Dietmar den Rücken und wandte sich wieder der Tanzfläche zu.

Wie von selbst wanderte ihr Blick zurück zu dem Würfel mit dem tanzenden Halbgott darauf. Sein Shirt lag inzwischen vor seinen Füßen. Die Damenwelt unter ihm war außer sich. Anja hätte sich ihnen gerne angeschlossen, doch sie zügelte ihre Begeisterung. Sie schloss die Augen und sah sich selbst tanzend auf dem Podest, Haut an Haut mit diesem Adonis. Als Anja ihre Augen wieder öffnete, waren sämtliche Scheinwerfer auf die tanzende Menge gerichtet und erhellten den Saal. Die Bässe brummten nur noch in halber Lautstärke und wurden übertönt von der überschwänglichen Stimme des Discjockeys. „Ihr seid Spitze, Leute! Echt fantastisch!“ Wieder fixierte Anja den inzwischen maskenlosen Mann mit freiem Oberkörper, der nun am Rand des Tanzwürfels saß und seine Arme wie ein Weltstar in die kreischende Menge reckte, damit man sie für einen Moment berühren konnte. Die Lichter reflektierten von seinem blanken Schädel.

Es dauerte noch eine Millisekunde, bis die Erkenntnis Anjas Hirn erreichte. Dann erstarrte sie. Der Mann, den die Mädchen dort unten hysterisch anhimmelten, war Vincent Kaja. Hektisch drehte sie sich um. Saskia musste doch längst vom Klo zurück sein. Doch vor ihr stand nur dieser Dietmar, der wohl neue Hoffnung schöpfte und sie zu einem weiteren Drink einlud. Anja schaute auf ihr noch unberührtes Glas und schüttelte abwehrend den Kopf.

„Halt das mal kurz!“, rief sie und zwängte sich an ihm vorbei.

Der Weg zu den Toilettenräumen glich einem Hindernisparcours. Mühsam kämpfte sie sich durch die Menschenmenge. Für Anja stand fest, was jetzt zu tun war: Saskia finden, Taxi rufen und dann nichts wie weg hier! „Ekel-Winz“ wollte sie unter keinen Umständen über den Weg laufen. Nicht hier draußen im Niemandsland, aufgebrezelt für den Männerfang. Sie fühlte sich nackt und unseriös, einer Kriminalkommissarin unwürdig. Ausgeschlossen, dass der Mann, den sie schon bald verhören und zu einem Geständnis zwingen wollte, sie in diesem Aufzug sehen durfte.

Vor dem WC hatte sich eine beträchtliche Schlange wartender Damen gebildet. Anja suchte die Reihe mit den Augen ab, doch Saskia war nicht unter ihnen. Die Eingangstür im Auge behaltend, kramte sie im Handtäschchen nach ihrem Handy, aber aus dem Anruf beim Taxiunternehmen wurde nichts. „Mist, kein Netz“, fluchte Anja. Sie konnte nur hoffen, dass sie außerhalb der Diskothek Empfang haben würde, denn ansonsten säßen sie hier fest.

„Wo hast du denn unseren Gönner gelassen?“ Saskia, die soeben aus der Toilette getreten war, blickte Anja schelmisch an, die Fäuste vorwurfsvoll in die Hüften gestemmt.

„Da bist du ja. Wir müssen los! Jetzt gleich!“ Anja packte die Hand ihrer Freundin und zog sie in Richtung Ausgang. Sie ließ keinen Zweifel aufkommen, dass es ihr damit wirklich ernst war.

„Moment mal, Süße! Wir sind doch eben erst gekommen. Hat dich dieser Dietmar begrapscht oder was ist in dich gefahren?“

„Nein, natürlich nicht“, zischte Anja hektisch. „Nun komm schon! Schnell!“

„Ich mache keinen Schritt, bevor du mir nicht gesagt hast, was los ist!" Damit blieb Saskia stehen, riss ihre Hand los und verschränkte die Arme.

Anja seufzte. „Vincent Kaja ist hier."

„Vincent wer?"

Anja rollte die Augen. „Na Vincent Kaja! Ich habe dir doch vorhin ausführlich von ihm erzählt. Der Mann, der möglicherweise zwei Frauen auf dem Gewissen hat."

„Ach, du meinst den Bootsverleiher. Der ist hier, echt? Der soll doch so schnucklig aussehen. Wo ist er? Zeig ihn mir!"

„Nein, Saskia! Ich möchte ihm keinesfalls begegnen, nicht in dem Aufzug. Lass uns abhauen. Jetzt!"

„Nicht, bevor ich ihn gesehen habe! Komm schon, Anja!"

Anja kannte ihre beste Freundin. Sie wusste, dass sie keine Ruhe geben würde, bis sie Vincent Kaja in Augenschein genommen hatte. Von der Stelle, wo Dietmar auf sie wartete, könnte sie Saskia den Mann zeigen, ohne dass er auf sie aufmerksam werden würde. Auf dem Weg nach draußen mussten sie sowieso dort vorbei. Also stimmte Anja zu.

„Okay! Aber dann hauen wir hier ab!"

Dietmar stand noch immer am Geländer zur Tanzfläche. Geduldig balancierte er Anjas Glas in den Händen und hoffte auf ihre Rückkehr. Als er sie endlich erblickte, strahlten seine Augen. Im Schlepptau hatte sie das verrückte Huhn, das ihn an der Bar angesprochen und ihn gebeten hatte, sich an diesem Abend um ihre Freundin zu kümmern. Doch die beiden Frauen drängelten sich an ihm vorbei, ohne ihn eines Blickes zu würdigen. „Dort unten auf dem Podest", hörte er die Kleinere sagen. „Der mit dem freien Oberkörper."

„Tatsächlich ein Sahneschnittchen", erwiderte die andere mit der drahtigen Haarsträhne. „Ich gehe mal auf Tuchfühlung, dann wissen wir, ob das unser Mörder ist!"

28

„Das wirst du nicht!“

Saskia hatte das Entsetzen in den Augen ihrer Freundin gesehen und dann deren festen Griff an ihrem Handgelenk gespürt. „Dauert nicht lange“, hatte sie ihr zugerufen, ehe sie sich losriss und in der Menge verschwand. Die Gelegenheit, einen mutmaßlichen Mörder zu entlarven, durfte sie sich nicht entgehen lassen. Das war doch Nervenkitzel pur. Und der machte schließlich den Reiz des Lebens aus. Also eilte sie die Treppe zur Tanzfläche hinunter und wühlte sich durch das Gedränge hin zu dem überdimensionierten Würfel, auf dem Vincent Kaja tanzte.

„Du und du, helft mir mal rauf!“, befahl sie zwei jungen Kerlen und versenkte dabei ihren Zeigefinger in deren Brust. *Sag, was du meinst, und du kriegst, was du willst.* Das war der Leitsatz, den sie sich zu Eigen gemacht hatte und der auch hier wunderbar funktionierte. Ohne zu zögern bugsierten sie die jungen Männer nach oben und nun tanzte sie direkt neben diesem Kraftpaket.

Vincent Kaja lächelte ihr zu. Er hielt sie wohl für eine der vom Betreiber angeheuerten Animiertänzerinnen. *Dir wird das Lächeln gleich vergehen, Freundchen*, dachte Saskia. Kokett winkte sie den Schönling zu sich her und verpasste ihm die erste Breitseite: „Ich weiß, was du letzte Woche getan hast.“ Kaja schien nicht ganz zu verstehen und lächelte einfach weiter. Also wurde Saskia deutlicher: „Minderjährige zu vögeln kann man ja als Hobby noch durchgehen lassen, aber musstest du die Mutter abstechen?“

Treffer, versenkt. Kajas Lächeln verschwand. Seine Augen funkelten böse. Er griff nach seinem am Geländer hängenden Shirt und streifte es über. Dann packte er Saskias Handgelenke und zerrte sie an den Rand des Würfels. „Wir springen!“, hörte ihn Saskia rufen und gleichzeitig verstärkte sich der Zug an ihren Handgelenken. Gemeinsam landeten sie auf der blinkenden Tanzfläche inmitten der kreischenden Teenager, die daraufhin kurzzeitig ihr Gejohle einstellten und teils neiderfüllt, teils irritiert dem ungleichen Paar platzmachten. Saskia war es gelungen, eine Hand zu befreien, doch die andere umklammerte Kaja mit der Gewalt eines Schraubstocks und zerrte sie mit sich fort.

„Hey!“, protestierte Saskia. „Was soll das?“ Kaja reagierte nicht. Wortlos bahnte er sich einen Weg durch die tanzende Menge, Saskia unsanft mit sich ziehend. Mit der freien Hand trommelte sie wie wild auf seinen Rücken. Doch Kaja zeigte sich unbeeindruckt. Mit ihren Füßen stemmte sie sich gegen seine Laufrichtung. Doch auch dieser Versuch, sich zu befreien, scheiterte kläglich. Auf der Treppe nach oben wäre sie beinahe der Länge nach hingeschlagen. Der Schraubstock an ihrer Hand zwang sie, weiter zu stolpern wie eine Marionette.

„Lass mich los, du Arsch!“, schrie Saskia wütend. Ihre Worte wurden von der Standbox verschluckt, die sie gerade passierten. Von den herumstehenden Gästen kam niemand auf die Idee, Saskia zu Hilfe zu eilen. Nur ein torkelnder junger Mann lallte belustigt: „Na, zeigst der Alten mal, wo es langgeht!“

Wohin verdammt schleift mich der Mistkerl? Ob Anja mich sehen kann? Hastig hielt Saskia Ausschau nach ihrer Freundin, aber oben am Geländer stand sie nicht mehr. Auch Dietmar war nirgends zu entdecken. *Bestimmt kommen mir gleich beide zu Hilfe*, dachte Saskia, doch diese Hoffnung begrub sie rasch wieder, als Kaja sie durch eine Tür neben der Bar stieß. Sie fand sich in einem Raum wieder, der vermutlich dem Personal als Rückzugsort diente. Die abgesplitterten Spinde an der Seitenwand und die überquellenden Aschenbecher auf dem wackligen Beistelltischchen neben dem durchgesessenen Sofa bildeten einen traurigen Kontrast zu der künstlichen Glitzerwelt im Tanzsaal. Die ohrenbetäubende Musik war hier deutlich abgemildert, die einzige Glühbirne kämpfte vergeblich gegen die Trostlosigkeit der Abstellkammer.

„Hier drinnen vögelst du also die Kids!" Verächtlich blickte Saskia ihren Peiniger an, der noch immer ihr Handgelenk quetschte.

„Wer bist du überhaupt und was willst du von mir?" Mit diesen Worten stieß er Saskia abrupt von sich, die daraufhin mit den Armen rudernd auf das Sofa plumpste. Sofort rappelte sie sich auf und machte ein paar Schritte in Richtung Tür.

„Fass mich nicht noch einmal an, sonst…"

„Sonst was?", platzte Kaja dazwischen. Wutentbrannt blickte er auf Saskia hinunter.

„Sonst erzähl ich den Bullen, was du für ein Mistkerl bist!"

„Red doch keinen Scheiß!", schrie Kaja. Sein Kopf war hochrot vor Zorn. Er keuchte vor mühsam unterdrückter Wut. „Was weißt du denn schon!"

Saskia war nur zwei Meter von der rettenden Tür entfernt, die hinaus ins Getümmel führte. Kaja hatte sich in der Raummitte aufgebaut und kam nun langsam auf sie zu. *Flucht oder Angriff? Die Gelegenheit ist perfekt, um ihn endgültig aus der Reserve zu locken*, dachte Saskia. Wenn sie jetzt einen Rückzieher machte, würde der Typ abhauen, und statt ihr zu helfen, hätte sie Anjas Probleme noch vergrößert. Dass er sie in dieses Hinterzimmer verschleppt hatte, erschien ihr fast wie ein Geständnis, aber sie wollte mehr. Sie wollte ihn festnageln.

„Ich weiß, dass du ein verdammter Mörder bist“, schleuderte sie ihm entgegen. Die Hand rücklings nach der Klinke austreckend, beobachtete Saskia Kajas Gesichtszüge. Der blieb wie angewurzelt stehen. Seine Augen verengten sich zu Schlitzen, dann schüttelte er abwehrend den Kopf und ballte die Hände zu Fäusten.

„Aber warum, Kaja? Warum hast du das getan?“ Als sie seinen Namen aussprach, zuckte der Kraftprotz zusammen. Saskia konnte regelrecht sehen, wie es in ihm arbeitete.

„Na, was ist, Kaja? Hat es dir etwa die Sprache verschlagen?“

Kaja reagierte nicht. Er stand einfach nur so da, wie ein Tier in Lauerstellung, das jeden Moment zum Sprung ansetzen will.

„Interessiert dich das etwa nicht?“, provozierte Saskia weiter. „Vielleicht sollte ich mal mit deiner Frau Gemahlin darüber sprechen. Ich glaube, die interessiert sich brennend dafür.“

Saskias höhnisches Gelächter riss die letzte Hemmschwelle in Kaja nieder. In Sekundenschnelle spannten sich alle Muskeln an wie bei einer Raubkatze. Saskia erkannte sofort, dass sie zu weit gegangen war. *Vorsichtiger Rückzug oder panische Flucht?* Sie entschied sich für Ersteres und tastete hinter sich nach der Türklinke. Doch ihre Hand griff ins Leere. Langsam drehte sie den Kopf. Das Türblatt war noch zu weit entfernt. Zwei Schritte, vielleicht drei. Ihr Lachen war längst verstummt. Mit angehaltenem Atem setzte sie die Füße rückwärts. Kajas starrer Blick war ihr Beweis genug, dass er jeden Moment über sie herfallen würde. Ihr blieben nur Sekunden. *Nur noch einen Schritt. Schnell jetzt!*

Dann traf ihre Ferse auf einen unerwarteten Widerstand. *Mist, ein Türstopper.* Sie stolperte. Beide Arme flogen nach vorn, um das Gleichgewicht wieder herzustellen. Zu spät. Sie fiel. Ihr Rücken knallte an die Klinke, die sie so sehnlich versucht hatte zu ertasten. Der stechende Schmerz jagte ihren Rücken hinauf und ließ sie aufschreien. Den kurzen Moment ihrer Orientierungslosigkeit nutzte Kaja. Er sprang vor und packte Saskia mit beiden Händen am Hals. Er schüttelte sie so heftig, als wollte er ihre Wirbelsäule in ihre Einzelteile zerlegen. Dann hielt er inne und presste seinen Mund direkt an ihr linkes Ohr.

„Jetzt hörst du mir mal genau zu, du widerliche Kröte, wenn dir dein Leben lieb ist!“ Er lockerte leicht den Griff und Saskia sog gierig Sauerstoff in ihre Lungen. Dann nickte sie mehrmals hintereinander, um ihm zu signalisieren, dass sie alles tun würde, was er von ihr verlangte.

„Ich weiß nicht, wer du bist, und ich weiß auch nicht, was du von mir willst, aber eines weiß ich genau. Du wirst meiner Frau niemals erzählen, was du über mich zu wissen glaubst. Gewiss nicht! Vorher bringe ich dich um!“

Kajas Griff wurde fester, mit beiden Daumen quetschte er ihren Kehlkopf, bis Saskias Körper vor Schmerzen bebte. Reflexartig schnellte ihr Knie nach oben und traf punktgenau Kajas Weichteile. Panisch rappelte sich Saskia auf und fingerte nach der Klinke, als Kaja zurücktaumelte und schließlich zu Boden sackte. Seine Schreie verschmolzen mit der Musik, die plötzlich lautstark von außen eindrang. Als Saskia sich ein letztes Mal nach ihm umdrehte, zog er demonstrativ den Zeigefinger über seine Kehle. Er rief ihr etwas nach.

„Du bist tot!“, glaubte Saskia von seinen Lippen ablesen zu können. Dann rannte sie los. Hinein in das schützende

Labyrinth aus Menschen. Ohne Rücksicht stieß sie alles und jeden beiseite, der sich ihr in den Weg stellte. Sie musste weg hier! Schnell!

Gläser klirrten. Bierflaschen zerschellten am Boden. Böse Blicke und wüste Beschimpfungen folgten ihr. Saskia nahm keinerlei Notiz davon. Sie rannte einfach weiter, immer in der Hoffnung, Anja in die Arme zu laufen. Erst als sie am Ausgang den breitnasigen Türsteher erkannte, verlangsamte sie das Tempo.

„Hier entlang!“, hörte sie Anja schreien, die an ihr vorbei nach draußen stürmte. Dieses Mal gehorchte Saskia ihrer Freundin und folgte ihr. Sie sah, wie Anja die Beifahrertür eines schwarzen Minis aufriss, der direkt vor dem Eingang parkte. „Steig hinten ein!“, hörte sie Anja hektisch rufen. Verwirrt darüber, zu welchem Fremden sie nun ins Auto steigen sollte, öffnete sie die hintere Tür und streckte ihren Kopf hinein.

„Dietmar, dich schickt der Himmel!“

„Nein“, antwortete dieser trocken. „Deine Freundin Anja.“

29

„Mach so etwas nie wieder! Hörst du? Nie wieder! Ich bin fast gestorben vor Angst um dich."

Anja war wütend und erleichtert zugleich.

„Ich habe gesehen, wie der Typ dich über die Tanzfläche gezerrt hat, und als ich dir mit Dietmar zu Hilfe eilen wollte, warst du plötzlich verschwunden. Die ganze Belegschaft hab ich närrisch gemacht. Die waren kurz davor, die Veranstaltung abzubrechen und die Beleuchtung einzuschalten. Du hättest draufgehen können, verdammt nochmal!"

Saskia nickte schuldbewusst.

„Wenn du mit vertraulichen Informationen nicht umgehen kannst, werde ich dir nichts mehr von meiner Arbeit erzählen, Saskia!"

„Du hast ja recht, tut mir leid." Behutsam tastete Saskia ihren Kehlkopf ab, der höllisch schmerzte. „Immerhin hast du jetzt deinen Mörder. Es war der Bootsverleiher. Ohne jeden Zweifel!"

Bis vor die Haustür fuhr Dietmar die Freundinnen. Und das, ohne eine einzige Frage zu stellen. Kein: „Warum die panische Flucht aus dem Nightfever? Wer ist der Kerl, vor dem ihr euch so fürchtet? Wann wollen wir uns wiedersehen?" Sein Interesse an den beiden jungen Frauen war wohl auf den Tiefpunkt gesunken. Nicht einmal nach ihren Telefonnummern fragte er. Pflichtschuldig setzte er Saskia und Anja zu Hause ab und verschwand fluchtartig aus ihrem Leben.

„Ein Junge frisch vom Lande, aber doch irgendwie sympathisch", sagte Anja, während er davonfuhr und sie ihm nachwinkte.

„Ein Volltrottel, dem der Boden unter den Füßen zu heiß wurde", befand Saskia ungnädig und stiefelte schnurstracks zum Hauseingang. „Trinken wir noch einen auf die Lösung deines ersten Falles?"

„Gerne", antwortete Anja. „Ich habe sogar dein Lieblingsgetränk im Kühlschrank."

Statt ihn in ihrer Whiskey-Cola zergehen zu lassen, rieb sich Saskia den Eiswürfel immer wieder über ihren Kehlkopf. Zumindest kurzfristig linderte die Kälte den Schmerz.

„Willst du deinen Hals nicht doch lieber von einem Arzt untersuchen lassen?", fragte Anja besorgt. „Der Mistkerl hat ganz schön zugedrückt. Außerdem solltest du Anzeige erstatten!"

Saskia winkte müde ab. „Nein, lass mal, das bringt uns nur noch mehr in Schwierigkeiten. Dann fliegt sofort auf, dass du auf eigene Faust ermittelt und mir dann auch noch deine Dienstgeheimisse verraten hast. Ich glaube nicht, dass Kaja dich gesehen hat. Also wird es das Beste sein, den Abend nicht an die große Glocke zu hängen. Und was die Schmerzen angeht, das halte ich schon aus." Saskia nippte an ihrem Glas und fuhr fort: „Mittlerweile bin ich mir gar nicht mehr so sicher, ob Kaja wirklich ein Mörder ist. Das Einzige, was den interessiert hat, war, dass ich seiner Frau nichts erzähle. Über den Mord hat er kein Wort verloren."

Anja hatte kein gutes Gefühl, aber Saskias Argumente waren nicht von der Hand zu weisen. Wenn sie jetzt ihre

Kollegen vom Wochenenddienst einschaltete und sich dann herausstellte, dass Kaja doch ein handfestes Alibi für die Tatzeit vorweisen konnte, würde sie sich erst richtig lächerlich machen. Dass Kaja Angst vor dem Rausschmiss durch seine Frau hatte, hatte er schon bei seiner ersten Befragung eingestanden. Seine Reaktion auf Saskias Provokationen war allerdings weitaus heftiger ausgefallen, als Anja ihm zugetraut hatte. Trotzdem war sie erleichtert, dass ihr so einige Stunden Gnadenfrist blieben, bis sie Meier einweihen musste. Wenn es sich Saskia im Nachhinein doch noch anders überlegen sollte, ließe sich die verspätete Anzeige mit einem Schockzustand erklären. Aber Anja war sich sicher, dass ihre Freundin alles vermeiden wollte, was ihr schaden könnte.

Zwei Stunden später erhob sich Saskia von Anjas Schlafcouch, um hinüber in ihre eigene Wohnung zu gehen.

„Da wird sich dein Schriftsteller aber freuen, wenn du ihm nachher so interessante Neuigkeiten berichten kannst“, sagte sie, während sie Anja zum Abschied umarmte. Dann war die junge Kommissarin allein.

Um Himmels willen! Die Verabredung mit Georg Brandstetter habe ich komplett vergessen.

Der Blick zur Uhr verstärkte ihren neuerlichen Adrenalinschub. Viel Schlaf würde sie nicht mehr bekommen, ehe er sie zu einem weiteren Abenteuer mit ungewissem Ausgang abholen würde. Noch viel beunruhigender war, dass ihr kaum Zeit verblieb, sich gedanklich vorzubereiten. Durfte sie Brandstetter von ihren eigenmächtigen Ermittlungen berichten? War es klug, das nächtliche Desaster im Nightfever zu erwähnen? Wie würde er wohl reagieren, wenn sein Freund Harald aufgrund ihres Einsatzes freikäme? Und dazu noch die unglaublich wichtige Frage: Was sollte sie anziehen?

An Schlaf war nicht mehr zu denken. Viel zu schnell verflogen die wenigen Stunden bis zum Morgen. Pünktlich um neun klingelte es und Anja trat mit leichtem Herzklopfen ins Treppenhaus.

Sie hatte sich für ein sportlich-legeres Outfit entschieden. Und sie hatte sich vorgenommen, so gut wie keine Informationen über ihren Ermittlungsstand preiszugeben. Der Zeitpunkt, Georg Brandstetter die freudigen Nachrichten zu überbringen, würde noch kommen. Spätestens am Montag, nachdem sie ihren Chef über alles in Kenntnis gesetzt hatte, und nur dann, wenn Harald Gruber wirklich auf freien Fuß gesetzt werden sollte, würde sie Brandstetter anrufen und ihm alles erklären. Vielleicht gelang es ihr ja doch, die Vorkommnisse im Nightfever unerwähnt zu lassen, da sie ansonsten einräumen müsste, ihrer Nachbarin vertrauliche Informationen weitergegeben zu haben, was Meier wohl eher zu einem Disziplinarverfahren veranlassen würde als zu einer Gratulation für überragende Leistungen.

Nachdem Anja in Brandstetters Auto gestiegen war, dauerte es keine fünf Minuten, bis sie ihren Vorsätzen untreu wurde. Sie brachte es nicht übers Herz, ihn im Ungewissen zu lassen.

„Sie glauben nicht, was ich gestern erlebt habe."

Den interessierten Blick Brandstetters verstand sie als Aufforderung, detailliert ihre samstäglichen Aktivitäten wiederzugeben. Und so berichtete sie ihm von dem Gespräch mit der alten Frau Hintersberger, die ihren Enkel Vincent Kaja am Morgen der Ermordung Emilia Sonnleitners von ihrem Fenster aus gesehen haben wollte. Und davon, wie Tina Berthold ihren Verdacht verstärkt hatte, als sie Kaja auf dem Prospekt der Bootsverleihstation wiedererkannte. Schließlich schilderte sie die Geschehnisse im Nightfever und wertete Kajas Verhalten als Eingeständnis für dessen Taten, obwohl der genaugenommen gar nichts gestanden hatte. Der Beweis, dass er wirklich der gesuchte Mörder war, musste freilich noch geführt werden, aber die Chancen, dass Gruber aus der Untersuchungshaft entlassen werden könnte, stünden dennoch nicht schlecht, mutmaßte Anja.

Brandstetter hatte die ganze Zeit aufmerksam zugehört und hin und wieder durch ein leichtes Kopfnicken signalisiert, dass er Anjas Gedankengänge für stimmig hielt. Kurz nachdem Anja ihre Ausführungen beendet hatte, stoppte er den Wagen auf einem geschotterten Parkplatz, stieg aus und öffnete die Beifahrertür. Er half Anja beim Aussteigen und umarmte sie schließlich wortlos.

„Ich danke Ihnen“, war sein einziger Kommentar. Kein Freudenausbruch oder gar Tränen wie Anja befürchtet hatte. Nur dieses: „Ich danke Ihnen“ und dann folgte eine feste, anhaltende Umarmung. Paradoxerweise war es nun Anja, der die Tränen in die Augen schossen. Die stille Dankbarkeit, welche Georg Brandstetter ihr auf diese Weise zeigte, rührte sie zutiefst. Schließlich löste sich Anja vorsichtig aus seinem Griff.

„Wo fahren wir eigentlich hin?“

„Wir sind schon da“, verkündete Brandstetter heiter. Verwundert ließ Anja den Blick schweifen. Die strahlende Sonne spitzte bereits über die zahlreichen Bäumen am Horizont. Bis zum Waldrand erstreckte sich eine langgezogene, akkurat gemähte Wiese, die beinahe einem Golfrasen glich.

„Was haben Sie mit mir vor? Picknick im Freien?“

„Mitnichten“, lachte Brandstetter. „Schauen Sie mal nach rechts.“

Anja wandte sich um. Erst jetzt bemerkte sie das kleine, quadratische Gebäude ganz in der Nähe. Obwohl es nur zwei Stockwerke hatte, war es wesentlich höher als breit und vermittelte so den Eindruck eines eckigen Leuchtturmes. Direkt dahinter erkannte sie eine etwas windschiefe Halle mit rotem Flachdach. Noch immer erschloss sich ihr nicht, was Georg Brandstetter im Sinn hatte. Erst als sie die verblasste Aufschrift an der Seitenwand der Halle entzifferte, dämmerte es ihr allmählich. Segelflug Oberland e.V. stand dort geschrieben.

„Ich verstehe: Frühstück im Vereinsheim“, riet Anja erneut.

„Wieder knapp daneben“, kommentierte Brandstetter amüsiert. „Es wird besser für Ihren Magen sein, wenn Sie erst nach dem Rundflug etwas essen.“

„Rundflug?“ Anja hoffte sich verhört zu haben. „Ich habe Flugangst!“

Brandstetter ignorierte ihren Einwand: „Sind Sie schon einmal gesegelt?“

„Nur von einem Drei-Meter-Brett im Schwimmbad und dabei würde ich es auch gern belassen.“ Anja verschränkte die Arme und senkte den Kopf. Mit dem Zeigefinger berührte Brandstetter ihr Kinn, sodass sich ihr Kopf wieder hob und ihre Blicke sich kreuzten.

„Ich rede nicht vom freien Fall, Frau Klein“, sagte er seelenruhig. „Ich rede vom Segelfliegen. Das bedeutet, sich majestätisch über die Wolken zu erheben, frei wie ein Vogel in der Luft zu schweben, ein wenig wie Gott zu sein, der von ganz weit oben seine Schäfchen beobachtet. Es vermittelt ein Gefühl von unendlicher Größe und Stärke. Und von Freiheit. Davon rede ich!“

Brandstetters Blick hielt den ihren gefangen, den Finger noch immer an ihrem Kinn.

Ein wenig wie Gott sein. Ja, das wäre schön.

So hatte sie das noch nie gesehen. Vielleicht war heute der richtige Tag, ihr angeschlagenes Selbstbewusstsein wieder aufzurichten und dieses faszinierende Gefühl zu erleben.

„Dann lassen Sie uns mal testen, wie gut Ihre Verbindungen in den Himmel sind!“

Habe ich das eben wirklich gesagt?

„Hier entlang.“ Brandstetter strahlte. Seine Hand wies in Richtung eines gelben Ultraleichtflugzeuges, welches im Schritttempo zur Startbahn rollte. „Sie werden begeistert sein!“

30

Die gelbe Ikarus glitzerte vierzig Meter vor ihnen in der Sonne. Gleich würde sie anziehen und das überdimensionierte, weiße Zäpfchen mit Flügeln, in dessen Kabine sie nun hockten, hinter sich her schleifen und nach oben reißen. Nicht einmal Räder hatte der Segler. Damit die langen Flügelschwingen nicht im Rasen zerbarsten, mussten sie während der Startphase von zwei Männern in der Waagerechten gehalten werden.

Anja staunte über sich selbst, dass sie sich freiwillig in diese Enge gezwängt hatte und nun Teil dieses Selbstmordkommandos war. Glücklicherweise saß Brandstetter vor ihr, sodass er ihr kalkweißes Gesicht nicht bemerkte und auch von ihrem Schweißausbruch nichts mitbekam. Mehr konnte sie ihrer jetzigen Lage an Positivem allerdings nicht abgewinnen.

Als der Motor der Ikarus zu einem ohrenbetäubenden Dauerheulen aufdrehte, schlug Anja reflexartig beide Hände vors Gesicht. Doch selbst durch die Finger hindurch konnte sie sehen, wie sich die Schleppleine zwischen den beiden Fliegern aufs Äußerste spannte. Ein kurzer Ruck erschütterte die Kabine und schon hoppelte der aalglatte Rumpf des Seglers über den Rasen, während die Männer an den Flügelenden angestrengt versuchten, das

Flugzeug in der Waagerechten zu halten. Anfangs gelang das Manöver mühelos, doch je mehr die Ikarus beschleunigte, desto schneller mussten sie rennen. Und die Ikarus beschleunigte schnell. Verdammt schnell.

Das schaffen die nie!

Fast im selben Moment konnten die Männer nicht mehr mithalten, gaben die Flügel frei und verlangsamten ihr Tempo, um nicht ins Straucheln zu geraten.

Gleich kippen wir um!

Und tatsächlich schwang der Rumpf spürbar zur Seite. Anja verkroch sich mit zusammengekniffenen Augen tiefer in ihrem Plastiksitz, auf der Suche nach Schutz vor den zerschellenden Flügelteilen, die gleich auf sie zurasen würden. Als das erwartete Knirschen und Splittern ausblieb, wagte sie einen vorsichtigen Blick aus der transparenten PVC-Haube.

Zu ihrer Überraschung befanden sie sich bereits einige Dutzend Meter über dem Erdboden. Ihre Starthelfer, der Flugturm, die Start- und Landebahn, alles schrumpfte innerhalb weniger Sekunden auf Miniaturformat. Vor ihnen brummte in gleichmäßigem Tonfall die Ikarus. Nichts deutete darauf hin, dass gleich ein Unglück passieren könnte. Anja spürte, wie sich langsam die Verkrampfung in ihrem Körper löste und sie mit zunehmender Höhe immer lockerer wurde. Sogar ein Lächeln huschte ihr übers Gesicht, als ein schneeweißes Wölkchen knapp unter ihnen vorüberzog.

„Ich klinke uns jetzt aus“, hörte Anja Brandstetter sagen und ein Klacken folgte. Im gleichen Moment drehte die Ikarus ab und mit ihr verschwand das brummende Motorengeräusch. Als das Segelflugzeug spürbar nach unten sackte, stockte Anja für einen Moment der Atem und ihr Bauch kribbelte fürchterlich. Ganz so, als säße sie in der Gondel eines Riesenrads und würde stetig wiederkehrend den höchsten Punkt passieren. Das unangenehme Gefühl war aber nicht von Dauer. Schnell hatten Aufwinde das Segelflugzeug ergriffen und sie gewannen weiter an Höhe.

„Wir sind jetzt 400 Meter hoch und werden mithilfe der Thermik versuchen, auf 2.000 Meter zu steigen."

Anja nickte zur Bestätigung, was Brandstetter natürlich nicht sehen konnte.

„Wie geht es Ihnen?"

„Ich lebe noch."

Brandstetter lachte. „Direkt vor uns sehen Sie Schlehdorf und den Kochelsee. Das türkisfarbene Gewässer rechts daneben ist der Walchensee, einer der größten und tiefsten Alpenseen auf deutscher Seite. Direkt zwischen beiden erhebt sich der Jochberg. Ich liebe es, auf die knapp 1600 Meter hinaufzuklettern. Die Aussicht aufs Blaue Land von dort oben ist grandios."

Anja schaute nach unten. Sie kannte beide Seen, die sich wunderschön in die Gebirgslandschaft schmiegten. Auch der Aufstieg zum Jochberg war ihr in bester Erinnerung. Einen malerischeren Blick in die Ferne konnte sie sich damals kaum vorstellen, als sie zum ersten Mal das Gipfelkreuz berührte. Saskia hatte Anja mit frischen Brezeln und Weintrauben überrascht. Mit viel Sonne und einem lauen Lüftchen im Gesicht, hatten sie kauend auf einem Felsen gesessen und gestaunt, was sie in der Ferne alles erkennen konnten. Sogar den Starnberger See und München glaubten sie am Horizont auszumachen.

„Gerade überfliegen wir den Herzogstand", kommentierte Brandstetter. Anja erkannte eine Gruppe Wanderer, die den Grat hinüber zum Heimgarten passierten. In der Heimgartenhütte hatte Anja zum ersten Mal in ihrem Leben ein Weißbier probiert. So richtig geschmeckt hatte es aber erst, als ihr Vater es mit einem ordentlichem Schuss Zitronenlimo versüßt hatte. Über drei Stunden waren sie damals unterwegs gewesen, ehe sie den Aufstieg von Ohlstadt bewältigt hatten. Heute konnte Anja schon Minuten nach dem Start noch brillantere Talblicke genießen. Im Osten die schroffe Benediktenwand, im Süden das Karwendelgebirge und im Südwesten das Wettersteingebirge mit Deutschlands höchstem Berg, der Zugspitze. In leuchtendes Blau getaucht, präsentierte sich ein zauberhaftes Bergpanorama, eingerahmt von wolkenlosem Himmel und glasklaren Seen.

Fast lautlos schwebten sie über der Natur, nur das leise Pfeifen des Windes erinnerte daran, dass sie in einem Flugzeug saßen. Plötzlich verstand Anja, was Brandstetter ihr so poetisch vorgeschwärmt hatte. Frei wie ein Vogel schweben und ein wenig wie Gott sein. Ja, so fühlte sie sich jetzt. Genau so.

„Ich muss Ihnen etwas gestehen, Frau Klein."

„Nur zu", erwiderte Anja beschwingt. In ihrem jetzigen Zustand konnte sie nichts schockieren. So ein Glück wie eben hatte sie schon lange nicht mehr gefühlt. Die eigene Angst besiegt. Nach der ersten Arbeitswoche mit Meier war das hier Balsam für die Seele.

„Ich bin der andere Mann, der in Emilia Sonnleitners Wohnung war, kurz bevor sie ermordet wurde. Für mich hatte sie den Kaffee gemacht und ich bin möglicherweise der, den Frau Hintersberger am Fenster gesehen hat."

Nun fiel Anja doch aus allen Wolken. Innerhalb einer Sekunde war die berauschende Wirkung ihres Segelabenteuers vollkommen verflogen. Blitzartig wurde ihr bewusst, dass sie ihren Sonntag mit einem Mann verbrachte, der ein Mörder sein könnte. Und das in einem Fall, den sie selbst aufzuklären versuchte. Ausführlich hatte sie ihm von ihren Ermittlungen berichtet, sozusagen auf dem Präsentierteller hatte sie alle Informationen serviert.

So blöd kann man doch gar nicht sein!

„Was wollten Sie an jenem Morgen von Emilia Sonnleitner?" Anjas Stimme hatte einen professionellen Ton angeschlagen. Bedauerlich, dass sie Brandstetter bei seinen Antworten nicht ins Gesicht sehen konnte. Vielleicht hätte sie an seinen Augen erkennen können, ob er flunkerte oder tatsächlich die Wahrheit sprach.

„Ich wollte herausfinden, ob sie etwas mit dem Tod von Helene Gruber zu tun hat. Schließlich war Emilia die Geliebte von Harald Gruber und damit eine potentiell Verdächtige."

„Meinen Sie nicht auch, dass potentiell Verdächtige von der Polizei verhört werden sollten?"

„Natürlich", erwiderte Brandstetter. „Es ist nur…, ich wollte…", er suchte nach Worten, „…schnell etwas finden, was meinen Freund Harald entlasten könnte. Die Polizei wusste doch noch gar nichts von Haralds heimlicher Freundin."

„Jetzt mal ganz langsam und von vorn", unterbrach Anja. „Wann genau sind Sie bei Frau Sonnleitners Wohnung eingetroffen?"

„So gegen halb acht, schätze ich."

„Warum so früh?"

„Um sicher zu gehen, dass sie zu Hause ist."

„Trugen Sie eine Mütze?"

„Nein."

Nein, dachte Anja. Laut Frau Hintersberger trug der Mann eine schwarze Kappe. Und die Uhrzeit passte auch nicht. Emilia wurde später erstochen. Der Notruf von Frau Hintersberger ging exakt um 8.47 Uhr ein.

„Sie klingelten also. Was passierte dann?"

„Emilia öffnete, ich bat sie, ihr einige Fragen stellen zu dürfen und sie ließ mich ein."

„Kannten Sie die junge Frau?"

Ohne zu zögern beantwortete Georg Brandstetter Anjas Fragen.

„Unsere Kinder gehen in den gleichen Kindergarten. Dort habe ich Emilia kennengelernt. Und wo sie wohnt, weiß ich, weil ich sie einmal mit dem Auto nach einem

Elternabend zu Hause abgesetzt habe. Das wäre doch sicher Ihre nächste Frage gewesen, nicht wahr?"

Anja antwortete nicht. *Wenn Georg Brandstetter etwas mit dem Mord zu tun hätte, würde er dann so freimütig von dem morgendlichen Besuch bei Emilia erzählen?*

„Sie gingen also in die Wohnung und weiter?"

„Emilia kochte Kaffee und begann, ein Tablett zu richten mit Zucker, Milch und so weiter. Ich platzte gleich mit meinen Fragen heraus. Angeblich hatte sie noch nichts von Helenes Tod gehört. Sie schien ehrlich schockiert, als ich ihr davon erzählte. Dennoch fragte ich sie, ob sie etwas zu tun hätte mit ihrem Tod. Eine bescheuerte Idee. Wortlos wies sie mich zur Tür. Ich stand bereits im Treppenhaus, als sie sagte, dass ich mit einer Mörderin wohl lieber keinen Kaffee trinken sollte. Dabei hatte sie Tränen in den Augen. Mit einer Kopfbewegung gab sie mir zu verstehen, dass ich abhauen sollte. In dem Moment wurde mir klar, dass ich sie mit meinen unüberlegten Anschuldigungen tief gekränkt haben musste. Ich wollte mich noch für meinen Überfall entschuldigen, aber da schlug die Tür schon zu."

„Scheint eine Spezialität von Ihnen zu sein, alleinstehende Frauen unangemeldet aufzusuchen, Herr Brandstetter!"

Nun war es Brandstetter, der die Antwort schuldig blieb.

Anja schaute nach draußen. Einige feine Wolken hatten sich zu einer Kolonie von Wattebäuschchen verdichtet. Angestrahlt von der gleißenden Sonne leuchteten sie so weiß, dass Anja ihre Augen mit einer Hand abschirmen musste. *Ob Brandstetter tiefer in die Sache verstrickt ist, als er zugibt? War er tatsächlich schon um halb acht bei Emilia Sonnleitner und nicht erst zur Tatzeit eine Stunde später?*

Ihr kam eine Idee zu einer Fangfrage. Vielleicht würde Brandstetter in die Falle stolpern.

„War Frau Sonnleitner allein zu Hause?"

Laut Aussage der Kindergärtnerin Frau Hartung hatte sie ihren Sohn erst um 8 Uhr in den Kindergarten gebracht. Würde Brandstetter behaupten, sie wäre allein gewesen, lag eine Lüge auf der Hand.

Brandstetter ließ sich Zeit mit der Antwort.

„Nein", sagte er schließlich. „Ihr Sohn Thomas war da. Vielleicht kann er sich an mich erinnern, vielleicht aber auch nicht. Er spielte im Wohnzimmer, während wir in der Küche redeten."

„Warum erzählen Sie mir das alles, Herr Brandstetter? So geraten Sie doch selbst in den Kreis der Verdächtigen."

„Ich wollte Ihnen das nicht verschweigen, Frau Klein. Ehrlichkeit und Loyalität halte ich für die wichtigsten Eckpfeiler in einer Freundschaft. Und so engagiert wie Sie ermitteln, hätten Sie es früher oder später sowieso erfahren."

Der Charmeur schlägt wieder zu, dachte Anja und entspannte sich etwas. Brandstetters Aussagen klangen plausibel. Offensichtlich bereitete es ihm keine Bauchschmerzen, dass er sich mit seiner Aussage in ein schlechtes Bild rückte, er wollte einfach nur ehrlich zu ihr sein. Und Ehrlichkeit schätzte Anja sehr.

Natürlich war es des Guten fast zu viel, dass gleich drei Männer an diesem Morgen die sonst so zurückgezogen lebende junge Frau besucht haben wollen. Aber chronologisch betrachtet ließen sich die Ereignisse immer noch zu einem möglichen Tathergang zusammenfügen:

Um 7.30 Uhr überrascht Georg Brandstetter Emilia Sonnleitner mit seinem Besuch und lässt sie kurze Zeit später entsetzt und verärgert zurück. Vermutlich telefoniert sie sofort mit Harald Gruber, sie verabreden sich für den nächstmöglichen Zeitpunkt. Sie frühstückt mit ihrem Sohn und bringt diesen dann um 8 Uhr in den Kindergarten.

Um 8.30 Uhr klingelt ihr Exfreund Vincent Kaja, der Mann mit der schwarzen Basecap. Seit vier Monaten hatte er sich nicht mehr bei ihr blicken lassen, aber an diesem Morgen taucht er unerwartet auf und macht ihr möglicherweise Avancen. Vielleicht wollte er ja tatsächlich seine Oma besuchen und änderte überraschend seine Pläne, als er vor der Tür seiner Verflossenen stand. Sicher war Kaja der Typ Mann, der es nicht verkraften konnte, zurückgewiesen zu werden. Emilia Sonnleitner, die für seine Annäherungsversuche überhaupt nicht in Stimmung ist, will ihn schnellstens loswerden und wirft ihn aus der Wohnung. Kaja fühlt sich erneut in seinem Ego gekränkt und es kommt zum handfesten Streit. Und wie leicht Kaja im Laufe einer Auseinandersetzung die Beherrschung verliert, hatte Saskia im Nightfever schmerzlich erfahren müssen.

Als Harald Gruber kurz danach bei seiner Geliebten eintrifft, kann Emilia Sonnleitner nicht mehr auf sein Klingeln reagieren, weil sie bereits tot in ihrer Wohnung liegt. Gruber schaut angestrengt durch die Fenster im Erdgeschoss, so wie es Frau Hintersberger von ihrem Fenster aus beobachtet hat, betritt dann Haus und Wohnung, ohne dass man ihm öffnen muss, weil der Mörder beide Türen nur angelehnt hat.

Außer sich vor Kummer verbleibt Harald Gruber eine Viertelstunde bei der Toten, wodurch sich die massiven Blutspuren an Pullover und Schuhen erklären lassen. Dann stürmt er wie in Trance aus der Wohnung, wobei er im Treppenhaus Frau Hintersberger begegnet. Diese will nach dem Rechten sehen, findet die Tote und setzt um 8.47 Uhr den Notruf ab.

So könnte der Morgen durchaus abgelaufen sein. Bewiesen war das allerdings nicht. Genau genommen konnte jeder der drei morgendlichen Besucher Emilia Sonnleitner umgebracht haben. Dass Harald Gruber allein als Täter in Frage kommen sollte, daran bestanden jetzt jedenfalls begründete Zweifel. Anja war optimistisch, dass ihr Chef Meier das ebenso sehen würde und Harald Grubers Chancen stiegen, aus der U-Haft entlassen zu werden.

Das Segelflugzeug zog majestätisch seine Kreise hoch über dem Blauen Land. Leise glitt es dahin, an Bord zwei gedankenversunkene Menschen, die sich zwischenzeitlich meilenweit voneinander entfernt hatten, die aber nun auf dem Weg waren, einander wieder näher zu kommen.

31

„Schreiben Sie derzeit an Ihrem nächsten Buch?“

Mit vollem Mund spricht man nicht, hatte ihr Vater sie früher stets gemaßregelt, doch in heiterer bis ausgelassener Stimmung widersetzte sich Anja dieser Anweisung vergnügt ohne schlechtes Gewissen. Gerade hier und jetzt verspürte sie ein derartiges Gefühlshoch, dass sie sogar mit einer Packung Kekse im Mund freudestrahlend drauflosplappern würde. Eine volle Stunde hatte sie die Welt aus der Vogelperspektive bestaunt und dabei Brandstetters Ausführungen über sämtliche Bordinstrumente gelauscht. Besonders die Funktionsweise der Luftbremsen hatte sie so verblüfft, dass Brandstetter sich zu immer tiefergehenden technischen Erläuterungen veranlasst gesehen hatte. Unerwartet sanft hatte der Bauch des Seglers schließlich genau dort auf der Wiese aufgesetzt, wo am frühen Morgen alles mit einer langen Umarmung begonnen hatte.

Beschwingt war Anja aus ihrem Schalensitz geklettert und Brandstetter zum Flugturm gefolgt. In einer Nische gegenüber dem Kommandostand hockten sie nun vor zwei dampfenden Tassen Kaffee und belegten Brötchen.

Kauend wartete Anja auf Brandstetters Antwort. Ganz beiläufig hatte sie diese Frage gestellt. Smalltalk eben. Sie konnte ja nicht ahnen, dass sie damit ein Thema angeschnitten hatte, das für Brandstetter absolut tabu war. Dann bemerkte sie die Blässe in seinem Gesicht.

„Fühlen Sie sich nicht wohl?“

„Es geht schon, danke!“

Brandstetter lächelte gequält. Die Frage nach seinen Buchplänen hatte ihn regelrecht aus der Bahn geworfen. Natürlich sollten seine Leser in absehbarer Zukunft von seinem neuen Buch erfahren. Im Moment aber war es viel zu gefährlich, darüber zu reden. Nicht einmal ansatzweise durfte er etwas von seinem neuesten Projekt preisgeben, um den kurz bevorstehenden Welterfolg nicht zu gefährden. Ein Vorwand musste her, eine plausible Erklärung, die jede weitere Frage nach seinem Buch im Keim ersticken würde.

Georg Brandstetter, ein Meister im Geschichtenerfinden, war in seinem Element.

„Ich habe das Schreiben aufgeben müssen.“

Anja verschlug es bereits zum zweiten Mal an diesem Tag kurzzeitig die Sprache.

„Es sind Dinge vorgefallen, die mich dazu gezwungen haben.“

Irritiert suchte Anja in Brandstetters Augen nach Erklärungen. *Was um Himmels willen denn für Dinge? Geht es vielleicht um Erpressung?*

„Erzählen Sie mir davon!“

Besorgt forschte Anja in Brandstetters Gesichtszügen. Dann berührte sie mit den Fingerspitzen seinen Arm. „Vielleicht kann ich Ihnen helfen.“

Wie gern hätte Brandstetter von seinen Plänen berichtet, doch dafür war es noch zu früh. Andernfalls bestand die Gefahr, dass sein größtes Ziel auf der Strecke bleiben würde, sein langersehnter Traum, sein Lebenswerk. Sein dreizehntes Buch würde zwar wie die bisherigen zwölf Kriminalromane veröffentlicht werden, für ein paar

Wochen auf der Bestsellerliste landen, ihm wohlmeinende Kritiken, vielleicht sogar Preise einbringen. Aber der ganz große Welterfolg, den er unbedingt erzwingen wollte, würde ihm wieder verwehrt bleiben. Kein falsches Wort durfte ihm also über die Lippen kommen.

„Keine Sorge, Sie müssen mich nicht aus einer Notlage befreien. Aber Sie könnten mir Glauben schenken, auch wenn meine Geschichte vollkommen verrückt klingt."

Anja zog die Hand zurück und straffte ihre Schultern. „Ich bin ganz Ohr", sagte sie und schaute Brandstetter erwartungsvoll an.

„Versetzen Sie sich in einen Mann, der gern Geschichten zu Papier bringt."

Mit Bedacht wählte Brandstetter seine Worte.

Ich soll mir einen Autor vorstellen? Meint er sich selbst damit?

„Dieser Mann hat alles, was man sich erträumen kann. Er wohnt in einer Villa, fährt einen luxuriösen Wagen, badet im eigenen Pool. Bis über die Landesgrenzen hinaus ist er berühmt für seine ausgeklügelten, ungewöhnlichen Einfälle, er wird geschätzt und verehrt, ein echter Glückspilz eben."

Er meint wirklich sich selbst.

„Der Mann verfügt über eine besondere Gabe als Grundlage für seine außergewöhnlichen Erfolge. Diese Gabe verwirklicht jeden seiner Wünsche. Er muss sie lediglich niederschreiben und sich im Detail vorstellen, wie sie sich auf die Wirklichkeit auswirken werden. Das Szenario, welches ihm dabei vorschwebt, wird dann früher oder später real. Der Mann ist das Produkt seiner Träume."

Er meint doch nicht sich selbst.

„Bisher lief es wirklich prima für den Mann. Ihm ist alles in den Schoß gefallen, was er sich erträumt hat. Doch seine Gabe entwickelte sich weiter. Jetzt braucht er nur noch eine Idee zu notieren und diese verwirklicht sich, ohne dass er darauf noch gedanklich Einfluss nehmen kann. Diese

Fähigkeit wünscht man keinem Mann, der Geschichten über Schwerverbrechen schreibt."

Anja starrte Brandstetter mit geweiteten Augen an. *Was zum Teufel will er damit nur andeuten?*

„Und dieser Mann bin ich!" Georg Brandstetter nickte bedeutungsschwer. Dann senkte er den Blick und verharrte reglos am Tisch.

„Wollen Sie damit sagen, dass Sie in der Lage sind, durch das bloße Aufschreiben von Geschehnissen Ihre Umwelt zu beeinflussen?"

Vorsichtig hatte Anja ihre Frage formuliert, um Brandstetter nicht zu nahe zu treten. So einen Blödsinn konnte sie natürlich nicht glauben. Und doch hatte sie den Eindruck, dass es ihm ernst war damit. Warum sollte Brandstetter ihr sonst davon erzählen? *Der Mann ist doch kein Spinner. Der Mann ist Georg Brandstetter!*

Wieder nickte er und fuhr mit sorgenvoller Miene fort: „Es geschieht nicht gleich. Es braucht Zeit, bis die Worte in die Realität vordringen. Bei den meisten meiner Texte passiert rein gar nichts. Dann gibt es wieder Passagen, die sich 1:1 in der Gegenwart widerspiegeln. Der Wahnsinn ist nicht kontrollierbar."

Skepsis machte sich ungewollt in Anjas Gesicht breit und Brandstetter reagierte prompt: „Wenn Sie jetzt denken, ich könnte es regnen lassen, indem ich das Wort Regen niederschreibe, muss ich Sie leider enttäuschen. So einfach ist es nicht!"

Eine lange Pause entstand. Anja wollte ihrem Gegenüber gerne glauben, aber sie konnte es nicht. „Ehrlich gesagt fällt es mir schwer, das als gegeben hinzunehmen. Könnten Sie mir vielleicht mit einem Beispiel behilflich sein?"

„Danke für Ihre Offenheit, Frau Klein! Ich hätte mir denken können, dass Sie als Polizistin Beweise brauchen. Aber dafür ist jetzt nicht der richtige Zeitpunkt. Ich wollte

Ihnen nur die Erklärung liefern, warum ich nicht mehr schreibe."

Anja fiel keine passende Erwiderung ein. An Wunder glauben, das konnte sie nicht. Brandstetter hatte recht. Sie brauchte handfeste Fakten, überprüfbare Daten.

„Wie haben Sie von dieser Gabe erfahren?", fragte sie beiläufig, um das Gespräch wieder in Gang zu bringen.

Brandstetter dachte nach. Jetzt hatte er sich in eine Sackgasse manövriert, aus der es nun galt, mit Geschick wieder herauszusteuern. Vielleicht war es schlau, das Buch seines Onkels ins Spiel zu bringen, das ihm damals so gute Dienste dabei geleistet hatte, seinen Lebensweg zu finden. Sicher könnten die Anleitungen daraus auch der wissbegierigen Kommissarin von Nutzen sein und er würde sie endgültig von weiteren Fragen nach seinem aktuellen Buch ablenken. Kurzentschlossen setzte er an: „Als mein Onkel starb, vermachte er mir ein Büchlein, welches seit Generationen im Besitz unserer Familie ist, genau genommen seit 1799. Die verschiedenen Besitzer haben es mit handschriftlichen Aufzeichnungen ergänzt und so dokumentiert, mit welchen Methoden sie zu außergewöhnlich erfolgreichen Menschen werden konnten. Eine der Anleitungen half auch mir, meinen Weg zu finden. Die Gabe, wie ich es nenne, ist eine auch für mich noch unerklärliche Weiterentwicklung dieses Erfolgsrezeptes. Wenn es Sie interessiert, kann ich Ihnen diese Anleitung mit auf den Weg geben. Probieren Sie sie aus, vielleicht erhalten Sie dann Ihren Beweis."

Die Skepsis stand Anja ins Gesicht geschrieben. Mehr darüber zu erfahren, konnte aber sicher nicht schaden.

„Was genau müsste ich tun?"

Brandstetter frohlockte innerlich. Die Sackgasse lag hinter ihm und jetzt durfte er auf die Neugier der jungen Frau zählen, deren Gesellschaft er immer mehr schätzte.

„Schreiben Sie Ihre sehnlichsten Wünsche auf eine Liste! Konzentrieren Sie sich auf das absolut Wesentliche, nur Dinge, die Sie unbedingt erreichen oder haben wollen. Seien Sie dabei konkret. Ungenaue Formulierungen bringen fehlerhafte oder gar keine Ergebnisse. Schreiben Sie nicht, ich möchte reich sein, sondern benennen Sie den genauen Betrag. Schreiben Sie nicht, ich will ein guter Mensch sein, sondern schreiben Sie exakt, welche positiven Eigenschaften Sie für welche Gelegenheiten anstreben. Schreiben Sie nicht, ich möchte weite Reisen unternehmen, sondern notieren Sie genau die Orte, die Sie aufsuchen möchten, wie lang Sie dort verweilen wollen und wann die Reise stattfinden soll. Je genauer Sie Ihre Wünsche formulieren, umso eher können Sie mit ihrer Erfüllung rechnen."

„Das ist alles?" Anja war alles andere als überzeugt.

„Denken Sie nicht, dass diese Aufgabe einfach zu meistern wäre. Den meisten Menschen gelingt es nicht, eine solche Liste anzufertigen, weil sie keine genaue Vorstellung von dem haben, was sie erreichen wollen. Sie sind wie Strandgut, das mal hierhin und mal dorthin gespült wird, ohne jemals irgendwo anzukommen."

Brandstetter nippte an seinem Kaffee. Dann fuhr er fort: „Der zweite Schritt ist etwas einfacher, will aber ebenso gut überlegt sein. Es gilt, die Wunschliste zu ordnen. Die Dinge, die Sie sich am dringlichsten wünschen, setzen Sie nach oben, weniger wichtige folgen weiter unten."

Anja konnte noch immer nicht glauben, dass es jemanden voranbringen würde, wenn er eine solche Liste anfertigte. „Das Leben ist kein Ponyhof!" und: „Wir sind doch nicht bei ‚Wünsch dir was', sondern bei ‚So ist es'" hatte ihr Vater immer gesagt.

Und doch kann es nichts schaden, es einmal auszuprobieren. Lotto spielen ja auch Millionen von Menschen, obwohl sie genau wissen, dass ihre Chancen minimal sind.

„Der dritte Schritt ist der schwierigste. Frauen fällt er oft leichter als Männern, weil sie mit mehr Fantasie gesegnet sind. Aber wenn es um die eigenen Wünsche geht, sollte es Freude bereiten, von diesen zu träumen.

Malen Sie sich von nun an am besten mehrmals täglich genau aus, was wäre, wenn Ihr erster Wunsch bereits Wirklichkeit wäre. Verzetteln Sie sich nicht, konzentrieren Sie Ihre Vorstellungen auf Ihr wichtigstes Ziel. Was würde sich verändern? Das Aussehen, der Gang, das Selbstbewusstsein? Von welchen Menschen wären Sie umgeben? Wo wären Sie? Was würden Sie tun? Erleben Sie schon jetzt die Freude, die Sie bei der Erreichung Ihres Zieles verspüren werden. Je öfter und detaillierter Sie sich Ihren Traum vorstellen, umso schneller wird er Realität."

Wider Willen fasziniert hing Anja an Brandstetters Lippen. *Ein Patentrezept zum Glücklichsein. Das soll es geben? Zu schön, um wahr zu sein!*

„Wenn es so einfach ist, seine Träume zu realisieren, warum macht es dann nicht jeder?"

„Diese Frage ist einfach zu beantworten. Die Menschen glauben nicht daran, dass es funktioniert. Nur sehr wenige handeln konsequent nach diesem Prinzip. Und das sind die erfolgreichsten Köpfe unserer Zeit. Schauen Sie mich an!"

Brandstetter grinste und leerte seine Kaffeetasse in einem Zug.

„Werden Sie es denn ausprobieren?"

„Unbedingt", antwortete Anja.

„Unbedingt!"

32

„Hat mein Geheimnis Ihre Stimmbänder gelähmt?"

Sie passierten bereits die Ortstafel von Murnau, als Brandstetter noch einmal mit einem Scherz versuchte, die Stille im Wagen zu zerreißen. Bereits zehn Minuten saßen sie schweigend nebeneinander - angesichts des turbulenten Verlaufs der letzten Stunden viel zu wenig Zeit für Anja, um alles auch nur ansatzweise sortieren und verarbeiten zu können. Sie hatte an diesem Vormittag ihre Flugangst besiegt. Einfach so. Und doch mutierte diese Leistung schnell zur Nebensache angesichts Brandstetters Geständnis, dass er sich eine Stunde vor Emilias Tod am Tatort aufgehalten hatte. Durch diesen Paukenschlag war sie sich wieder ihrer Naivität und Leichtgläubigkeit bewusst geworden, die sie bisher Georg Brandstetter entgegengebracht hatte. Diese Erkenntnis hatte zunächst wie auf Knopfdruck alle Sympathie für den Mann in Misstrauen umschlagen lassen. Doch dann hatte er sie erneut davon überzeugen können, dass sie ihm damit Unrecht tat, auch wenn nicht alle ihre Zweifel ausgeräumt waren.

Schließlich hatte Georg Brandstetter ihr verraten, warum er seine Karriere als gefeierter Kriminalschriftsteller nicht fortsetzen wollte. Eine Geschichte, die an Mangel an Glaubwürdigkeit nicht zu übertreffen war. Aber genau das wünschte sich Brandstetter von ihr: dass sie ihm glaubte. Als angeblichen Beweis hatte er ihr seinen „Erfolgsschlüssel“ in die Hände gelegt mit der Bitte, ihn auszuprobieren. War nun sie an der Reihe, die Schlösser jener Tore zu knacken, die ihr den Eintritt in den erlesenen Kreis der Glücklichen und Erfolgreichen erlauben sollten?

Was soll ich mir überhaupt wünschen? Ich habe doch alles, was man braucht!

„Frau Klein?“

Etwas gab es allerdings, das sich Anja schon immer gewünscht hatte. Sie wollte eine gute Polizistin werden. Polizistin war sie ja jetzt. *Aber bin ich auch gut?*

In diesem Zusammenhang dachte Anja an Meier, das Scheusal, das sie die ganze Woche schikaniert hatte. Und plötzlich regte sich doch ein Herzenswunsch in ihr.

Wie wäre es, wenn Meier und ich zu einem echten Dreamteam zusammenwachsen könnten, einander achteten und schätzten, einen witzigen und kollegialen, vielleicht sogar freundschaftlichen Umgangston pflegten? Und wenn wir gemeinsam mit allen Kräften die Schurken und Halunken dieser Erde jagen, stellen und überführen könnten?

Gedanklich schnappte Anja sich ein weißes Blatt und schrieb ganz oben „Wunschliste“ darauf. In Großbuchstaben und doppelt unterstrichen. Direkt darunter notierte sie:

1. Traum-Duo Meier und Klein.

„Frau Klein? Sind Sie noch bei mir?“

Georg Brandstetter betrachtete fasziniert seine Beifahrerin, die ihre Augen geschlossen hielt und verträumt lächelte. Er hatte seiner Überzeugungskraft einiges zugetraut, aber dass sie sich so intensiv auf seine Vorschläge einlassen würde, überraschte ihn doch.

„Frau Kommissarin?“

Anja Klein hatte die Realität ausgeblendet. Der Tagtraum, in einem guten Team erfolgreich zu arbeiten, hatte sie vollständig in Besitz genommen. In den glühendsten Farben malte sie sich die Erfüllung dieses Wunsches aus. Schon als Kind hatte sie sich oft in Märchenbücher hineingeträumt, mal in die Rolle der schönen Prinzessin, mal in die der bösen Hexe. Doch das hier war anders. Jetzt wollte sie sich nicht verwandeln, sondern träumte sich selbst mit ganz neuen Eigenschaften. Plötzlich war sie witzig, beredt, mit leichtem Hang zur Ironie. Sie verblüffte ihre Kollegen mit blitzgescheiten Gedankengängen, glänzte mit ihrem Fachwissen und war dabei so natürlich liebenswert, dass Neid auf ihre Erfolge gar nicht auftreten konnte. Meier sah sie mit ganz anderen Augen und seine Worte waren stets voll des Lobes, wenn er von ihr sprach. Kein einziger Verbrecher war mehr vor ihnen beiden sicher. Kaum hatten sie einen Fall übernommen, war er auch schon gelöst. Enthusiasmus und Freude prägten ihre Arbeitstage. Siegessicher marschierten sie voran und infizierten die Kollegen mit ihrem Elan und Tatendrang. Jeder von ihnen konnte den neuen, wunderbaren Spirit spüren.

„Erde an Anja Klein?“ Jetzt schrie Brandstetter beinahe. „Wir sind da!“

Anja öffnete widerwillig die Augen. Doch nicht verschlafen oder müde wie sonst, wenn man sie unsanft geweckt hatte, sondern unglaublich erfrischt und energiegeladen. Sie spürte die Vorfreude in ihrem Inneren, die Vorfreude auf die Dinge, die kommen würden.

Anjas Haare wirbelten zur Seite, als sie sich Brandstetter mit Schwung zuwandte und ihn flüchtig auf die Wange küsste. „Das war ein unglaublicher Vormittag. Danke, Herr Brandstetter! Ich melde mich bei Ihnen!“

Dann hüpfte sie aus dem Jeep und Georg Brandstetter sah ihr nach, bis sie nach wenigen Schritten lächelnd und winkend in ihrem Hausflur verschwand.

33

„Mein Mädchen, dich beherrscht die Prüfungsangst. Du musst dich ihr stellen, sie bekämpfen, dann traut sie sich nicht mehr an dich heran. Glaub an dich, du kannst alles!"

Mit gutgemeinten Phrasen wie diesen hatte Anjas Vater oft versucht, das elende Gefühl kleinzureden, das Anja ihr ganzes Leben verfolgt hatte. Doch eine Hilfe waren sie ihr nie gewesen, obwohl sie immer bestens vorbereitet war. Sie ging regelmäßig durch die Hölle, sobald sie ihr Wissen und Können beweisen sollte, und das nicht nur in Prüfungssituationen.

Auch während der ersten Arbeitswoche klebte die stete Angst vor dem Versagen sowie vor dem Spott und Gelächter der Kollegen an ihr wie ein böser Schatten, lähmte ihr Temperament und zerstörte jegliches Selbstbewusstsein. Statt eines ihr wohlgesonnenen Vaters sah sie sich einem feindseligen Vorgesetzten gegenüber, der ihre Furchtsamkeit mit seinen niederträchtigen Bemerkungen noch verstärkte.

Jetzt war die Stunde angebrochen, in der sie Meier ihre samstäglichen Aktivitäten unterbreiten musste. Allesamt ohne Erlaubnis auf eigene Faust durchgeführt, darunter klare Verstöße gegen die Dienstvorschriften. Es war vorhersehbar, wie Meier auf diese Unbotmäßigkeiten reagieren würde.

Schweißbeperlte Oberlippe, feuchte Achselhöhlen, zitternde Hände, weiche Knie: Anjas Normalzustand in solchen Situationen, doch nicht an diesem Morgen.

Ein Lächeln umspielte Anjas Lippen, keine verräterischen Flecken verunstalteten die Bluse, die Hände umfassten ruhig und entspannt das Lenkrad ihres Polos. Entschlossen bediente sie Gas- und Bremspedal, um rasch zur Polizeistation in Garmisch zu gelangen. Mit Genugtuung registrierte sie Meiers blauen Vectra, als sie zum Polizeigelände einbog. Heute sollte der erste Tag ihres neuen Lebens sein.

„Guten Morgen, Herr Meier!“

Meier lehnte an einem Schreibtisch und diskutierte mit einem Kollegen die miserable Leistung seines Fußballvereins am vergangenen Wochenende. Er sah nicht einmal auf, während er ein unverständliches „Morgen“ zurückbrummte.

„Ich habe Neuigkeiten. Können wir kurz?“ Dabei deutete Anja mit ihrem Kopf in Richtung des von Jalousien verhängten Glaskastens, in dem sich Meiers Büro verbarg. Ein keckes Lächeln, ein Augenaufschlag in Zeitlupe, und schon löste sich Meiers Hintern vom Schreibtisch des Kollegen.

Geht doch, freute sich Anja.

„Was gibt es denn so Dringendes?“, grunzte Meier gelangweilt, ließ sich in seinen Chefsessel fallen und verschränkte die Hände hinter dem Kopf.

„Ich muss Ihnen etwas gestehen.“

Anja machte ein betrübtes Gesicht. „Erst denken Sie bestimmt daran, mich umzubringen, aber danach werden Sie mich küssen wollen!“

Meiers Miene hellte sich von frustrierter Langeweile zu leichtem Interesse auf.

„Da bin ich aber gespannt, Frau Kollegin!“

„Also: Die Sache ist folgendermaßen…“

Nun wurde Anja doch ein wenig heiß.

„Ich habe am Wochenende einige Recherchen durchgeführt.“

„Ach, Recherchen also?“, brummte Meier argwöhnisch.

„Ja, Recherchen“, wiederholte Anja ruhig, um Meier von vorneherein den Wind aus den Segeln zu nehmen. „Es sieht ganz danach aus, dass Vincent Kaja der Mörder von Emilia Sonnleitner ist.“

„Wie zum Teufel kommen Sie denn darauf?“, protestierte Meier.

„Er ist am Tatort gesehen worden.“

„Von wem denn? Vom Weihnachtsmann?“, wollte Meier jetzt wissen.

„Von seiner Oma.“

„Sie wollen mich wohl verarschen?“

In dem Moment gab Meier seine entspannte Haltung auf. Hart schlugen die Hände auf seinen Schreibtisch.

„Nein, wie könnte ich!“, wehrte Anja ab. „Vincent Kaja ist der Enkel von Ursula Hintersberger. Er war bis vor vier Monaten mit Emilia Sonnleitner liiert und am Morgen ihres Todes ist er bei ihr gewesen. Frau Hintersberger hat ihn von ihrem Fenster aus erkannt.“

„Und das hat Ihnen die alte Dame alles erzählt. Am Sonntag bei Kaffee und Kuchen, oder was?“

Meier war außer sich, aber Anja behielt die Ruhe. „Ja, das hat sie mir erzählt und nein, es war am Samstag. Es gab auch nicht Kaffee und Kuchen, sondern nur Tee!“

Meier hielt verblüfft inne. Die Verachtung, mit der er Anja sonst wie ein lästiges Insekt fixierte, war aus seinen Augen verschwunden. Wider Willen schien er beeindruckt, allerdings nur kurz.

„Ich kann mich nicht erinnern, Ihnen aufgetragen zu haben, die Zeugin Hintersberger zu vernehmen. Schon gar nicht alleine! Haben Sie dafür eine Erklärung, Frau Klein?“

Anja zögerte. *Jetzt nur nicht einknicken!*

„Ja, die habe ich!“

„Und die wäre?“

„Sie haben mir GAR NICHTS aufgetragen!“

„Das weiß ich selbst“, schnaubte Meier. Und doch glaubte Anja, dass sich seine Mundwinkel ganz kurz nach oben zu einem Lächeln verzogen hatten. Ermutigt von dieser Geste nahm sie erneut den Gesprächsfaden auf.

„Sehen Sie, Herr Meier, ich bin am Samstag zu der Dame gefahren, um ihr meine Anteilnahme auszudrücken wegen ihrer verstorbenen Nachbarin. Und ich wollte sehen, wie sie mit der ganzen Situation zurechtkam, weil sie auf mich bei der ersten Befragung doch einen sehr gebrechlichen Eindruck gemacht hatte. Ganz privat natürlich. Sie bot mir Tee an und dabei sind wir ein wenig ins Plaudern geraten. Dafür muss ich doch nicht um Erlaubnis fragen, oder Chef?“

Für einen Moment war Meier tatsächlich sprachlos. Plötzlich war es so still im Raum, dass man eine Stecknadel hätte fallen hören können. Anja stockte der Atem. *Gleich folgt das Donnerwetter!*

Doch Wolfgang Meier lachte amüsiert. Die Spannung im Raum entlud sich in Sekundenschnelle, doch diesmal ohne Blitz und Donner.

„Schnappen Sie sich Ihre Jacke! Wir fahren Tee trinken.“

34

Die Türen des blauen Vectra schlugen zu, die Gurte rasteten ein und Meier drehte den Zündschlüssel.

„Meier und Klein brechen auf und lösen den Fall!"

Anja sprach ihren Gedanken aus, der wie die Überschrift eines Zeitungsartikels klang. Statt einer genervten Antwort erübrigte Meier nur einen flüchtigen Blick und ein Kopfschütteln. Doch das konnte Anja, nach wie vor besessen von der Idee des Traumteams mit Meier, nicht im Geringsten beirren. Mit glühendem Herzen hatte sie am Sonntagnachmittag ihren sehnlichsten Wunsch visualisiert, ebenso während der darauffolgende Nacht. Und als sie am Montagmorgen die Augen aufschlug, stand ihr Entschluss fest:

Heute betritt die neue Anja die Bühne. Unerschrocken, furchtlos, allseits beliebt. Ich übernehme schon jetzt meine Rolle im Traum-Duo, Meier wird mir folgen. Früher oder später. Er wird merken, dass er keine bessere Partnerin an seiner Seite haben kann, und sich wünschen, bis zu seiner Pensionierung mit mir zusammenarbeiten zu dürfen.

Anja wollte nicht warten, bis irgendein fragwürdiger Zauber sich ihrer Wünsche annahm, auch wenn sie Georg Brandstetters „Schlüssel zum Erfolg" nicht mehr so skeptisch wie anfangs gegenüberstand. Trotzdem wollte sie die Dinge lieber selbst in die Hand nehmen und ab sofort für ihren Traum arbeiten. Das war der Plan, und tatsächlich schien er bislang aufzugehen. Immerhin war das morgendliche Gespräch mit Meier zum ersten Mal auf Augenhöhe verlaufen. Es hatte Spaß gemacht, ihn etwas zu provozieren und seine Reaktionen zu beobachten. Sogar „Chef" hatte sie ihn flapsig genannt. Das traute sich keiner der Kollegen. *Frechheit siegt eben.*

Anja strahlte.

Kaum behindert durch morgendlichen Berufsverkehr folgte der Vectra der B2 nach Norden bis zu jenem Ort, in dem Emilia Sonnleitner letzte Woche noch gelebt hatte. Zügig steuerte Meier den Wagen vorbei am Staffelseegymnasium bis zur Realschule, ehe er abbog und den Wagen am Straßenrand abstellte. Die Eingangstür des Häuserblocks war nicht verschlossen, sondern nur angelehnt, was Anja nicht wirklich verwunderte. Offensichtlich hatte Frau Hintersberger recht und der Schließmechanismus war tatsächlich defekt.

„Hier stimmt etwas nicht!"

Anja betrat als Erste das Treppenhaus, Meier folgte ihr die Stufen hinauf.

„Der Hund bellt anders als sonst!"

Ohne auf Anjas Bemerkung einzugehen, drückte Meier den Knopf neben dem Schild „Ursula Hintersberger". Mit dem Klingeln verstummte der Hund.

„Hier läuft etwas völlig falsch!" Anjas Pulsfrequenz erhöhte sich. Die Sekunden verrannen. Doch die alte Dame öffnete nicht.

Eine halbe Minute.

Noch immer nichts. Hinter der Wohnungstür blieb es still.

„Frau Hintersberger würde nie die Wohnung ohne ihren Kläffi verlassen, da bin ich mir sicher!"

Meier zuckte nur mit den Schultern und verzog keine Miene.

Eine Minute.

Jetzt hielt es Anja nicht länger aus und drückte ihrerseits den Klingelknopf. Lang und fest. Der anhaltende Rasselton war von so durchdringender Lautstärke, den musste Frau Hintersberger doch hören. Anja sehnte die schlurfenden Schritte herbei und betete innerlich, dass sich die Tür endlich öffnen möge. Aber nichts dergleichen geschah. Nur der Hund begann wieder kläglich zu jaulen, tief drinnen am anderen Ende des Flurs. Der Verzweiflung nahe bearbeitete Anja den Klingelknopf mit ihrem Daumen. Wie Morsezeichen hallte das Gerassel durch das ganze Haus. Kurz, lang, kurz, kurz, lang.

„Ich denke, das reicht!“ Meier nahm Anjas Hand von der Klingel. Doch Anja protestierte: „Wir müssen es weiter versuchen, wir müssen es einfach!“

Mit den Augen zeigte Meier auf einen Mann, der vermutlich das Dachgeschoss bewohnte und der, von Anjas Dauerklingeln alarmiert, soeben die Treppe herunterkam. An seiner erhobenen Hand baumelte ein Schlüssel an einem roten Band, Besorgnis spiegelte sich in seinem faltigen Gesicht.

„Was nicht in Ordnung mit Ursula?“ Ohne eine Antwort abzuwarten, trat er näher. „Ich habe einen Zweitschlüssel. Für den Fall der Fälle, hat Ursula gesagt.“

Meier zog seinen Dienstausweis. „Geben Sie mal her!“ In gewohnt grober Manier entriss er den zittrigen Händen des alten Mannes den Schlüssel, schob ihn ins Schloss und drehte. Die Tür sprang auf. Muffiger Geruch schlug ihnen entgegen, doch Anja nahm ihn gar nicht wahr. Sie presste sich vorbei an Meier und schlüpfte eilig in die Wohnung. Die geöffnete Küchentür erhellte den fensterlosen Flur, an dessen Ende Kläffi verharrte. Den zottligen Kopf hatte er auf seine Pfoten gelegt. Traurige Hundeaugen musterten

Anja, als sie näherkam. Plötzlich sprang der Hund auf und bellte. Dabei kratzte er mit seiner Pfote an jener Tür, hinter der Anja das Schlafzimmer der alten Dame vermutete.

„Frau Hintersberger?“

Stille.

„Frau Hintersberger? Sind Sie da drin?“

Meier, der noch zusammen mit dem Nachbarn an der Türschwelle war, rief ungeduldig: „Nun machen Sie schon die verdammte Tür auf!“

Behutsam drückte Anja die Klinke. Als die Tür sich einen Spaltbreit öffnete, stürmte der Hund in das von Rollos verdunkelte Zimmer. Es brauchte einen Moment, bis sich Anjas Augen an die schummrigen Lichtverhältnisse gewöhnten. Dann fügte sich schemenhaft ein Bild zusammen, das ihre Vorahnungen Gewissheit werden ließ.

Kläffi war mit einem Satz auf das Bett der alten Dame gesprungen und ans Kopfende gekrochen. Nun hockte er auf dem Kissen und leckte ihr Gesicht ab. Verzweifelt drückte er ihren Kopf mit seiner Schnauze zur Seite, als wollte er sein Frauchen zum Aufstehen bewegen. Aber diesen Gefallen konnte ihm Frau Hintersberger nicht mehr erweisen. Stumm lag sie da und regte sich nicht. Die Arme auf der Daunendecke liegend, die Hände gefaltet, die Lider geschlossen. Beinahe majestätisch.

Der Hund begriff als Letzter, was Anja und Meier längst wussten: Die alte Dame lebte nicht mehr.

Dann jaulte er herzzerreißend.

35

Der Energieschub vom Morgen war wie weggeblasen. Mit hängenden Schultern saß Anja Klein an ihrem Schreibtisch und starrte Löcher in die Luft. Mit Frau Hintersberger war die einzige Zeugin verstorben, die Vincent Kaja am Tatort gesehen hatte. Ihn zu überführen würde jetzt deutlich schwieriger werden, wenn nicht sogar unmöglich. Genau genommen konnte ihnen nur noch eines helfen: sein Geständnis.

Ich muss Meier davon überzeugen, Kaja in die Mangel zu nehmen. Anja ballte die Hand zur Faust und wollte schon aufstehen, als sich plötzlich Meier vor ihrem Schreibtisch aufbaute.

„Sie kommen wie gerufen, Herr Meier! Wir müssen los, um…“

„Moment…“, unterbrach Meier ihren Redefluss. „Ihr Engagement in allen Ehren, aber jetzt hören Sie mir erst einmal zu.“

Mit einem unwirschen Winken schickte er Anja zurück auf ihren Stuhl.

„Soeben habe ich mit Frau Hintersbergers Arzt gesprochen. Sie ist eines ganz natürlichen Todes gestorben. Eindeutig Herzversagen, bedingt durch ihr hohes Alter und ihre vorher schon angegriffene Gesundheit. Ihre Theorie,

Frau Klein, es könnte jemand nachgeholfen haben, um eine bedrohliche Zeugin zu beseitigen, lässt sich nicht halten."

Anja hatte diese Vermutung geäußert, kurz nachdem sie die alte Dame in ihrem Bett gefunden hatten. Wirklich daran geglaubt hatte sie nicht. Es war eher der Wunsch gewesen, doch noch entscheidende Hinweise auf den Mörder zu finden.

„Wie dem auch sei", fuhr Meier fort. „Die Geschichte vom ominösen zweiten Mann am Tatort nimmt sie mit ins Grab. Wenn es ihn überhaupt jemals gegeben hat. So wie ich die Sache sehe, wollte sich die Dame Ihnen gegenüber nur wichtigmachen. Wie das alte Menschen eben manchmal tun, wenn sie nach langer Einsamkeit endlich eine willige Zuhörerin finden. Wir müssen uns jetzt jedenfalls an die Fakten halten. Und Fakt ist, Harald Gruber bleibt unser Hauptverdächtiger. Die Staatsanwaltschaft sieht das übrigens genauso. Es besteht kein Anlass, die Aufhebung des Haftbefehls zu beantragen."

Anja presste die Handflächen zusammen, als wollte sie den Herrn im Himmel um Hilfe anflehen. Damit kam eine Entlassung Grubers aus der Untersuchungshaft derzeit nicht in Frage.

„Das darf doch wohl nicht wahr sein!" Verzweifelt startete sie einen letzten Versuch, Meier umzustimmen: „Ich bin felsenfest davon überzeugt, dass Vincent Kaja der Täter ist."

Meier schüttelte den Kopf. „Was macht Sie nur so sicher, Frau Klein? Die Hirngespinste einer Greisin, die kurz vor ihrem Lebensende noch einmal im Mittelpunkt stehen wollte? Da steckt doch noch mehr dahinter. Also raus mit der Sprache!"

Jetzt war es so weit, sie musste ihre Karten auf den Tisch legen und hoffen, dass sich der hohe Einsatz für sie letztendlich auszahlen würde.

„Ich war Samstagnacht mit meiner Nachbarin Saskia Buntler in einer Diskothek, dem Nightfever."

„Ihr Privatleben interessiert mich nicht!" Von Meiers kurzzeitig aufgeflammtem Wohlwollen war nichts mehr zu spüren.

Für einen Rückzieher ist es zu spät, Augen zu und durch!

„Saskia hat Kaja mit den Morden konfrontiert. Daraufhin hat er sie durch die halbe Disco geschleift und im Personalraum fast zu Tode gewürgt."

„Sind Sie von allen guten Geistern verlassen?" Meier rang um seine Fassung. „Eine unserer höchsten Pflichten ist es, über die polizeilichen Ermittlungen Stillschweigen zu bewahren und nicht mit irgendwelchen Nachbarinnen darüber zu plaudern. So dumm können doch nicht einmal Sie sein! Haben Sie am Unterricht in der Polizeischule nur teilgenommen, weil Sie dort bei schlechtem Wetter nicht nass wurden?" Meier hatte zu seinem kalten Zynismus zurückgefunden. „Das höre ich mir nicht länger an, aber ich kann Ihnen versichern, das wird ein Nachspiel für Sie haben!"

„Warten Sie, Herr Meier!" Anja wollte nicht aufgeben. „Wenn Sie Kaja jetzt vernehmen, gesteht er womöglich die Tat. Wir könnten Frau Hintersbergers Aussage als Druckmittel benutzen. Sicher weiß er noch nichts vom Tod seiner Großmutter."

Meier hatte sich bereits von Anjas Schreibtisch abgewandt. Genervt drehte er seinen Kopf in Anjas Richtung und rief über die Schulter: „Nein!"

Anja sprang auf und verfolgte Meier, der schon auf halbem Wege zu seinem Glaskasten war.

„Wir können unsere Ermittlungen jetzt nicht einstellen und die Sache auf sich beruhen lassen. Der wahre Täter läuft noch frei herum!"

„Wir können und wir werden!"

Meier öffnete die Tür zu seinem Büro und wollte sie gerade mit Schwung zuschmettern, doch Anja, die sämtliche Augen ihrer Kollegen im Rücken spürte, schlüpfte noch hindurch und ließ das Schloss leise einschnappen.

In Meiers Büro war es angenehm hell, obwohl alle Jalousien auf blickdicht standen. Anja sammelte sich einen Moment, bis Meier in seinem Sessel Platz genommen hatte, offensichtlich überrascht von ihrer forschen Hartnäckigkeit. Diesen kurzen Augenblick seiner Verwirrung nutzte Anja, lehnte sich vor und sprach betont leise, aber eindringlich: „Haben Sie denn kein Gewissen? Es kann doch unmöglich in Ihrem Interesse liegen, den falschen Mann einsperren zu lassen."

Ihre Strategie schien nicht aufzugehen. Meiers Miene verfinsterte sich weiter. „Diese Abteilung hat zwei Mordfälle innerhalb einer Woche aufgeklärt. Sie werden mir nicht meine Statistik versauen! Und jetzt machen Sie, dass Sie hier rauskommen, bevor ich drastischere Maßnahmen ergreife!"

Anja blieb demonstrativ stehen. Sie lehnte sich sogar noch weiter vor, bis ihre Nase beinahe Meiers Schnauzbart berührte. Seine Borniertheit hatte ihre Angst mittlerweile in Zorn umgewandelt.

„Ach so, Herr Meier, jetzt verstehe ich! Es geht Ihnen gar nicht darum, den richtigen Täter zu finden. Sie brauchen nur auf die Schnelle einen Sündenbock, der Ihre Fangquote etwas aufpeppt. Na prima! Mit so einem Partner wollte ich schon immer zusammenarbeiten."

Jetzt hatte Anja den Bogen endgültig überspannt. Meiers Kopf nahm in Sekundenschnelle die Farbe einer überreifen Tomate an. „Raus hier!", schrie er so laut, dass man die Worte draußen auf dem Parkplatz verstand. „Heute ist für Sie Feierabend!"

Tief enttäuscht zog Anja ab. Von Meier war keine Hilfe zu erwarten. Das machte sie traurig und zornig zugleich. Im Gehen schnappte sie sich Handtasche und Blazer und marschierte nach draußen zu ihrem Wagen.

Vielleicht hätte sie ihrer Wut zunächst Luft machen sollen, stattdessen kletterte sie in ihren Polo und verließ mit quietschenden Reifen den Parkplatz der Polizeistation.

36

Nur langsam verblasste Meiers Gesichtsfarbe. Nach seinem Tobsuchtsanfall von eben hatte Anja Klein sein Büro fluchtartig verlassen. Das Geräusch ihrer Absätze hallte jetzt noch in seinen Ohren. Offenbar hatte sie endlich begriffen, dass der Fall abgeschlossen und kein weiteres Verhör nötig war. Mit zwei Fingern drückte Meier die Jalousie auseinander und lugte durch den Spalt nach draußen. Die kleine Polizistin, die seiner Frau so sehr ähnelte, saß bereits in ihrem roten Kleinwagen und brauste davon. Selbst die Form ihres Hinterteils erinnerte ihn an Marianne. Mariandl, wie er seine Frau liebevoll nach dem kitschigen Spielfilm aus den 60er Jahren genannt hatte, spielte oft mit den Reizen ihrer Heckansicht, wenn sie versuchte, ihn von seinem Aktenberg wegzulocken. Und das regelmäßig mit Erfolg.

Wer weiß, wem sie heute ihr Prachtstück darbietet.

Der Schmerz biss sich in Meiers Magenwände. Wie immer, wenn ihn die Erinnerungen an seine abtrünnige Frau und die Kinder einholten.

Warum muss diese Anja Klein ihr auch nur so verdammt ähnlich sehen?

Eigentlich war gegen seine neue Mitarbeiterin nichts einzuwenden, ganz im Gegenteil. Sie war engagierter als die meisten der Kollegen, zwar noch etwas unerfahren und naiv, aber mit Herzblut bei der Sache. Das imponierte Meier, auch wenn er ihr das niemals eingestehen konnte. Zudem kam sie seit Neuestem auf eine sympathisch freche Art und Weise daher. „Chef" hatte sie ihn genannt und couragiert mehrmals seine Entscheidungen kritisiert. Und wie sie sich vor seinem Schreibtisch aufgebaut hatte, das war beinahe schon dreist. Die Kleine musste wohl eine Riesenportion Mut gefrühstückt haben. Meier lächelte. Vielleicht sollte er Anja Klein doch etwas umgänglicher gegenüber treten.

Wenn sie nur nicht so aussehen würde wie Marianne!

Das Klingeln des Telefons riss Wolfgang Meier aus seinen Gedanken. Er schnappte nach dem Hörer und klemmte ihn unter sein Doppelkinn.

„Vermittlung. Ich habe einen Mann namens Torben Ehrlich in der Leitung. Er leitet das Fitnessstudio in Murnau, in dem Emilia Sonnleitner gearbeitet hat. Er möchte seine Aussage ergänzen, Herr Meier!"

„Stellen Sie durch!"

Meiers graue Zellen arbeiten auf Hochtouren. Wieso war ihm entgangen, dass die Sonnleitner berufstätig gewesen war?

„Kriminalhauptkommissar Meier."

„Grüß Gott, Herr Kommissar! Hier ist Torben Ehrlich vom ‚Muckistadl' Murnau."

„Grüß Gott, Herr Ehrlich!"

„Wie Sie bestimmt wissen, hat Emilia Sonnleitner für mich als Trainerin gearbeitet."

Meier brummte nur.

„Ich habe mir keine größeren Gedanken gemacht, als sie einige Tage unentschuldigt fehlte. Dann erfuhr ich von Ihrer Kollegin, dass sie ermordet worden ist."

Meier brummte erneut.

„Jetzt fehlt heute Morgen schon wieder unentschuldigt eine Trainerin. Die Frau arbeitet seit zwei Jahren absolut zuverlässig. Ich hoffe nicht, dass da ein Zusammenhang besteht, aber vielleicht wollen Sie doch der Sache sofort auf den Grund gehen?"

Meier runzelte die Stirn. „Ihre Besorgnis in allen Ehren, Herr Ehrlich, aber ich denke, das wird nicht nötig sein."

„Hören Sie, Herr Kommissar, ich kenne Tina Berthold! Sie und ihr Handy bilden eine untrennbare Einheit. Sie ist normalerweise zu jeder Minute des Tages erreichbar. Dass sie nicht zur Arbeit erscheint ohne anzurufen, das ist undenkbar. Da muss etwas passiert sein!"

„Wie lange, sagen Sie, wird die Frau vermisst?"

„Seit knapp zwei Stunden. Ich weiß, wie das für Sie klingen muss, aber…"

Meier unterbrach.

„Herr Ehrlich, ich rate Ihnen, schicken Sie jemanden zu ihrer Wohnung, vielleicht ist sie krank und freut sich über Hilfe. Und wenn sich dadurch die Angelegenheit nicht klärt, melden Sie sich bei der nächsten Polizeiinspektion und geben eine Vermisstenanzeige auf. Mehr kann ich derzeit nicht für Sie tun."

„Das habe ich doch schon getan, Herr Kommissar! Die unternehmen nichts. Nicht bevor wenigstens 24 Stunden seit ihrem Verschwinden verstrichen sind. Aber wenn es dann schon zu spät ist und der Killer die nächste Frau auf dem Gewissen hat?"

„Da kann ich Sie beruhigen, Herr Ehrlich. Emilia Sonnleitners wahrscheinlicher Mörder sitzt längst in Untersuchungshaft. Da kann gar kein Zusammengang existieren!"

„Da schien Ihre Kollegin am Samstag aber anderer Meinung zu sein."

„Welche Kollegin?", platzte Meier heraus, obwohl er sich die Antwort schon denken konnte.

„Den Namen weiß ich jetzt nicht mehr. Zierlich, ausgesprochen hübsch und blond war sie und über Emilia hat sie mich ausgefragt. Am Ende musste ich ihr die Adresse von Tina Berthold aufschreiben. Das hätte ich wohl besser bleiben lassen!“

Wolfgang Meier presste die Zähne zusammen.

„Anja Klein“, zischte er.

„Ja, genau so hieß sie“, bestätigte Ehrlich.

„Wo genau wohnt diese Tina Berthold?“

Ehrlich nannte die Adresse.

„Wir treffen uns in einer halben Stunde dort!“

Ohne weitere Verabschiedung knallte Meier den Hörer zurück auf die Station und hievte sich aus seinem Ledersessel.

37

„Arschloch, Arschloch, Arschloch!“

Ziellos jagte der Polo dahin. Haushohe Bäume säumten die engen, asphaltierten Straßen und hüllten die Fahrbahn in dunkle Schatten. Wie Riesenschlangen zogen sich die Serpentinen durch den Wald, mal dicht an die Felsen geschmiegt, dann nah am Abgrund entlang. Anja Klein gönnte ihrem Auto keine Pause. Jetzt sollte ihr besser kein anderer Wagen in die Quere kommen. Es sei denn, er wollte als Schrottkarre enden.

„Arschloch!“, schrie sie erneut und riss am Lenkrad, um eine Haarnadelkurve zu nehmen.

„Wieso glaubt der mir nicht?“

Reifen quietschten. Bremsscheiben glühten.

„Mensch Meier, ich brauche dich, wenn wir Kaja drankriegen wollen!“

Jetzt ging es steil bergab. Keine Kurve in Sicht. Anja zog den Fuß von der Bremse und kuppelte.

„Allein schaffe ich das nicht.“

Die Beschleunigung des Wagens war immens.

„Du musst mir helfen!“

Ungebremst rollte das Auto nach unten.

„Vertrau mir halt einfach!“

Meier musste jetzt zu ihr halten, auch wenn er sich dagegen sträubte. Es gab keine andere Möglichkeit. Nur gemeinsam hatten sie eine Chance, Kaja zu überführen.

Das musst du einsehen! Du musst! Auch wenn ich jung und unerfahren bin. Auch wenn du mit Frauen ein Problem zu haben scheinst, Meierchen!

Mit zunehmender Geschwindigkeit reifte ihr Entschluss.

„Ich drehe um!“

Anjas Blick streifte den Tachometer. Die Nadel hatte den höchsten Punkt bereits überschritten und neigte sich bedenklich nach rechts. Noch immer keine Kurve in Sicht, kein Auto vor oder hinter ihr. *Eine gute Stelle zum Wenden,* dachte sie und stieg auf die Bremse. Doch im gleichen Moment machten sich Zweifel breit. Würde Meier ihr zuhören? Würde er tatsächlich mit ihr kommen, um Kaja zu vernehmen? Was, wenn er weiterhin stur bliebe? Dann wäre nur Zeit verloren und über eine weitere ausdrückliche Anordnung, ihre Ermittlungen einzustellen, würde sie sich nicht hinwegsetzen können. Es blieb also keine andere Möglichkeit, als allein weiterzumachen.

Ich könnte Georg Brandstetter bitten, mir zu helfen.

Der zunächst abwegige Gedanke reifte zu einer echten Alternative. Brandstetter kannte Kaja. Vielleicht würde das dessen Zunge lockern. Außerdem könnte er als Zeuge fungieren und ihr zur Seite stehen, falls Kaja wieder die Nerven verlieren sollte. Ja, das machte Sinn!

Und ich kann ihn noch heute wiedersehen.

Anjas Fuß wechselte von Bremse auf Gas.

Keine hundert Meter vor ihr trottete plötzlich ein Reh auf den Asphalt, blieb mitten auf der Fahrbahn stehen und glotzte in Anjas Richtung. Bis Anja registrierte, auf welch tödliches Hindernis sie zuraste, hatte sich der Abstand zu dem Tier bereits halbiert. Erst dann reagierte sie.

Sie presste sich gegen die Rückenlehne, ihr rechtes Bein verschmolz mit dem Bremspedal. Gleichzeitig hielt sie die

Hupe dauergedrückt. Blockierende Reifen, der schrille Hupton und Anjas Schreie vermischten sich zu einer Kakofonie entsetzlicher Geräusche. Der Aufprall schien unvermeidlich. Reflexartig kniff Anja die Augen zusammen, sämtliche Muskeln verkrampften sich. Eine gefühlte Ewigkeit verging, doch der Einschlag ließ auf sich warten. Anja wagte, die Lider zu heben. Im Augenwinkel sah sie das Reh im Dickicht des Waldes untertauchen.

Dem kurzen Moment der Erleichterung folgte eine schreckliche Erkenntnis: Das Heck des Polos war ausgebrochen und der Wagen schleuderte nun unkontrolliert über die Straße. Hektisch lenkte Anja gegen, konnte jedoch nicht verhindern, dass die Hinterräder immer weiter nach vorn drifteten.

Anja spürte, wie sich der Druck auf die Reifen potenzierte. Gummi qualmte auf dem Asphalt, als sich der Wagen vollends quer zur Straße stellte. Nur aus dem Seitenfenster des Beifahrers konnte sie den Straßenverlauf im Auge behalten. Noch schlitterte sie auf der Straßenmitte, doch direkt vor ihr drohte eine enge Kurve. Verzweifelt drehte sie das Lenkrad abwechselnd nach links und rechts, doch die Fahrtrichtung ließ sich nicht mehr beeinflussen. So blieb Anja nur die Hoffnung, dass die Bremswirkung der querstehenden Reifen ausreichen würde, um den Wagen vor dem steilen Abhang zum Stehen zu bringen.

Ihre Augen füllten sich mit Tränen, als sie erkannte, dass es nicht reichen würde. Selbst für einen Sprung aus dem Auto war es jetzt zu spät. Daran hätte sie früher denken müssen. Einen Moment lang schoss es Anja durch den Kopf, wie tief es an dieser Stelle nach unten gehen mochte und wie lange es dauern würde, bis sie aufschlug. Dann versank eines der voran rutschenden Räder in einem Schlagloch. Der Wagen bäumte sich auf wie ein durchgehendes Pferd. Der Gurt packte Anjas Schulter und presste sie gewaltsam an den Sitz, während der Polo in die Luft geschleudert wurde und auf sein rotes Dach krachte. Funken sprühten, Scheiben klirrten. Mit dem nächsten Überschlag entlud sich die Restenergie des Wagens vollends. Hart knallten die vier Räder auf den Schotter neben der Straße, nur wenige Zentimeter vor dem tödlichen Abgrund. Abrupt blieb der Wagen stehen. Wie auf den Fels genagelt.

Erst jetzt verstummten Anjas entsetzliche Schreie.

38

Anja Klein hatte von ihren sogenannten „Recherchen“ wohl nur die Hälfte gebeichtet. Offensichtlich hatte sie letzten Samstag nicht nur ein Kaffeekränzchen bei Emilia Sonnleitners Nachbarin initiiert, sondern auch die Sachlage an deren Arbeitsstelle im Fitnessstudio sondiert. Ganz privat natürlich. Eigentlich sollte Wolfgang Meier verärgert sein. Schließlich hatte die Kommissarin seine Autorität untergraben und mehrere Dienstvorschriften massiv missachtet. Möglicherweise begab sie sich in Gefahr mit ihren unerlaubten Alleingängen. Und doch fühlte er zunehmenden Respekt vor diesem zierlichen Persönchen. Er musste zugeben, dass sie ihm, was die Ermittlungen in diesem Fall betraf, bislang stets eine Nasenlänge voraus war.

Zum ersten Mal in seiner langen Karriere hielt er es für möglich, dass nicht die Person der Täter war, auf die er sich während der Ermittlungen festgelegt hatte. Bisher hatte ihn sein Bauchgefühl niemals getrogen. In all den Jahren nicht. Als besäße er einen sechsten Sinn dafür, Täter zu entlarven. Oft schon hatte er im Anfangsstadium der Ermittlungen mit seinen Spekulationen Kopfschütteln bei seinen Kollegen verursacht und dennoch stets richtig gelegen.

Sollte es dieses Mal anders sein? Hatte Harald Gruber vielleicht tatsächlich nur seine Frau getötet und es gab einen weiteren Mörder, der sich über junge Fitnesstrainerinnen hermachte?

Mein Bauch wird es mir verraten. Schließlich ist er groß genug.

Schon vom Weiten erkannte Meier Torben Ehrlich. Unübersehbare Muskeln. Klar. Ein Studiobetreiber ohne Muskeln wäre so absurd wie ein Tätowierer mit reinweißer Haut.

„Sie ist nicht zu Hause!“, schrie Ehrlich dem Kommissar vorwurfsvoll entgegen. Torben Ehrlich schien ernsthaft besorgt, so fahrig wie er auf der Stelle tänzelte und sich gleichzeitig die Haare raufte.

Unbeeindruckt öffnete Meier die Haustür.

„Sie wohnt unten.“

Ehrlichs blasses Gesicht und seine Nervosität legten nahe, dass er schon alles versucht haben musste, um Tina Berthold zum Öffnen ihrer Wohnung zu bewegen. Meier verzichtete auf Klopfen und Rufen und griff gleich zum effektivsten Mittel. Mit einem für seine Leibesfülle erstaunlich eleganten Fußtritt brachte er die Tür in Höhe des Schlosses zum Bersten. Maßnahmen zur Eigensicherung hielt er offensichtlich nicht für angebracht, denn er trat durch die aufschwingende Tür, ohne auch nur einen Gedanken an seine Pistole zu verschwenden. Ehrlich folgte ihm mit geringem Abstand.

Die Wohnung entpuppte sich als ein mittelgroßes Ein-Zimmer-Appartement mit spärlicher Einrichtung. Von Tina Berthold keine Spur. Ein prüfender Blick ins angrenzende Badezimmer endete mit gleichem Ergebnis. Meier, der damit gerechnet hatte, eine weitere Frauenleiche vorzufinden, zwirbelte an seinem Schnauzbart, wie immer, wenn die Situation intensives Nachdenken erforderte.

„Warum haben Sie meiner Kollegin die Adresse von Tina Berthold gegeben?“

„Ich wollte das nicht, aber sie hat mich geradezu genötigt, es zu tun", protestierte Ehrlich.

„Schon gut", beschwichtigte Meier. „Aber wie kam es dazu, warum war sie ausgerechnet an der Adresse von Frau Berthold so interessiert?"

Jetzt runzelte Ehrlich die Stirn.

„Sprechen Sie eigentlich nicht miteinander?"

Ja, daran werden wir arbeiten müssen, dachte Meier.

„Nun spucken Sie es schon aus!"

Torben Ehrlich schüttelte den Kopf, während er Meiers Drängen nachgab. „Ihre reizende Frau Klein hat mich über Emilia Sonnleitner ausgefragt. Selbst die winzigsten Details wollte sie wissen. Und so kamen wir darauf, dass Tina einmal beobachtet hat, wie Emilia von einem Mann im Auto zur Arbeit gebracht wurde. Daraufhin wollte Frau Klein Tinas Adresse und ist vermutlich auch sofort zu ihr gefahren."

„Wissen Sie, um wen es sich bei diesem mysteriösen Mann handelt?"

„Nein, leider nicht!"

„Wann war das?"

„Vor einigen Monaten. April, vielleicht Mai."

Meier fuhr sich über die Oberlippe, als wollte er sich den misshandelten Schnauzer glattstreichen. *Hatte Anja Klein nicht erwähnt, dass Vincent Kaja vor einigen Monaten mit Frau Sonnleitner liiert war?*

„Können Sie bestätigen, dass der Mann eine Glatze hatte?"

Ehrlich schüttelte den Kopf. Einigermaßen ratlos ließ sich Meier auf den einzigen Stuhl im Raum sinken. Sein Blick ruhte auf dem dunklen Monitor von Tina Bertholds Computer. Im rechten unteren Eck schimmerte ein Lämpchen grün. Der PC befand sich wohl im Stand-by-Modus und tatsächlich: Jetzt hörte er auch das Brummen des Lüfters. Zwei, drei Klicks mit der Maus und schon erwachte der Bildschirm wieder zum Leben. Direkt vor Meiers Nase flimmerte eine Anfahrtsskizze in Google Maps auf. Das rote Zielfähnchen war mit „Kajak Mietservice" beschriftet.

Das glaub ich jetzt nicht.

Ein Klick auf den Zurück-Button verschaffte Meier Gewissheit. Er starrte auf die Internetseite des Bootsverleihs von Vincent Kaja, dessen ausgeformter Oberkörper auch in allen Untermenüs in der Sonne glänzte.

Warum zum Teufel interessiert sich die Berthold für diesen Schönling?

Meier wurde nicht recht schlau aus der Sache. Er wählte Anja Kleins Nummer, doch zu hören bekam er nur eine Bandansage. „Der Teilnehmer ist vorübergehend nicht erreichbar."

„Besitzt Frau Berthold einen PKW?"

„Ja", antwortete Ehrlich, der mit verschränkten Armen hinter Meier stand und ebenfalls den Monitor musterte. „Einen uralten Ford Fiesta. Weiß mit roten Marienkäfern drauf."

„Kennzeichen?"

„Weiß ich nicht!"

„Sie warten hier! Ich schicke Ihnen einen Kollegen vorbei, der sich um die beschädigte Tür kümmern wird, aber fassen Sie bloß nichts an!"

Ohne Ehrlich die Chance auf eine Erwiderung zu geben, hastete Meier die Stufen hinauf.

39

„Gut, dass ich Sie beide antreffe! Ich wollte Sie schon immer mal persönlich kennenlernen, Frau Kaja. Ihr Mann Vincent hat schon viel von Ihnen erzählt."

Kaum hatte Meier zu Ende gesprochen, schoss Vincent Kaja die Röte ins Gesicht. Der süffisante Unterton des Kommissars war unüberhörbar.

Übertrieben gelangweilt stolzierte Meier durch die Holzhütte des Bootsverleihs, nahm hier ein Paddel aus der Halterung und ließ dort eine Schwimmweste zu Boden fallen.

„Wenn ich Ihren werten Gatten richtig verstanden habe, bedeuten Sie die Welt für ihn."

Ungelenk fuhr sich Frederike Kaja durch die langen Haare.

„Sie sind nicht nur liebende Ehefrau, sondern gleichzeitig auch großzügige Arbeitgeberin und Vermieterin für ihn. Auch den chromblitzenden amerikanischen Pickup vor der Tür stellen Sie ihm leihweise zur Verfügung."

Frederike Kaja bedachte ihren Mann mit einem bitterbösen Blick. Der schlich vorsichtshalber hinter den Kassentresen.

„Eigentlich müsste er Ihnen doch jeden Wunsch von den Augen ablesen, finden Sie nicht? Bei dem, was Sie ihm alles zu bieten haben?“

Gerade wollte Kajas Frau aufbrausen, als Meier zum nächsten verbalen Tiefschlag ansetzte: „Tut er aber nicht! Viel lieber tätschelt er die Popos von minderjährigen Mädchen!“

„Jetzt reicht es, Herr Kommissar! Unser Privatleben geht Sie verdammt nochmal nichts an!“ Frederikes Gesichtsausdruck verriet unmissverständlich, dass sie es ernst meinte. Doch Meier fuhr mit gleichbleibender gespielter Anteilnahme fort: „Da braucht man sich nicht zu wundern, wenn plötzlich besorgte Mütter hier auftauchen, um dem Möchtegern-Casanova die Leviten zu lesen, nicht wahr, Herr Kaja?“

Meier genoss das Flehen in Kajas Augen. Sie bettelten Meier förmlich an, mit seinen Anspielungen aufzuhören.

Jetzt hatte der Kommissar Kaja genau dort, wo er ihn haben wollte: in die Enge getrieben wie ein waidwundes Tier. Schon unzählige solcher Verhöre hatte er geführt. Mit dem richtigen Druckmittel hielt es keiner lange gegen ihn aus. Die meisten gestanden alsbald ihre Taten, nur um sich der Verhörsituation zu entziehen. In diesem Fall brauchte er nur die Ehefrau auf Kaja zu hetzen. Sie konnte ihm so einheizen, dass er an Ort und Stelle ein Geständnis ablegte. Meier besaß ausreichend Menschenkenntnis, um sich die offen zu Tage tretenden Spannungen zwischen den beiden zu Nutze zu machen.

Plötzlich wandte sich Meier in scharfem Tonfall an Kaja: „Wo haben Sie die siebzehnjährige Maria Gruber kennengelernt?“

Aus dem Augenwinkel beobachtete er dessen Frau Frederike.

„Der Name sagt mir nichts“, wehrte sich Kaja halbherzig.

„Sie wissen genau, wen ich meine. Oder muss ich erst Ihrem testosterongesteuertem Gedächtnis auf die Sprünge helfen?“

Irritiert näherte sich Frederike Kaja ihrem Mann.

„Sie ist Kundin vom Bootsverleih. Hat mal ein Kajak ausgeliehen“, stammelte dieser hastig.

„Seitdem treffen Sie das Mädchen regelmäßig. Das stimmt doch, Herr Kaja?“

Kaja blickte furchtsam zu seiner Frau, deren Brauen sich bedrohlich zusammengezogen hatten. Mit einem verärgerten Nicken bedeutete sie ihm, dem Kommissar zu antworten.

„Ich habe sie ein paar Mal gesehen. Ja. Ist schon eine Weile her.“

„Um genau zu sein letztmals am Samstag vor einer Woche, Herr Kaja. Da kam Maria mit ihrer Mutter zu Ihnen in den Bootsverleih. Allerdings nicht, um ein Boot zu mieten.“

„Sondern?“, funkte Frederike Kaja dazwischen. „Jetzt sag mir nicht, dass du sie beide gleichzeitig vögelst!“

„Um Himmels willen, nein!“ Kajas Gesicht glühte. „Die Mutter war hier, um mir mit einer Anzeige zu drohen, sollte ich mich weiter mit ihrer Tochter treffen. Eine Riesenshow hat sie abgezogen, die alte Schachtel. Mich bloßgestellt vor allen Kunden. Und das nur wegen dieser notgeilen Göre!“

„Und einen Tag später war die Mutter tot.“

Meier schob eine bedächtige Pause ein.

„Ermordet am Ufer des Staffelsees. Keine zweihundert Meter von hier!“

Dabei zeigte Meier mit seinem Finger auf Kajas Brust. „Und jetzt sagen Sie mir nicht, das sei reiner Zufall. Ich glaube nämlich nicht an Zufälle, Herr Kaja!“

Nackte Angst spiegelte sich in Kajas Augen. Beistand suchend wagte er einen Blick zu seiner Frau. Aus ihrem

Mund drang kein Laut. Offenbar hatte es ihr die Sprache verschlagen.

„Mit dem Tod der Mutter habe ich nichts zu tun!“ Mit zitternder Stimme versuchte sich Kaja zu verteidigen, doch seinen Worten fehlte jegliche Überzeugungskraft.

„Und das soll ich Ihnen glauben?“

Eine rein rhetorische Frage, auf welche Meier keine Antwort erwartete. Vielmehr wollte er bei Frederike hinsichtlich der Aufrichtigkeit ihres Mannes noch mehr Zweifel säen. Vorsichtshalber legte Meier eine Schippe nach: „Glauben Sie ihm das, Frau Kaja?“

Der Mordvorwurf schwebte über Kaja wie das Schwert des Damokles. Niemand durchbrach die Stille in der Baracke. Auch Frederike schwieg eisern. Bisher hatte Meier sie noch nicht genug aus der Reserve locken können. Doch das würde sich ändern, dessen war sich Meier gewiss. Erneut attackierte er Kaja: „Wie lange waren Sie mit der 23-jährigen Emilia Sonnleitner liiert?“

Kaja blieb stumm.

„Ihr Namensgedächtnis scheint nicht das Beste zu sein“, stellte Meier spöttisch fest. „Das ist die Dame, die Tür an Tür mit Ihrer Großmutter wohnt.“

Jetzt endlich fand Frederike Kaja ihre Stimme wieder.

„Du warst mit Omis Nachbarin im Bett?“ Angewiderter hätte ihr Gesichtsausdruck nicht sein können. Überraschenderweise richtete sich ihr Zorn aber gegen Meier. Mit erhobenen Fäusten rannte sie auf ihn los.

„Von wem haben Sie das? Wer verbreitet diese gequirlte Scheiße?“

„Immer mit der Ruhe!“, rief Meier und packte zum Schutz Frederikes Handgelenke. „Frau Hintersberger höchst persönlich hat uns davon in Kenntnis gesetzt. Sie hat mehr mitansehen müssen, als Ihrem Mann lieb sein dürfte.“

Mit voller Absicht brachte Meier die alte Dame ins Spiel. Offensichtlich war die Nachricht von ihrem Ableben noch nicht bis zu den Kajas vorgedrungen. Anja Klein hatte recht behalten. Dieses Detail könnte von großem Nutzen sein. Wenn Kaja begriff, dass seine eigene Oma ihn am Tatort gesehen hatte, würde er nicht anders können, als ein Geständnis abzulegen.

Es bedurfte einiger Anstrengung, die in Rage geratene Frau Kaja festzuhalten. Schließlich riss sie sich doch los, stürmte hinüber zu ihrem Ehemann und zischte: „Lüg mich jetzt bloß nicht an! Ist das wahr, Vincent? Hast du ein Verhältnis mit dieser Schlampe?"

Genauso hab ich mir das vorgestellt, dachte Meier. War doch klar, dass die Frau bei den beiden die Hosen anhat.

Vincent Kaja wand sich wie ein Aal. Jedes falsche Wort konnte das Ende seines luxuriösen Lebens bedeuten. Mit Engelszungen sprach er auf seine Gattin ein und versuchte zu retten, was noch zu retten war: „Das ist schon viele Monate her, Spatzilein. Als mir klar wurde, dass du die Einzige für mich bist, habe ich sie abserviert. Glaub mir, mein Schmusebällchen, ich bin nicht mehr so ein Draufgänger wie früher. Ich habe mich geändert. Für dich!"

Tatsächlich schaffte es Kaja, seine Frau mit dieser scheinheiligen Ansprache zu zähmen. Eine Träne kullerte über ihr Gesicht, und sie lächelte, verzeihend wider besseres Wissen. Höchste Zeit für Meier, weiteres Öl ins Feuer zu gießen: „Sie verwechseln wohl abservieren mit abstechen, Herr Kaja?"

Frederike, die bereits zu einer Umarmung ihres Mannes angesetzt hatte, zog hektisch die Hände zurück, ganz so, als hätte sie auf eine heiße Herdplatte gefasst. „Sie ist auch tot?"

„Mausetot", dramatisierte Meier. „Und dreimal dürfen Sie raten, wer Ihren lieben Schmusegatten vom Tatort flüchten sah."

Als Frederike nicht reagierte, ging Meier vollends in die Offensive: „Ihre Großmutter hat Sie gesehen, Herr Kaja! Am Tatort und zur Tatzeit. Dieses Mal hilft Ihnen Leugnen nicht weiter. Oder wollen Sie behaupten, dass Ihre eigene Oma sie grundlos ins Gefängnis bringen möchte?“

Hilflos schwirrten Kajas Augen durch die Hütte und blieben schließlich an seiner Frau hängen, die vor ihm zurückwich, als stünde sie dem Leibhaftigen gegenüber.

„Ich bin das nicht gewesen, Zuckerschnäuzchen! Seit Monaten war ich nicht mehr bei Omi und erst recht nicht bei Emilia. Omi ist sicher nur sauer, weil ich so lange nicht da war und erfindet deshalb diese Geschichte.“

„Um Ausreden sind Sie nicht gerade verlegen“, stichelte Meier.

Frederike Kaja vergrub das Gesicht in den Händen. „Verschwinde!“, sagte sie leise. „Und lass dich nie wieder hier blicken! Ich kann dich nicht mehr sehen.“

„Finden Sie nicht auch, dass es an der Zeit wäre, ein Geständnis abzulegen, Herr Kaja?“

„Ich war das nicht, Herr Kommissar!“ Die Verzweiflung stand Kaja ins Gesicht geschrieben, aber Meier ließ nicht locker: „Wo waren sie am Dienstag zwischen 8 und 9 Uhr?“ Kaja überlegte keine Sekunde.

„Im Bootsverleih. Bestimmt kann ich einige Kunden auftreiben, die das bezeugen können.“

So viel Widerstand hatte Meier nicht erwartet. Dieser Kaja war eine härtere Nuss, als er angenommen hatte. Ob er vielleicht doch die Wahrheit sprach? Aber einen Pfeil hatte er noch im Köcher.

„Kommen wir zu einem weiteren Mädchen. Tina Berthold. 20 Jahre alt. Sie wird vermisst. Wir wissen, dass sie sich am Samstagvormittag zu Ihnen auf den Weg gemacht hat. Seitdem ist sie verschwunden. Was haben Sie mit ihr gemacht?“

Hinter dem Kassentresen sank Frederike Kaja schluchzend auf einem Hocker zusammen. Meier ignorierte es. Kaja brach es das Herz.

„Sie fährt einen weißen Ford Fiesta mit roten Marienkäfern. Klingelt da was bei Ihnen?“

Als Kaja den Kopf schüttelte, rannen Tränen aus seinen feuchten Augen. Dann drehte er sich zur Ausgangstür und ging los. Meier zog seine Pistole und entsicherte.

„Machen Sie keine Dummheiten, Herr Kaja! Sie verschlimmern Ihre Lage nur!“

Das klickende Geräusch veranlasste Kaja, sich noch einmal umzudrehen. „Schießen Sie nur, Herr Kommissar! Ich habe eh schon alles verloren!“

Im nächsten Moment war Kaja draußen.

40

„Hey Süße!“

Ohne Rücksicht auf mögliche Ruhestörungen fegte Saskias Begrüßung durch das Zimmer 213 des Klinikums Garmisch-Partenkirchen bis ans Ohr der dösenden Anja und zwang ihre Mundwinkel zu einem Schmunzeln nach oben. Als sie die Augen aufschlug, wurde aus dem Schmunzeln ein Grinsen. Nicht, weil Saskias knallbunter Aufzug mal wieder an eine Faschingsverkleidung erinnerte, sondern weil der Besuch ihrer besten Freundin ein wahrer Lichtblick war.

„Schau mal!“

Saskia präsentierte ihre blau-weiß geringelte Hose. „Geil, oder? Ist ganz neu. Designerstück.“

Wild ihren Kaugummi bearbeitend, blies sie ihn plötzlich zu einem stetig wachsenden Ballon auf, der fast die Größe einer Kokosnuss erreichte und schließlich mit einem dumpfen Knall zerplatzte.

„Scheiße!“, zischte Saskia und zupfte hektisch an der weißen Gummimaske, die sich auf ihrem Gesicht verteilt hatte. Anja lachte, hielt aber sofort mit schmerzverzerrtem Gesicht inne. „Keine Sorge, zwickt nur ein bisschen.“, baute Anja besorgten Fragen vor.

„Ich weiß“, winkte Saskia ab. „Hat mir die Schwester schon alles erklärt. Du bist nur aus beobachtungstechnischen Gründen hier und so. Verdacht auf Gehirnerschütterung. Sonst alles easy. Ach ja, zwei Rippen sind wohl angebrochen. Musst halt etwas flacher atmen und über meine Witze lachen darfst du erst wieder in ein paar Wochen. Aber das schaffst du schon. Bist doch eh mehr der seriöse Typ.“

Dabei legte Saskia den Kopf schief und schnitt eine Grimasse. Anja würgte den drohenden Lachanfall ab. Der stechende Schmerz in ihrer Brust verstand keinen Spaß.

Saskia kratzte derweil die letzten klebrigen Reste aus ihrem Gesicht. Dann schleckte sie genüsslich jeden einzelnen ihrer Finger ab. „Ich muss mal dein Klo benutzen“, rief sie noch, ehe sie hinter einer Edelstahltür verschwand.

Anja ließ den Kopf zurück auf ihr Kissen sinken. Erst gestern Abend hatte sie ihre Freundin per WhatsApp über den Unfall informieren können, und schon heute Morgen stand sie auf der Matte, um nach ihr zu sehen. Das tat gut.

Gestern um diese Zeit hatte sie sich in ihrem geschrotteten Polo von Gott und der Welt verlassen gefühlt. Die Türen hatten sich bei dem Überschlag dermaßen verkeilt, dass sie sich nicht öffnen ließen. Keinen Zentimeter. An eine Klettertour durch die schmalen Fenster des Kleinwagens hatte sie sich wegen der Schmerzen im Brustbereich nicht gewagt. Zwar war es ihr gelungen, ihr Handy nach großer Anstrengung aus dem Fußraum der Beifahrerseite zu angeln, aber ohne Empfang war es nicht nützlicher gewesen als die schweigende Hupe. Sie hatte in dem verbeulten Innenraum gewartet und gebetet, dass irgendjemand sie aus ihrer misslichen Lage befreien würde.

Drei Autos hatten die Unfallstelle passiert, ohne auch nur ihr Tempo zu verlangsamen. Erst der Fahrer des vierten Wagens hatte auf Anjas flehendes Winken und ihre Hilferufe reagiert. Ab dann war alles sehr schnell gegangen. Die Feuerwehrmänner hatten sie zügig und doch vorsichtig aus dem Schrotthaufen befreit, der einmal ihr ganzer Stolz gewesen war. Ein Malteser-Rettungswagen hatte sie ins Klinikum nach Garmisch gebracht, wo Anja nach zahlreichen Untersuchungen in diesem Einzelzimmer endlich ein wenig Ruhe gefunden hatte. Mit letzter Energie hatte sie einige wenige Nachrichten an Freunde und Familie geschickt, ehe sie völlig erschöpft eingeschlafen und dank der wohldosierten Schmerzmittel erst mit Saskias Weckruf heute Morgen wieder erwacht war.

Jetzt war Anja einigermaßen ausgeschlafen und das Gedankenkarussell nahm wieder Fahrt auf. Es kreiste vor allem um Wolfgang Meier und ihr letztes Gespräch, das alles andere als ein gutes Ende genommen hatte. Sie dachte an Georg Brandstetter und seinen Erfolgsschlüssel, der zumindest in Ansätzen bereits funktioniert hatte. Wie ein blondes Dummchen behandelte Meier sie jedenfalls nicht mehr. Von dem ersehnten Traum-Duo waren sie allerdings noch meilenweit entfernt.

Der hämmernde Kopfschmerz, der sie gestern im Wrack ihres Autos gequält hatte, meldete sich stärker denn je zurück. Sie schloss die Augen, um ihn besser ertragen zu können.

Es klopfte.

„Herein“, rief Anja irritiert. *Die Schwestern klopfen doch sonst nicht an.* Als Anja erkannte, wer im Türrahmen stand, zog sie hastig ihre nackten Beine unter die Bettdecke.

„Komme ich ungelegen?“

„Äh…, nein!“ Umständlich richtete sich Anja auf.

„Ich kann auch später wiederkommen, um Ihnen die hier vorbeizubringen…“ Georg Brandstetter zog einen bunten Strauß Gerberas hinter seinem Rücken hervor.

„…sozusagen als Zeichen unserer Freundschaft“, ergänzte er.

„Nein, bitte bleiben Sie!“ Anja wies auf einen bereitstehenden Hocker, den Georg Brandstetter aber ignorierte. Stattdessen setzte er sich direkt ans Fußende ihres Bettes. Die Blumen legte er auf ihren Nachttisch, sodass der frische Blütenduft in ihre Nase kroch.

„Dankeschön!“ Anja war überwältigt.

„Wie geht es Ihnen?“ Besorgnis spiegelte sich in Brandstetters Gesicht.

„Es ging mir schon besser!“ Wortreich klagte sie. „Mein Schädel brummt, zwei Rippen sind angebrochen, jeder Atemzug ist eine Qual. Mein geliebtes Auto ist Schrott, die Ermittlungen stecken fest, ich fühle mich einfach nur schrecklich!“

„Sie müssen mir versprechen, in Zukunft besser auf sich aufzupassen!“

Anja nickte artig.

„Warum waren Sie eigentlich allein unterwegs? Ermitteln Sie wieder auf eigene Faust?“

„Nein, nein! Ich brauchte nur etwas Abstand zu meinem Chef.“

„Dann ist wohl das Gespräch mit Ihrem Vorgesetzten nicht so gelaufen, wie Sie sich das vorgestellt hatten?“

„Zunächst schon.“ Anja zögerte.

„Aber dann?“ Brandstetter ließ nicht locker.

„Dann fuhren wir zu der einzigen Person, die den Mörder am Tatort gesehen hat.“

„Emilias Nachbarin?“

„Genau!“

„Und? Hat sie ihre Beobachtungen vor dem Kommissar wiederholt?“

Brandstetter schien vor Neugier zu brennen. Anja wusste jedoch, dass nicht Neugier, sondern Hoffnung ihn antrieb. Die Hoffnung, dass sein bester Freund Harald schon bald frei kommen würde. Aber diese Möglichkeit war mit dem Tod der alten Dame in weite Ferne gerückt.

Wie soll ich ihm das nur beibringen?

„Nein, das konnte sie nicht mehr“, sagte Anja schließlich.

Brandstetter forschte weiter: „Wie darf ich das verstehen?“

Jetzt gab es für Anja keine Ausflüchte mehr. Sie musste es ihm sagen. Auch wenn sie damit seine Hoffnungen zerstören würde.

„Die Frau war verstorben, als wir bei ihr ankamen.“

„Oh je!“ Bestürzung machte sich in Brandstetters Gesicht breit. „Ist sie auch ermordet worden?“

„Nein, das nicht! Sie starb eines natürlichen Todes.“

Georg Brandstetter senkte den Kopf. „Ohne Zeugin keine Verhaftung, richtig?“

Anja nickte bedauernd.

Mit einer Gefühlsregung Brandstetters hatte Anja schon gerechnet, aber seine tatsächliche Reaktion auf diese Neuigkeit kam für sie völlig überraschend. Mit beiden Händen packte er ihre Schultern und drückte sie so fest, dass Anja vor Schmerz die Tränen in die Augen schossen. Obwohl sie nur eine Armlänge voneinander getrennt waren, schrie er die nächsten Fragen heraus: „Und was bitte gedenken Sie jetzt zu tun? Wie soll es denn nun weitergehen?“

„Nehmen Sie Ihre Wichsgriffel von meiner Freundin! Aber dalli!“ Saskia, die schon seit einer Weile an der Klotür gestanden und interessiert die ganze Szene beobachtet hatte, war außer sich. „Das hier ist wohl kaum der richtige Ort für Ihre Annäherungsversuche!“

Brandstetter ließ Anjas Schultern los und erhob sich von ihrem Bett.

„Ich denke, Sie verschwinden jetzt besser, Mister!", schob Saskia nach und tatsächlich zog sich Georg Brandstetter zum Zimmerausgang zurück.

„Gute Besserung für Sie, Frau Klein, und entschuldigen Sie mein ungebührliches Benehmen!", sagte er noch, ehe er fluchtartig den Raum verließ.

„Warten Sie!", rief Anja ihm nach, aber zu spät. Die Tür war bereits ins Schloss gefallen.

„Sei froh, dass er weg ist, dieser Psycho!"

„Das war kein Psycho", protestierte Anja. „Das war der berühmte Schriftsteller Georg Brandstetter, mit dem du mich am Wochenende noch verkuppeln wolltest."

„Dieser Kerl?"

Saskia fiel aus allen Wolken. „Erst quetscht er dich aus über die Ermittlungen, dann brüllt er rum und wird übergriffig. Das soll dein ach so berühmter Schriftsteller sein? Ganz koscher ist der jedenfalls nicht. Das konnte ich an seinen Augen erkennen."

„Ach Saskia, jetzt übertreibst du aber. Georg Brandstetter ist doch nur in Sorge um seinen Freund Harald, der zu Unrecht im Gefängnis sitzt. Ich habe ihm eben mitteilen müssen, dass sich an dieser Lage so schnell nichts ändern wird, weil die Zeugin gestorben ist, die Harald hätte entlasten können. Das war der Schock, der ihn so reagieren ließ. Ich kann ihn gut verstehen."

„Du kannst ihn verstehen? Ich weiß ja nicht, wo du deine Menschenkenntnis her hast, aber ich sage dir, mit diesem Typen stimmt etwas nicht! Man packt eine Kommissarin nicht bei den Schultern und versucht schreiend, mehr Informationen aus ihr herauszuschütteln. Das macht ein normaler Mensch nicht. Und wieso saß der überhaupt in deinem Bett, dieser Wüstling?"

„Jetzt halt mal bitte die Luft an, Saskia! Sich auf mein Bett zu setzen, war doch eine nette Geste von ihm. Kein Grund, ihn als Wüstling zu beschimpfen!"

Verständnislos schüttelte Saskia den Kopf.

„Wo ist nur dein Scharfsinn geblieben, Anja! Das erkennt doch ein Blinder mit Krückstock, dass der Typ einen derben Sprung in der Schüssel hat!“

Anja schwieg. Sie wollte nicht länger gegen ihre Freundin argumentieren. Wozu auch. Schließlich wusste sie, dass Georg Brandstetter ein feiner Kerl war.

„Ich muss jetzt los!“ Rasch ging Saskia zur Tür. „Wir sehen uns, Süße!“

Wenn Anja geahnt hätte, was ihrer Freundin vor der Tür bevorstand, hätte sie sie mit allen Mitteln zurückgehalten. So aber sagte sie nur erschöpft: „Ist gut, Saskia. Danke für deinen Besuch. Melde dich bitte wieder!“

41

„Komm mir nicht noch einmal in die Quere, Miststück!"

Ehe Saskia die Worte begriffen hatte, war sie im Schwitzkasten eines kräftigen Männerarms gefangen. So sehr die junge Frau auch dagegen ankämpfte, aus dem Würgegriff gab es kein Entkommen. Beim Verlassen des Krankenhauszimmers hatte sie den Mann nicht bemerkt, der ihr hinter der Tür aufgelauert haben musste.

Plötzlich riss er ihren schmächtigen Körper zu sich heran und lehnte sich weit nach hinten. Sofort verloren ihre Füße den Bodenkontakt und sie hing in der Luft wie an einer Reckstange, die Finger in den Unterarm des Mannes gekrallt.

„Oh Gott, nein! Nicht schon wieder!", wollte Saskia schreien, doch heraus kam nur ein leises Krächzen. Die bloße Berührung ihres Kehlkopfes, der noch von Vincent Kajas Attacke höllisch schmerzte, trieb ihr Tränen in die Augen. Mit beiden Händen riss sie verzweifelt am Arm ihres Peinigers, ein kläglicher Versuch, seinem stählernen Griff zu entkommen. Und doch lockerte der Mann plötzlich die Umklammerung.

„Hör auf rumzuzappeln!", herrschte er sie an. An der Stimme erkannte Saskia sofort, wer sie so brutal von hinten überfallen hatte.

Der Psycho.

Unbedacht hatte sie ihn vor Anja bloßgestellt, jetzt erhielt sie die Quittung. Saskia spürte seinen feuchtwarmen Atem an ihrem Ohr, dann vernahm sie sein bedrohliches Geflüster: „Zwischen mir und Anja läuft alles bestens. Deine Teeny-Kommentare braucht keiner. Also halt dich einfach raus, wenn sich Erwachsene unterhalten. Kapiert?"

Nur nichts Falsches sagen, dachte Saskia. *Der Typ ist unberechenbar.*

„Kapiert?", brüllte Georg Brandstetter so nahe an Saskias Ohr, dass ihr beinahe das Trommelfell geplatzt wäre. Dabei schleuderte er sie zurück auf den Boden, sodass ihre Füße hart auf den Fliesen aufschlugen. Dann schnappte er nach der geflochtenen Haarsträhne, die Saskia passend zu ihrer neuen Hose marineblau eingefärbt hatte.

Saskia wagte es nicht, weiteren Widerstand zu leisten. Georg Brandstetter packte die Strähne und riss ihren Kopf blitzschnell nach hinten. Im Augenwinkel sah Saskia ein Messer aufblitzen, das der Angreifer wohl schon die ganze Zeit in seiner rechten Hand bereitgehalten hatte. Über ihr tanzten die Pupillen des Verrückten, unter ihr funkelte die Klinge.

Saskia spürte, wie der rechte Arm des Mannes ausholte. Panisch krümmte sie sich zusammen, mehr ein Reflex als ein wirksamer Schutz. Ungebremst sauste das Messer nieder. Mit angehaltener Luft und geschlossenen Augen erwartete Saskia den Schmerz des Einstichs.

„Du wirst dich von Anja Klein fernhalten, sonst schneid ich dir noch ganz andere Dinge ab!"

Mit diesen Worten glitt die Klinge knapp über Saskias Kopfhaut und durchtrennte ihr geliebtes Haargeflecht. Als

Saskia die Augen öffnete, blickte sie auf eine geballte Faust, aus der die blaue Strähne baumelte.

„Und jetzt verschwinde!“

Am ganzen Körper zitternd rappelte sich Saskia auf und schlich durch die Flure des Krankenhauses zum Ausgang, ohne ein einziges Mal zurückzublicken. Als sie die Pforte passierte, kam ihr der Gedanke, den Überfall anzuzeigen, doch sie verwarf ihn sofort wieder. Sie hatte sich genug in Anjas Belange eingemischt. Sie würde sie anrufen und ihr alles berichten. So hätte ihre Freundin wenigstens die Chance, selbst über das weitere Vorgehen zu entscheiden.

42

Eine Frau in weißem Kittel eilte mit kurzen, schnellen Schritten auf Georg Brandstetter zu. Unauffällig verbarg er das Messer und Saskias Strähne mit seinen Händen.

„Entschuldigung, ich suche den Ausgang“, sagte er scheinheilig. Von seiner Attacke auf Saskia hatte die Ärztin offensichtlich nichts mitbekommen, denn freundlich lächelnd wies sie Brandstetter den Weg, bevor sie ihrem nächsten Patienten entgegenhastete. Dann stopfte Georg Brandstetter die geflochtenen Haare in die Hosentasche. Das Messer fand Platz in der Innentasche seines Jacketts.

Eigentlich hatte sich Brandstetter das Wiedersehen mit Anja Klein ganz anders vorgestellt. Dass er das Taschenmesser dabei hatte, verdankte er seinem verstorbenen Onkel Arthur, der ihm das gute Stück zum 18. Geburtstag geschenkt hatte. Seither trug er es zum Andenken ständig bei sich. Wäre die vorlaute Göre mit dem ausgefallenen Outfit nicht aufgetaucht, hätte er es niemals eingesetzt. Die veränderte Ausgangslage passte ihm im Nachhinein betrachtet aber sogar sehr gut ins Konzept. Um nicht zu sagen ausgezeichnet.

Für dich finde ich schon die passende Rolle, ungezogenes Ding!

Plötzlich brannte Georg Brandstetter der Boden unter den Füßen. Er flog förmlich über den Parkplatz zu seinem Auto. Sollte er zu seinen Ideen schnell ein paar Gedächtnisstützen niederschreiben? Keine Zeit, entschied er. Der Motor heulte auf. Er musste schnell nach Hause, so schnell es irgend ging.

Auf dem Weg nach Murnau hinterließ Georg Brandstetter eine Schneise der Verwüstung. Hupende Autos mitten auf Kreuzungen, entsetzte Radfahrer neben ihren ausgebremsten Bikes, entrüstete Passanten schimpfend wie Rohrspatzen. Wie durch ein Wunder wurde niemand verletzt. Unter keinen Umständen wollte er wertvolle Zeit verlieren. Je frischer die Erinnerungen, desto besser.

Selbst im Seewaldweg verlangsamte er kaum sein Tempo. Rücksichtlos schoss er an Kajas Bootsverleih vorbei. Jetzt war es nicht mehr weit bis zur Villa, die goldene Turmspitze blitzte bereits durch die Bäume. Statt den Jeep wie gewöhnlich in der Garage zu parken, hielt er direkt auf den Eingang zu, ohne auf die Papiermülltonne zu achten, die zur Leerung bereitstand. Ein dumpfer Schlag gegen den Rammschutz des Jeeps und die Tonne schleuderte beiseite. Ihr Deckel schwang auf und eine Flut weißer Schnipsel ergoss sich auf dem Anwesen. Zeugnisse von Brandstetters Gewissenhaftigkeit in Sachen Aktenvernichtung. Dankend nahm der Wind die Einladung zum Spielen an, doch Brandstetter schenkte dem weißen Treiben keine Beachtung.

Kaum war das Auto zum Stehen gekommen, stürzte er nach draußen. Wie von Furien gehetzt schlug er nicht einmal die Wagentür zu und machte sich auch nicht die Mühe, die Eingangstür der Villa zu verschließen.

Keine Zeit. Unbedingt jedes Detail im Kopf behalten.

Endlich erreichte er das Objekt der Begierde, sein Notebook, das für Notfälle immer auf der Anrichte im

Essbereich lag. Hektisch schaltete er das Gerät ein. Der Computer brauchte seine Zeit zum Hochfahren, da war nichts zu machen. Sein Jackett schmiss Georg Brandstetter achtlos auf einen Barhocker und setzte sich auf einen anderen. Nervös trommelten seine Finger auf dem Küchentresen. Seine Geduld wurde auf eine harte Probe gestellt. Sekunden verrannen zu gefühlten Minuten.

Als der Monitor endlich Betriebsbereitschaft signalisierte, hielt Brandstetter seinen USB-Stick bereits im Anschlag. Mit den zittrigen Fingern bedurfte es aber mehrerer Versuche, ehe er ihn erfolgreich im Slot versenken konnte. Erst als seine Hände auf der Tastatur zum Liegen kamen, ging sein Stresslevel langsam zurück.

Brandstetter hämmerte schneller auf die Felder der Tastatur ein, als die Zeichen auf dem Bildschirm sichtbar wurden. *Nur nichts vergessen. Jedes Detail erfassen.*

Seine Finger schwirrten über die Tasten. Seine Hände glühten. Seine Augen funkelten irrwitzig. Rasant füllte sich der Bildschirm.

Zehn – elf - zwölf Seiten.

Der Monitor wurde zum Spiegelbild seiner Gedanken.

Achtzehn – neunzehn - zwanzig Seiten.

Er fühlte sich wie im Rausch. Es gab kein links und rechts, kein oben und unten. Nur ihn, die Tastatur und die Geschichte, die auf dem Bildschirm Gestalt annahm.

Die Episode mit dem vorlauten Mädchen fügte sich hervorragend ein, sie gab dem Kapitel die richtige Würze. Was für ein Unterschied, über selbst Erlebtes zu schreiben. Es fühlte sich so echt an. So real. Der Text atmete förmlich.

Auch der Leser wird das spüren.

Die Angst, sein Gedächtnis würde ihn im Stich lassen, wich der Befriedigung, ein weiteres Kapitel vollendet zu haben. Vielleicht das Beste, das er je geschrieben hatte.

Sein Kopf war jetzt ausgelaugt und leer. Doch irgendwo zwischen Bauch und Herz glühte eine Mischung aus Stolz und Vorfreude.

Brandstetter dachte an seine Wunschliste, auf der nur noch ein einziger Punkt nicht abgehakt war:

Schreib das beste Buch aller Zeiten!

Dann fokussierte er sich auf die Frage:

Was wäre, wenn es bereits Wirklichkeit wäre?

Er öffnete die Tür zur Terrasse. Im auffrischenden Wind begannen die Vorhänge einen Freudentanz aufzuführen. Brandstetter scherte sich nicht darum. Er schwebte in einer Sphäre unendlichen Glückes. Als sich der Bildschirm des Notebooks verdunkelte, war er längst auf der rückwärtigen Seite der Villa verschwunden.

43

„Stehenbleiben oder ich schieße!“

Vincent Kaja rannte weiter. Erst Meiers Warnschuss in die Luft brachte ihn zur Besinnung. *Wenn schon in den Fängen der Polizei, dann wenigstens nicht mit zertrümmerten Knien.* Widerstandslos fügte er sich der Festnahme.

Bis in die Nacht hinein versuchte Meier, Kaja zu zermürben und zu einem Geständnis zu bewegen. Ohne Geständnis hatte er kaum etwas in der Hand gegen diesen Mann, um nicht zu sagen gar nichts. Also setzte er auf seine Hartnäckigkeit und zog sämtliche Register. Doch Vincent Kaja verwickelte sich in keine Widersprüche. Er räumte die Kontakte zu Maria Gruber und deren Mutter ein, ebenso die Beziehung zu Emilia Sonnleitner. Er gab sogar zu, am Morgen ihres Todes in ihrer Wohnung gewesen zu sein. Angeblich wollte er seine Oma besuchen, konnte dann aber doch nicht widerstehen, einen letzten Flirtversuch bei der reizenden Emilia zu starten. Den Mord stritt er aber vehement ab. Sie sei noch quicklebendig gewesen, nachdem sie ihm unmissverständlich klargemacht hatte, dass er nie wieder bei ihr aufzutauchen brauchte.

Trotzdem behielt ihn Meier über Nacht in Gewahrsam. Gleich am Morgen wollte er sich Kaja noch einmal vorknöpfen.

Die Fahndung nach Tina Berthold und ihrem weißen Fiesta mit Marienkäfern lief auf Hochtouren, bisher allerdings ergebnislos. Niemand hatte die junge Frau gesehen oder gesprochen und auch ihr Auto blieb verschwunden. Vincent Kaja behauptete steif und fest, die Studentin nicht zu kennen. Es war zum aus der Haut fahren.

Der erste Anruf des Morgens brachte wenigstens etwas Licht ins Dunkel. Zwei Streifenpolizisten mit dem Auftrag, auf der Strecke zwischen Tina Bertholds Wohnung und Kajas Bootsverleih nach deren Auto Ausschau zu halten, hatten ihre polizeilichen Pflichten durch eine Frühstückspause im Grünen unterbrochen. Während sie kauend näher an die Straßenkante getreten waren, um die imposante Aussicht besser genießen zu können, hatte einer der beiden den gesuchten Kleinwagen dreißig Meter unter ihnen verkeilt im Felsmassiv entdeckt. Möglicherweise war Tina Berthold tatsächlich auf dem Weg zur Kajak-Vermietung gewesen. Warum sie den Abhang hinuntergestürzt war, war noch nicht geklärt. Spuren von Fremdeinwirkung gab es jedenfalls keine. Alles deutete auf einen Fahrfehler hin, nicht auf Mord, damit war Vincent Kaja vorerst aus dem Schneider. Meier musste ihn seiner Wege ziehen lassen, wohin auch immer die jetzt führen würden. Bestimmt nicht nach Hause zu seiner Frau. Den Rückzug in dieses gemachte Nest hatte der Kommissar ihm gründlich vermasselt.

Ein Blick auf die Uhr beunruhigte Meier. Schon Viertel nach zehn. Seine neue Kommissarin, die er am Vortag nach ihrem Fauxpas kurzerhand nach Hause geschickt hatte, war noch immer nicht zum Dienst erschienen. Nicht, dass er sich wegen einer Frau Sorgen machen würde, schon gar nicht wegen einer Blondine, die aussah wie seine Ehefrau. Und doch hatte er ein mulmiges Gefühl. Vollkommen unschuldig an ihrem Streit fühlte er sich nicht und schließlich hatte er sich doch vorgenommen, ihr etwas freundlicher entgegenzutreten.

Wie so oft riss ihn das Geklingel des Telefons aus seinen Gedanken. Eine Frauenstimme meldete sich mit „Klinikum Garmisch-Partenkirchen". Darauf konnte sich Meier keinen Reim machen. Erst als die Worte „Anja Klein", „Unfall" und „ein paar Tage hierbleiben" fielen, kombinierte er, was passiert sein musste.

Die Kleine wird sich doch nichts angetan haben?

Ohne zu zögern, wuchtete er sich hoch und machte sich auf den Weg in die Klinik. Es war an der Zeit, sich bei der jungen Frau zu entschuldigen. Nicht, dass er ihre Alleingänge guthieß, aber für ihr Engagement war sie dennoch zu loben. Auch könnte er über seinen Schatten springen, ihr die Hand reichen und etwas sagen wie „Auf gute Zusammenarbeit!", um einen Neustart zwischen ihnen zu ermöglichen. Einen Mitmenschen so unfair zu behandeln, dass diesem das Leben nicht länger lebenswert erscheint, dafür wollte er nicht die Verantwortung übernehmen. Warum war ihm das nur nicht schon früher klar geworden?

Vorsichtig klopfte er an die Tür des Zimmers 213. Angestrengt lauschte er nach der Aufforderung, eintreten zu dürfen. Nachdem nichts zu hören war, probierte er es noch einmal. Wieder nichts.

Ob sie wohl schläft?

Vorsichtig drückte Wolfgang Meier die Klinke. Die Tür gab dem Druck seiner Hand nach und schwang auf. Sein Blick fiel zunächst auf die verknüllte Decke des einzigen Bettes im Raum, daneben ein rollbarer grauer Nachttisch, auf dem ein Smartphone in hellblauer Hülle mit weißen Strasssteinchen lag.

Ihr Handy. Dann kann sie nicht weit sein.

Meier trat näher.

„Darf ich mal….“

Eine Schwester in grüner Montur stupste Meier in die Seite. Freundlichkeit schien nicht ihre Stärke zu sein.

„Nichts für ungut, Meister, ich muss das Bett hier mal eben frisch beziehen.“

Schon zerrte sie am Laken und warf es mit einer einzigen Handbewegung auf den Boden. Dann waren die Bezüge dran. Entgeistert schaute Meier ihr zu, ohne sich von der Stelle zu bewegen.

„Wenn Sie Frau Klein suchen, die ist nicht mehr hier.“

Gerade wollte Meier Genaueres erfragen, da fuhr die Schwester ihn schon wieder an: „Jetzt rücken Sie halt mal ein Stück, ich muss heute noch fertig werden.“

Verdattert trat Meier einen Schritt beiseite.

„Wo ist sie denn hin?“

„Weg!“, bekam er zur Antwort. Gereizt packte Meier die Schwester am Ärmel und drehte sie zu sich um.

„Könnten Sie das wohl ein wenig konkretisieren?“

Dabei hielt er ihr seinen Dienstausweis unter die Nase. Anstatt zu lesen, rollte die Schwester mit den Augen.

„Die Dame zog es vor, einfach abzuhauen. Trotz Verdacht auf Gehirnerschütterung. Und mit den schweren Rippenprellungen ist auch nicht zu spaßen. Aber bitteschön! Jeder schaufelt sich sein eigenes Grab.“

„Und das Handy?“ Meier deutete auf den Nachttisch.

„Wird sie wohl vergessen haben, so eilig wie die abgehauen ist.“

Ratlos griff Meier nach dem Telefon und steckte es ein. Aus diesem Frauenzimmer sollte einer schlau werden. Wo war sie denn nun schon wieder hin? Folgte sie einer heißen Spur oder war sie einfach nach Hause gefahren? Warum musste sie ihm immer einen Schritt voraus sein!

So sehr Meier auch grübelte, die Gedankengänge dieser Frau Klein wollten sich ihm nicht erschließen. Warum verlässt jemand mit schmerzhaften Prellungen entgegen ärztlichem Anraten ein Krankenhaus? Doch nicht, um daheim vor dem Fernseher zu hocken. Da musste etwas anderes dahinterstecken, aber was?

Er hatte gehofft, von Anja Klein zu erfahren, warum sie Tina Berthold aufgesucht hatte und in welcher Beziehung diese zu Vincent Kaja stand. Anstatt einer Antwort präsentierte sich ihm nun ein neues Rätsel. *Wo könnte sie nur hin sein? Was weiß sie, was ich nicht weiß?*

Das Gezwirbel hilft mir auch nicht weiter, dachte Meier und nahm die Hand von seinem Schnauzbart. Gerade wollte er das Zimmer verlassen, da kam ihm doch eine Idee.

Erwähnte Frau Klein nicht einen Diskobesuch, bei dem ihre Nachbarin von Vincent Kaja gewürgt worden sein soll? Wie hieß die doch gleich? Saskia?

Wie konnte er das nur vergessen! Diese Information hätte ihm doch auch bei Kajas Verhör nützlich sein können!

Rasch zog er sein Handy hervor.

„Die Privatadresse von Anja Klein“, bellte er einen Kollegen an. „Aber pronto!“

44

Das Läuten der Türklingel ihrer Nachbarin versetzte Saskia unvermittelt in Schockstarre. Normalerweise blinzelt ein Mensch zwischen 10 und 15 Mal pro Minute, damit die Hornhaut der Augen jederzeit durch einen Tränenfilm geschützt bleibt. Doch Saskias Lider waren weit aufgerissen und bewegten sich keinen Millimeter, als wären ihre langen Wimpern festgeklebt. Wie angenagelt stand sie im Flur ihrer Wohnung, in der rechten Hand ein Glas Mineralwasser, das sie soeben aus der Küche ins Wohnzimmer tragen wollte. Mitten in der Bewegung war sie zur Salzsäule erstarrt und einzig darauf konzentriert, nicht den geringsten Laut von sich zu geben. All ihre Sinne waren auf das Treppenhaus ausgerichtet, von dem sie nur eine schmale Holztür trennte.

Da nicht der schrille Klingelton an der Haustüre, sondern die beschwingte Melodie der Wohnungstürglocke durch den Flur schallte, war klar, dass der Besucher nur wenige Meter von ihr entfernt stand.

Der Psychopath ist wieder da.

Dieser Gedanke katapultierte Saskias Pulsfrequenz in die Höhe. Sie spürte ihren Herzschlag in den Ohren pochen. Ohne zu atmen, blickte sie ängstlich auf das Glas in ihrer Hand, in dem das Wasser zittrige Wellen schlug. Als Anjas

Klingelmelodie ein zweites Mal ertönte, krampfte sich Saskias Hand fester zusammen.

Was will dieser Irre nur von Anja? Warum glaubt er, dass sie hier in ihrer Wohnung zu finden ist, wenn er doch weiß, dass sie im Krankenhaus liegt? Was, wenn er sie bei mir vermutet und…

Erneut spielte die Melodie, aber dieses Mal dudelte sie aus dem Kästchen keine fünfzig Zentimeter über ihrem Kopf. Ein hysterischer Aufschrei entfloh Saskias Mund und im gleichen Augenblick zerschellte das Wasserglas auf dem Parkettfußboden. Entsetzt starrte Saskia erst auf die Scherben und dann wieder zur Wohnungstür. Jeden Moment würde das Türblatt unter der rohen Gewalt eines Trittes splittern und der Psycho hereinstürmen.

Keine Chance, mich zu wehren. Die Arme dieses Verrückten werden mich zerquetschen.

Dicke Tränen rannen ihr über die Wangen, ihr Rücken krümmte sich. Mit im Schoß gefalteten Händen sank Saskia schluchzend auf den Boden. Als die dumpfe Stimme an ihr Trommelfell drang, zuckte sie unweigerlich zusammen.

„Saskia Buntler? Sind Sie da?“

Saskia blieb mucksmäuschenstill.

„Hier ist Kriminalhauptkommissar Meier, Anja Kleins Kollege. Bitte machen Sie auf!“

Regungslos blieb Saskia hocken, bis sie erneut die Stimme vernahm: „Nun öffnen Sie schon! Dauert nicht lange.“

„Polizei?“

Die Skepsis in Saskias Stimme war unüberhörbar und doch schwang eine gehörige Portion Hoffnung in der Frage mit.

„Ja, Polizei“, bekam sie zur Antwort. Saskia raffte allen Mut zusammen, rappelte sich auf, öffnete die Tür und verglich den vor ihr stehenden Mann mit Anjas Beschreibung von ihrem Chef: kugelrunder Bauch, geschwungener Schnauzer, hängendes Doppelkinn. Die warmen, grauen Augen hatte Anja vergessen zu erwähnen.

Saskia musste ein jämmerliches Bild abgegeben haben, denn statt einer förmlichen Begrüßung fragte der korpulente Beamte: „Was ist mit Ihnen, geht es Ihnen nicht gut? Kann ich irgendwie helfen?“

An ihrem T-Shirt wischte Saskia die Tränen ab, vermischt mit Spuren der pechschwarzen Wimperntusche, und zog die Nase geräuschvoll nach oben. Wortlos deutete sie mit der Hand auf das Wohnzimmer. Jetzt fühlte sie sich schon viel wohler. Dieser Meier hatte etwas Beruhigendes an sich.

„Da entlang, bitte!“

Tapsig umkreiste der Polizist die Wasserlache und ließ sich dann auf Saskias ausgesessenem Zweisitzer nieder. Sie hätte einen Stuhl heranziehen können, aber sie dachte nicht daran. Sie brauchte eine Dosis körperlicher Nähe, um ihre überstrapazierten Nerven zu beruhigen. Direkt neben Meier kuschelte sie sich in die weichen Polster. Die dünnen Beine vor die Brust gedrückt, umschloss sie mit den Armen ihre blau-weiß-geringelten Leggins. Seufzend kippte sie zur Seite und lehnte ihren schmächtigen Oberkörper an seinen runden Bauch.

Mit so viel Zutraulichkeit schien der Kommissar nicht recht umgehen zu können. Kurz legte er mitfühlend den Arm um ihre Schultern, dann zog er ihn wieder zurück, um ihn auf dem Sofarücken zu platzieren. Sein Unbehagen war deutlich spürbar. Mehrmals versuchte er, etwas von ihr abzurücken, doch Saskia rutschte sofort nach und schloss die entstehende Lücke.

„Ich bin so froh, dass Sie da sind.“

Saskias Schluchzen hatte sich in einen unregelmäßigen Schluckauf verwandelt und ihre Atmung beruhigte sich zusehends. Beinahe amüsiert nahm sie wahr, wie der

Polizist sich auf eine Fliege konzentrierte, die um den Lampenschirm kreiste.

Lange macht der das nicht mehr mit.

Tatsächlich platzte der Kommissar plötzlich mit barscher Stimme heraus: „Sie müssen schon entschuldigen, junge Frau, aber so geht das nicht!"

Das Sofa ächzte, als er sich mit einem Ruck nach oben hievte. Saskia fühlte sich wie ein zurückgewiesenes Kind. Doch sie sah es dem sympathischen Dicken nach und fixierte ihn mit ihren Kulleraugen. Wie ein Bär im Käfig lief er jetzt in ihrem kleinen Wohnzimmer auf und ab und fingerte fortwährend an seinem Bärtchen herum.

„Vermutlich haben Sie jemand anderen erwartet", begann er zu sprechen. „Aber das ist Ihre Sache, Sie müssen mir nicht sagen, was mit Ihnen los ist", fuhr er fort. „Oder wollen Sie mir vielleicht doch etwas mitteilen?"

„Nein, nein, schon gut", antwortete Saskia, die es vorzog, zunächst vom Kommissar über den Grund seines Erscheinens aufgeklärt zu werden. Ob er wohl noch nichts von Anjas Unfall wusste?

„Wenn ich Frau Klein richtig verstanden habe, sind Sie beide eng miteinander befreundet?"

Stolz setzte sich Saskia auf. „Sie hat von mir erzählt?"

„Ja, das hat sie", bestätigte Meier mürrisch. „Insbesondere von ihrem Diskobesuch am Wochenende."

Jetzt war er zum wiederholten Male an der Dachgaube angelangt und wendete.

„Was war das für eine Nummer, die Sie dort mit Vincent Kaja abgezogen haben?"

„Ich?", empörte sich Saskia. „Andersrum wird wohl eher ein Schuh draus!" Wild gestikulierend berichtete sie von den Geschehnissen im Nightfever. Jedes Details malte sie mit ihren Worten aus, kein gutes Haar an ihrem Peiniger lassend.

„Und jetzt glauben Sie, dass Vincent Kaja der Mörder ist?“

„Ich denke schon“, antwortete Saskia und deutete auf ihre Würgemale. „Schauen Sie doch!“

Der Polizist warf aus der Distanz einen flüchtigen Blick darauf. Offenbar wollte er eine neuerliche Annäherung unbedingt vermeiden.

„Das ist aber kein Beweis, junge Dame! Sie haben ihn auf das Äußerste provoziert, er hat reagiert. Zwar maßlos übertrieben, aber ihre Unterstellungen waren ja auch nicht ohne. Ich nehme mir den Burschen natürlich nochmals zur Brust. Wenigstens für diese Tat wird er sich verantworten müssen.“

Saskia registrierte Meiers Worte, erwiderte aber nichts.

„Sagt Ihnen der Name Tina Berthold etwas?“ Jetzt war Meier stehengeblieben und schaute sie erwartungsvoll an.

„Namen sind für mich wie Schall und Rauch“, antwortete Saskia flapsig.

Unverdrossen bohrte Meier an gleicher Stelle weiter: „Es handelt sich um eine junge Frau, die an der Fernuni Hagen studiert und nebenbei im ‚Muckistadl‘ als Trainerin arbeitet. Sie wohnt in Ettal. Frau Klein hat sie am Samstag in ihrer Wohnung aufgesucht. Wissen Sie, worüber die beiden gesprochen haben?“

Den Kommissar schien ihre Antwort brennend zu interessieren. *Gute Gelegenheit, eine Lanze für Anja zu brechen,* dachte Saskia. „Würden Sie Anja mehr in die Ermittlungen einbeziehen, wüssten Sie das!“

„Danke für Ihre Belehrungen. Ich werde es mir zu Herzen nehmen.“ Die Worte des Kommissars klangen so, als würde er es bei aller Ironie tatsächlich ernst meinen.

„Echt? Cool! Da wird sich Anja aber freuen. Sie wünscht sich nämlich nichts sehnlicher, als ein gutes Team mit Ihnen zu bilden. Sie redet von nichts anderem.“

Meier nickte ungeduldig. „Was ist denn nun mit dieser Tina Berthold? Kannte sie Vincent Kaja?“

„Den Bootsverleiher? Soweit ich weiß, hat sie ihn nur einmal gesehen. Auf dem Parkplatz des Fitnessstudios, in dem ihre Kollegin gearbeitet hat.“

„Emilia Sonnleitner?“

„Genau! Sie konnte sich aber ausgezeichnet an ihn erinnern, weil sie den Typen so geil fand. Hat ihn sofort wiedererkannt auf so einem Kajak-Prospekt.“

„Kaja und die Studentin kennen sich also gar nicht“, schlussfolgerte Meier. Kaum hörbar brummte er in seinen Schnauzbart: „Warum zum Teufel wollte sie dann zu ihm in die Verleihstation fahren?“

Saskia rollte die Augen. „Schätze wegen der Sache mit den Blumen und den Bienchen, Sie verstehen? Der Typ ist ihr monatelang nicht aus dem Kopf gegangen. Plötzlich erfährt sie, wer er ist und wo er sich aufhält. Wären Sie nicht auch zu ihm gefahren? Wenn Sie eine Frau wären, meine ich?“

Der Kommissar winkte ab. Sich vorzustellen, wie eine Frau zu denken, lag wohl außerhalb seiner Kompetenzen. Vielleicht hielt er aber eine so banale Erklärung auch für unwahrscheinlich.

„Warum fragen Sie nicht Frau Klein?“, stichelte Saskia.

„Das würde ich ja gerne. Aber sie ist unauffindbar.“

Triumphierend ließ sich Saskia gegen die Rückenlehne plumpsen. „Ich weiß, wo sie ist. Im Klinikum Garmisch.“

„Ist sie nicht. Von dort komme ich gerade.“

„Ist sie wohl“, konterte sie. „Zimmer 213.“

Der Polizist schüttelte den Kopf.

„Nein, sie ist abgehauen. In der Hektik hat sie sogar ihr Handy liegenlassen.“ Er zog Anjas Telefon hervor und legte es auf den Tisch. „Sie haben nicht zufällig eine Idee, wohin sie so dringend wollte?“

Als Saskia das Handy erblickte, rann es ihr eiskalt den Rücken hinunter. Unter normalen Umständen war ihre beste Freundin die Vernunft in Person. Niemals würde sie aus einem Krankenhaus türmen, nicht gegen die ausdrückliche Empfehlung der Ärzte. Es gab nur einen Grund, der ihren Verstand dermaßen eingetrübt haben konnte.

Ich hätte es wissen müssen.

Dabei waren die Anzeichen doch glasklar gewesen. Die errötenden Wangen, das dauernde Gezupfe an ihrem Pony, das Leuchten in ihren Augen. Am liebsten hätte sie ihn doch unter ihre Bettdecke gezerrt, diesen Psychopathen. Das war schon etwas mehr als nur eine Schwärmerei gewesen.

Anja ist blind vor Liebe. Ich hätte sie vor diesem Verrückten schützen müssen, sie auf keinen Fall alleine im Krankenhaus lassen dürfen. Aber was habe ich stattdessen getan? Mich in meine Bude verkrochen, wie eine Maus in ihre Höhle. Ich hätte es wissen müssen, verdammt nochmal!

Meier war gerade wieder in Richtung Gaube unterwegs, als Saskias nächste Worte ihn sofort umkehren ließen.

„Es gibt nur einen Ort, wo sie jetzt sein kann."

„Und der wäre?"

„Daheim bei dem Knallkopf."

Rasch schilderte Saskia ihren Besuch im Krankenhaus und das unverschämte Verhalten des Mannes, der Anja mit Fragen zu den polizeilichen Ermittlungen bombardiert hatte, während sie selbst auf dem Klo weilte. Sie berichtete, wie unwirsch sie den Mann nach draußen komplimentiert hatte, und wie verärgert sie darüber war, dass Anja ihn auch noch verteidigt hatte. Auch den brutalen, hinterlistigen Überfall auf dem Flur verschwieg sie nicht und zeigte sich krank vor Sorge darüber, dass der Mann mit dem Messer vermutlich geplant hatte, damit Anjas Zunge etwas zu lockern. Noch während ihres Monologs sprang Saskia auf und zerrte Meier in Richtung Treppenhaus. „Sie müssen sie retten, schnell!“ An Meiers Gesicht konnte Saskia ablesen, dass sie eine entscheidende Information wohl ausgelassen hatte.

„Immer langsam mit den jungen Pferden! Wer hat denn jetzt Anja im Krankenhaus besucht?“

„Na dieser Schriftsteller, Anjas neuer Freund. Sie wissen schon. Georg Trendsetter oder so ähnlich.“

„Georg Brandstetter?“

„Ja doch, ja! So heißt er!“

Plötzlich hatte es auch Meier sehr eilig. Zwei Stufen auf einmal nehmend polterte er die Treppen nach unten und ließ Saskia mit ihren Sorgen allein.

Inwieweit Brandstetter in den Fall verwickelt war und was genau dieser erhofft hatte, von Anja Klein im Krankenhaus zu erfahren, konnte der Kommissar nur versuchen, sich zusammenzureimen. Auch waren ihm dessen Motive für den Überfall auf Saskia vollkommen schleierhaft. Doch dass es sich bei dem Herrn Schriftsteller um einen Mann handelte, der vor Gewalt nicht zurückschreckte, um seine Ziele zu erreichen, war nicht von der Hand zu weisen. Sollte Anja Klein tatsächlich allein zu seiner Villa unterwegs sein, befand sie sich womöglich in höchster Gefahr.

45

Würden Saskia und Georg Brandstetter ihr nicht so viel bedeuten, hätte Anja Klein über die soeben abgelaufene Szene herzlich lachen können. So aber lehnte sich die Kommissarin besorgt in ihrem Krankenbett zurück und ließ das Aufeinanderprallen der beiden noch einmal Revue passieren. Wie einen ungezogenen Hund hatte Saskia Georg Brandstetter des Zimmers verwiesen und ihn anschließend als Wüstling und Psychopathen beschimpft. Dabei handelte es sich bei dem Mann um den derzeit gefragtesten deutschen Krimiautor, der mit Frau und Kindern in einer Villa voller Kostbarkeiten wohnte und sein Leben nach eigenem Erfolgsrezept gestaltete. Mit Sicherheit nicht die Charakteristika eines Geisteskranken.

Für Saskias Einschätzung sprach freilich Brandstetters Wutausbruch, als dieser realisierte, dass der Lebensretter seiner Tochter, Harald Gruber, noch länger in Haft bleiben musste. Als Brandstetter sie gepackt und angeschrien hatte, war in der Tat eine bedrohliche Energie von ihm ausgegangen. Dennoch kein Grund, ihn wie einen aufsässigen Schulbub abzustrafen. Seine unbeherrschte Reaktion zeigte doch nur allzu deutlich, zu welch tiefen Gefühlen er fähig war.

Gern hätte Anja sich bei Georg Brandstetter für das Benehmen ihrer Freundin entschuldigt, aber er war einfach zu schnell aus dem Zimmer geflüchtet. Der dunkle Schatten, der sich jetzt auf ihre Freundschaft zu legen drohte, sollte schnellstens beseitigt werden. Außerdem duldete die Aufklärung der zwei Frauenmorde keinen weiteren Aufschub. Da von Meier offensichtlich keine Hilfe zu erwarten war, musste sie die Sache wieder selbst in die Hand nehmen. Und zwar jetzt sofort.

Die Schmerzen in Brust und Kopf ignorierend, klopfte sie den Unfallstaub von Rock und Bluse, dann streifte sie die Kleidungsstücke über. Einen kurzen Moment überlegte sie, einen der Ärzte über ihre Pläne ins Bild zu setzen. Doch für Diskussionen blieb keine Zeit. Ein kurzes „Ich muss dringend weg!“, das sie der Schwester auf dem Flur entgegenschleuderte, musste vorerst als Erklärung ausreichen.

Anjas Brustkorb schmerzte höllisch, als sie sich vorsichtig in die Polster des am Krankenhauseingang wartenden Taxis gleiten ließ. „Villa Brandstetter am Staffelsee“, presste sie angestrengt hervor. Der Fahrer schien das Ziel zu kennen, denn er nickte und setzte den elfenbeinfarbenen Mercedes sofort in Bewegung. Während der halbstündigen Fahrt suchte Anja nach passenden Worten, die Georg Brandstetter gegenüber ihrer besten Freundin versöhnlich stimmen sollten. Wirklichen Zweifel hegte sie nicht daran, dass er Saskia ihren Ausraster nachsehen würde. Schließlich war er ein Gentleman vom Scheitel bis zur Sohle.

Ob es ihr auch gelingen würde, ihn zur Mithilfe beim Verhör von Vincent Kaja zu bewegen? In ihrem angeschlagenen Zustand, ganz allein und ohne Dienstwaffe traute sie es sich nicht zu, den Doppelmörder in die Enge zu treiben. Hier könnte die schützende Hand eines kräftigen Mannes zu ihrer Lebensversicherung werden.

„Halten Sie hinter dem Jeep!"

Ihr Fahrer, der sie zum Glück mit neugierigen Fragen und nerviger Musik verschont hatte, nickte erneut. Sein Blick folgte den hohen Wänden des Prachtbaus. Um den alles überragenden Turm mit seiner goldenen Spitze in Augenschein nehmen zu können, lehnte er sich weit nach vorn, bis seine Nase fast die Frontscheibe berührte. Anja erinnerte sich schmunzelnd, wie sehr sie die Villa beim ersten Mal beeindruckt hatte.

„Stimmt so", sagte sie, nachdem sie den Taxameter abgelesen und einen passenden Euro-Schein auf die Mittelkonsole gelegt hatte. Verwundert registrierte sie die offenstehende Fahrertür von Brandstetters Jeep. *Dann kann er nicht weit sein,* dachte Anja und signalisierte dem Taxifahrer, der geduldig ihr vorsichtiges Aussteigen abgewartet hatte, weiterzufahren. Irritiert wischte sie sich die Papierschnipsel aus den Haaren, die der Wind in der Nähe einer umgestürzten Papiertonne immer wieder in die Höhe blies.

Hat Georg Brandstetter sein neues Buch geschreddert, weil er tatsächlich nicht mehr weiter daran arbeitet?

Stufe für Stufe erklomm Anja mit schmerzverzerrtem Gesicht die steinerne Treppe und wollte bereits die Hand nach dem Klingelknopf ausstrecken, als sie die nächste Überraschung bemerkte: die überdimensionierte Haustür stand zur Hälfte offen. Die weißen Säulen, die das goldfarbene Deckengewölbe des Vorzimmers stützten, versanken im Dunkel. Nur die beiden vordersten Wandteppiche schimmerten gespenstisch, der übrige Raum versteckte sich in tiefster Schwärze.

„Herr Brandstetter? Sind Sie da?" Die Worte verhallten ungehört an den Wänden.

Merkwürdig. Was ist hier nur los? Jeep und Haus stehen offen, Brandstetter muss doch in der Nähe sein!

Anja drückte den Klingelknopf. Laut und deutlich schickte der Gong seine Schallwellen bis ans Ende der Vorhalle. Angestrengt versuchte sie eine Bewegung auszumachen, aber nichts rührte sich. Dann pochte sie mit ihrer schmächtigen Faust gegen das massive Holz der Eingangstür. Doch das Geräusch verlor sich im Wirbeln des Windes, der an Intensität stark zugenommen hatte.

Vielleicht lässt sich mehr erkennen, wenn die Tür ganz aufsteht?

Mit beiden Händen drückte Anja das hölzerne Ungetüm nach innen. Dabei biss sie die Zähne fest aufeinander, um den Schmerz im Oberkörper besser ertragen zu können. Mehr Licht gelangte dennoch nicht in die Vorhalle, denn der Himmel hatte sich inzwischen verfinstert. Die Äste einer riesigen Kastanie bogen sich bedrohlich im Wind, als wollten sie nach Anja greifen. In absehbarer Zeit würde sich das aufziehende Unwetter mit Wucht entladen.

Verdammt! Jetzt habe ich mein Handy im Krankenhaus liegen lassen. Und das Taxi ist weg!

Sich bei dem Sturm am See entlang bis in den Ort zu schleppen, war keine Option. Die stechenden Schmerzen im gesamten Brustbereich waren jetzt schon kaum zu ertragen. Außerdem hatte sie nicht einmal eine Jacke dabei.

Energisch presste sie erneut den Klingelknopf. Brandstetter musste zu Hause sein. Er war die einzige Rettung aus ihrer misslichen Lage.

Mehrere Male tönte der Gong. Anja kreuzte die Unterarme vor ihrer Brust. Sie fröstelte. Als sich abermals nichts rührte, wagte sie ein paar kleine Schritte ins Innere der Villa. Wohlige Wärme schlug ihr entgegen. Sie tastete sich weiter.

„Herr Brandstetter?"

Allmählich gewöhnten sich ihre Augen an die Dunkelheit. Jetzt erkannte sie die Tür am Ende des Vorraumes, die zum Wohn- und Essbereich führte. Auch sie war nur angelehnt. Dahinter musste sich Brandstetter aufhalten. Ob er wohl eingeschlafen war?

Ungebeten so weit in die Villa vorzudringen, bereitete ihr Unbehagen, wie ein Einbrecher kam sie sich vor. Brandstetters Namen zu rufen, beruhigte ein wenig ihr schlechtes Gewissen, als ob sie damit ihr Eindringen legitimieren könnte.

„Herr Brandstetter?“

Als Anja die angelehnte Tür endlich erreicht hatte, streckte sie den Arm vor und drückte vorsichtig. Beim darauffolgenden lauten Knarzen fuhr sie erschrocken zusammen. Am liebsten wäre sie im Boden versunken. Wie sollte sie ihr Handeln erklären, falls Brandstetter plötzlich auftauchte?

Ich tue nichts Unrechtes. Ich kontrolliere nur, ob alles in Ordnung ist. Wie kann man die Türen zu Haus und Hof einfach sperrangelweit offen stehen lassen? Besser ich sehe nach dem Rechten als irgendein Fremder mit zwielichtigen Absichten.

Entschlossener denn je betrat Anja die unbeleuchtete Küche. Von Brandstetter keine Spur. Weiße Gardinen flatterten gespenstisch im Wind, obwohl die dahinterliegenden Fenster geschlossen waren. Auch die blickdichten Vorhänge, die die Sicht auf die Terrasse versperrten, wirbelten wie toll umher. Zweifellos stand die Terrassentür offen, nur so war der heftige Durchzug zu erklären.

Was zum Teufel ist hier los? Wieso steht hier alles offen und wo ist Georg Brandstetter?

Anjas Augen blieben an der mit rotem Samtteppich überzogenen Treppe hängen. Jener Treppe, auf der sie unlängst Brandstetters Erzählungen über seine Vergangenheit gelauscht hatte. Genau hier war sie ihm so nahe gekommen, dass ein Kuss förmlich in der Luft gelegen hatte. Statt einladend, hell und freundlich wie damals wirkte das Haus jetzt düster und abweisend.

Was so ein paar Sturmwolken doch ausmachen.

Auf das Treppengeländer gestützt überdachte Anja ihre Möglichkeiten. Draußen Wind und Wetter ausgesetzt zu frieren war die eine, hier drinnen auf Brandstetter zu warten die andere. Sie entschied sich für letztere.

Zunächst musste sie den heftigen Durchzug stoppen. Die Zeitungen auf dem Esstisch veranstalteten bereits ihr eigenes Daumenkino. Mühsam ihren Rocksaum bändigend, bewegte sie sich in Richtung Terrasse.

Wenn es doch nur nicht so duster wäre und der Spuk mit dem Wind endlich aufhören würde!

Kurz bevor sie die im Durchzug flatternden Vorhänge erreichte, wurden diese nach außen gezogen und züngelten nun wie Flammen an der Außenwand nach oben. Ohne die Stoffe wieder einzuholen, würde sich die Terrassentür nicht schließen lassen, doch dafür war Anja viel zu klein. Ein Stuhl musste her. Ob sie die Kraft finden würde hinaufzusteigen, würde sich zeigen.

Um die Tafel aus Eichenholz gruppierten sich jede Menge als Leiterersatz geeignete Sitzmöbel, alles antike Stücke von enormen Wert. Sie entschied sich für einen stabilen Stuhl mit geschwungener, hölzerner Lehne. Als sie ihn in Richtung Terrasse ziehen wollte, entdeckte sie auf dem Tisch etwas, was sie bisher übersehen hatte: Brandstetters Notebook. Der aufgeklappte Bildschirm zeigte ein Labyrinth aus flackernden, bunten Linien, die nach dem Zufallsprinzip aufeinander zu oder voneinander wegliefen.

Der Bildschirmschoner.

Ein Kabel verband das Gerät mit der Maus. Anja müsste sie nur leicht bewegen, um den Bildschirmschoner verschwinden zu lassen.

Ob Brandstetter doch wieder an einem Buch arbeitete? Aber wozu dann die haarsträubende Geschichte von seiner Gabe, die das Schreiben von Kriminalromanen unmöglich machen sollte?

Ihre Neugier verdrängend zog Anja weiter an dem Stuhl. Gleichzeitig fegte der Sturm über die Villa und erzeugte in den Kaminen ein schauriges Jaulen.

Gleich fliegt hier drinnen alles kreuz und quer.

Mitten in diesem Gedanken erfasste ein gewaltiger Windstoß die gerahmten Fotos, die hinter Anja auf einer Anrichte fein säuberlich aufgereiht waren und schleuderte einige davon krachend zu Boden, wo ihre gläsernen Scheiben klirrend zerbarsten. Zu Tode erschrocken fuhr Anja herum und prallte mit der Seite an eine Tischkante. Sie stöhnte auf, als ihr der Schmerz durch die Rippen fuhr, und sank auf den Stuhl, verzweifelt darauf wartend, dass der beißende Schmerz wieder nachlassen würde.

Der Bildschirm des Notebooks befand sich nun direkt vor ihren Augen, doch die bizarren, bunten Linien waren verschwunden. Durch ihren Zusammenprall mit dem Tisch musste die Maus verrutscht und der Bildschirmschoner abgeschaltet worden sein.

Das grelle Weiß des Word-Dokumentes zog ihre geweiteten Pupillen zu kleinen Punkten zusammen. Im Zimmer war es jetzt stockfinster. Der Bildschirm erhellte Anjas Gesicht. Automatisch decodierte ihr Gehirn die Zeichen, die vor ihren Augen flimmerten. Die Schmerzen in ihrem Brustkorb mutierten zur Nebensache, als sich ihr die Botschaft des Textes offenbarte. Vergessen waren flatternde Gardinen und heulende Kamine. Gebannt starrte Anja auf die Zeilen und las.

46

Eigentlich wollte Anja die Augen sofort wieder abwenden, aber die Zeilen zogen sie so sehr in ihren Bann, dass sie nicht umhin kam, weiter und immer weiter zu lesen. Es beschlich sie das beklemmende Gefühl, dass der Ich-Erzähler die beschriebene Szene tatsächlich selbst so erlebt hatte. Je länger sie las, umso mehr wurde das Gefühl zur entsetzlichen Gewissheit:

Es war leicht, das vorlaute Mädchen zu überwältigen. Selbst für einen Mann wie mich, der keinerlei Übung in solchen Dingen hat. Wie von selbst legte sich mein Arm um ihren Kopf. Sie fühlte sich lebendig an, wie ein Fisch im Kescher, der gerade aus dem Wasser gehoben wird. Sie ahnte wohl, dass dies ihre letzten Zuckungen sein könnten.

Erst als sie das Messer erblickte, wurde sie ruhig, ganz ruhig. Es wäre ein Leichtes gewesen, sie zu töten, doch das wollte ich nicht. Ein kleiner Denkzettel sollte vorerst reichen.

Also hieb ich das Messer nicht zwischen ihre Brüste, sondern ließ es nur darüber hinweggleiten. Reiner Zufall, dass ich es überhaupt dabei hatte. Eigentlich war es für die niedliche Polizistin gedacht, aber nur für den Fall, dass das Vögelchen nicht singen wollte. Ein sehr unwahrscheinlicher Fall, aber man kann ja nie wissen. Sie mag mich, glaube ich, und das beruht auf Gegenseitigkeit. Also warum sollte sie mir nicht freiwillig erzählen, was ich von ihr wissen möchte?

Wie dem auch sei. Ich befreite das vorlaute Mädchen nicht von ihrem Leben, sondern lediglich von ihrem bläulichen Haarteil. Es fühlte sich steif und irgendwie speckig an. Eigentlich müsste sie dankbar dafür sein, dass sie das widerliche Ding los ist.

Vorlaut war sie danach nicht mehr. Offensichtlich hat sie gelernt, wie man sich Erwachsenen gegenüber benimmt. Und genau das war es schließlich, was ich ihr vermitteln wollte.

Die geflochtenen Haare habe ich übrigens mitgenommen. Vielleicht verziere ich damit mein Mauskabel, sozusagen als Erinnerung. Vielleicht schmeiße ich sie aber einfach in den Müll. Sie riechen nicht besonders.

Instinktiv richtete Anja ihren Blick auf die Stromversorgung zwischen Maus und Notebook. Tatsächlich war auf einem Teilstück eine blaue Haarsträhne mit Tesafilm fixiert. Ein Schauer des Entsetzens jagte Anja über den Rücken. Dann schnürte es ihr die Kehle zu.

Ist das nicht…, sind das nicht…, das sind doch Saskias Haare!

Die Erkenntnis traf sie härter als ein Faustschlag. Georg Brandstetter hatte ihre beste Freundin überfallen und deren Markenzeichen abgeschnitten. Mit einem Messer, dass er für sie selbst, *die „niedliche Polizistin"*, parat gehalten hatte. Anja verstand die Welt nicht mehr. Sollte sie sich dermaßen in dem Mann getäuscht haben? War Georg Brandstetter ein skrupelloser Verbrecher oder geisteskrank oder sogar beides?

Was will er nur von mir wissen, dass er mich dafür sogar mit einem Messer bedrohen würde?

Keinesfalls durfte er sie aufspüren, wie sie hier im Dunkeln heimlich sein Skript las. Nicht auszudenken, was er tun würde, wenn er sie dabei ertappte.

Er schreibt also doch an einem Buch! Ein großer Haufen Mist, den er mir nach dem Segelflug aufgetischt hat! Lügner!

In diesem Haus konnte sie keine Minute mehr bleiben, und wenn sie sich zu Fuß durch den Sturm kämpfen musste.

Im selben Moment setzte der Platzregen ein. Dicke Tropfen, vermischt mit Hagelkörnern, prasselten zu Tausenden an die Fensterscheiben. Anja schluckte.

Und wenn schon. Nur weg hier! Hauptsache in Sicherheit!

Gerade als sie den Stuhl zurückschieben wollte, stoppte sie die Stimme des Mannes, auf dessen Gesellschaft sie in diesem Augenblick gern verzichtet hätte.

„Hallo Frau Klein! Wenn das eine Überraschung sein soll, dann ist sie Ihnen vollauf gelungen."

Anja rang um Fassung. Jetzt galt es, Ruhe zu bewahren und cool zu bleiben. Langsam drehte sie sich zu Georg Brandstetter um. Ihr schmerzverzerrtes Gesicht war noch nicht einmal aufgesetzt.

„Meine Rippen tun so weh, ich musste mich einen Augenblick setzen", jammerte sie mitleidheischend. Eine bessere Ausrede war ihr in der Kürze der Zeit nicht eingefallen.

„Ich bin gleich bei Ihnen, nur eine Sekunde." Brandstetter scherte sich nicht darum, dass Anja in seinem Skript gelesen hatte. Seine Aufmerksamkeit richtete sich auf die noch immer im Wind flatternden Vorhänge. Wie eine Flagge vom Fahnenmast holte er sie ein und schloss geräuschvoll die Tür zur Terrasse. Sofort endete der Spuk mit dem Durchzug. Dann verschwand Brandstetter durch die Tür zur Vorhalle. Anja hörte die Eingangstür zuschlagen. Trotz der Höhe und Größe des Zimmers fehlte Anja plötzlich die Luft zum Atmen. Das Gefühl verstärkte sich, als Brandstetter in den Lichtkegel des soeben angegangenen Kronleuchters trat. Sein weißes Hemd war klatschnass und mit Dreck beschmiert. Zur Hälfte hing es aus der triefenden Anzugshose. Das völlig zerzauste Haar verlieh ihm einen verwegenen Gesichtsausdruck.

„Bitte entschuldigen Sie meinen Aufzug! Ich wollte nur kurz an die frische Luft, aber der Wettergott wusste wohl nichts von meinen Plänen."

Anja nickte gequält, doch Brandstetter schien guter Dinge zu sein.

„Bitte gedulden Sie sich noch ein paar Minuten. Ich denke, es wird Ihnen nicht langweilig werden." Er deutete auf das Notebook, auf dessen Bildschirm noch immer sein Skript flimmerte.

„Wenn Sie erlauben, ziehe ich mir schnell ein paar trockene Sachen über. Sie können solange noch etwas in meinem Manuskript lesen, für das Sie ja offensichtlich ein gewisses Interesse hegen." Dann schaute er Anja unvermittelt in die Augen und lächelte. „Schön, dass Sie da sind, Frau Klein."

Die Treppe knarzte laut, als er mit großen Schritten nach oben stieg. Anja hatte keine Ahnung, wie sie Brandstetters Verhalten interpretieren sollte. Weder fragte er nach den Gründen ihres eigenmächtigen Eindringens, noch reagierte er verärgert, weil sie in seinem Computer herumgeschnüffelt hatte. Stattdessen bot er ihr an, weiter in seinem Skript zu lesen. Dabei musste ihm doch klar sein, dass sie Saskias Strähne erkennen und ihre Schlüsse daraus ziehen würde.

Noch einmal musterte sie das verunstaltete Mauskabel. Es gab keinen Zweifel. *Das hier sind Saskias Haare.* Auch wenn sich Brandstetter erneut liebenswürdig, freundlich und zuvorkommend gab, war äußerste Vorsicht geboten. Vermutlich holte er nur schnell sein Messer, um dort weiterzumachen, wo er im Krankenhaus aufgehört hatte. Besser sie nutzte ihre letzte Gelegenheit, um schnellstmöglich von hier zu verschwinden.

Doch schon der erste Schritt belehrte sie eines Besseren. Keinesfalls konnte sie sich mit ihren geprellten Rippen auf den Weg machen, denn bereits ein tieferer Atemzug trieb ihr die Tränen in die Augen. Erst recht nicht bei dem Unwetter und so unpassend bekleidet.

Verzweifelt überlegte Anja, wie sie ihrer ausweglosen Lage entkommen könnte. Konnte sie sich irgendwo in der Nähe der Villa verstecken? Aber wer sollte ihr denn zu Hilfe kommen? Hier draußen wohnte doch keiner. Spaziergänger und Radfahrer waren sicher auch keine unterwegs. Nicht bei diesem Wetter. *Wenn ich nur mein Handy dabei hätte, verdammt!*

Ihr blieb nicht mehr viel Zeit bis zu Brandstetters Rückkehr. Wenn sie jetzt nichts unternahm, war es zu spät. *Fluchen hilft dir nicht weiter. Denk nach Anja, denk nach!*

Plötzlich kam ihr eine Idee. Keine Garantie auf Rettung, aber immerhin ein Hoffnungsschimmer. Sie erinnerte sich an den am Eingang stehenden Jeep. Mit etwas Glück hatte Brandstetter nicht nur die Türe offen stehen-, sondern auch den Wagenschlüssel steckenlassen. Beflügelt von der Chance, ihrem Unglück zu entfliehen, sprang Anja alle Schmerzen ignorierend auf und ging so leise wie möglich los. Auf der Höhe des Treppenaufganges wagte sie einen ängstlichen Blick nach oben. Von Brandstetter war nichts zu sehen oder zu hören. *Schnell weiter*, befahl sie sich. Am Küchentresen hielt sie inne, um die Schuhe abzustreifen, deren Absätze auf den Fliesen verräterisch klickten, doch dazu kam sie nicht mehr.

„So, da bin ich wieder“, tönte Brandstetters Stimme im Hintergrund. „Ich kann es kaum mehr erwarten, endlich den Grund Ihres Besuches zu erfahren.“

47

H*at sich denn heute alles gegen mich verschworen*, dachte Anja.

Verstohlen blickte sie sich nach Brandstetter um und atmete erleichtert auf: Er hielt kein Messer in den Händen. Seine Frisur saß perfekt, die nassen Kleider hatte er gegen Bluejeans und Rollkragenpullover eingetauscht. Er wirkte locker und gelöst, keine Spur von Aggressivität. Trotzdem blieb Anja in höchster Alarmbereitschaft.

„Ich müsste mal für kleine Polizistinnen“, gab sie vor.

„Hier entlang!“ Brandstetter wies ihr den Weg und posierte dabei mit ausgebreiteten Armen und einer leichten Verbeugung wie ein Balletttänzer. „Es ist mir eine Freude, Ihnen das Gästeklosett zeigen zu dürfen.“

Innerlich schüttelte Anja den Kopf. Der Mann zeigte eindeutige Symptome einer gespaltenen Persönlichkeit, anders war für sie seine übertrieben gute Laune nicht zu erklären. Immerhin konnte sie unbehelligt im WC verschwinden und die Tür verriegeln. Wie bedauerlich, dass ihr kein Fenster die Flucht ermöglichte, dennoch bestand Grund zur Hoffnung.

Die Toilette befand sich in der Nähe des Ausgangs. Anja zählte langsam von zwanzig abwärts, ehe sie die Tür einen

Spaltbreit öffnete und feststellte, dass die Luft rein war. Mit den Schuhen in der Hand schlich sie katzengleich durch die Vorhalle und öffnete unbemerkt die Tür nach draußen. Sie musste nur die Klinke nach unten drücken, den Rest erledigte der Wind. Das Ungetüm schwang weiter auf, als ihr lieb war. Kalter Regen peitschte Anja ins Gesicht, Rock und Bluse führten ein Eigenleben. Unwillkürlich wich Anja einen Schritt zurück. Grelle Blitze durchzuckten den dunklen Mittagshimmel, gefolgt von brachialen Donnerschlägen. Die Regentropfen schlugen Blasen in den unzähligen Pfützen, die sich bald zu einem gigantischen See vereinen würden.

Schemenhaft erkannte Anja den Jeep, dessen Räder in einer schwimmenden Schnipselflut zu versinken drohten. Zögernd wagte sie sich vor, wissend, dass die wenigen Meter bis zum Wagen sie vollkommen durchnässen würden.

Hoffentlich steckt der Schlüssel, sonst bin ich verloren.

All ihre Kräfte zusammennehmend, einen Arm schützend vor dem Gesicht, mit dem anderen ihre Schuhe umklammernd, schritt sie vorsichtig die Treppe hinab. Fast knöcheltief versanken ihre bloßen Füße im Wasser, als sie die letzte Stufe hinter sich ließ. Tückische Windböen zerrten an ihrem schmächtigen Körper, doch Anja trotzte der unbarmherzigen Naturgewalt. Für sie gab es nur das eine Ziel: so schnell wie möglich in das Auto steigen, Türen verriegeln, Motor starten und weg hier. Raus aus dieser misslichen Lage, weg von diesem gespenstischen Ort und diesem seltsamen Menschen, der hier sein Unwesen trieb.

Schmerzhaft protestierten ihre Rippen, als sie auf den Sitz des Jeeps kletterte. Das Heranziehen der Wagentür jagte glühende Nadeln durch ihren Oberkörper. Triumphierend lächelnd hätte sie jeglichen Schmerz ertragen, wenn sie jetzt mit dem Autoschlüssel den Motor hätte starten können. So aber schlug sie frustriert auf das Lenkrad ein. Im Zündschloss klaffte nur ein leerer Spalt.

Das darf doch jetzt nicht wahr sein!

Anja schloss die Augen und überlegte fieberhaft. Eine weitere Flucht zu Fuß war ausgeschlossen, sie saß hier fest. Über kurz oder lang musste sie sich einer Konfrontation mit Brandstetter stellen. Vielleicht würde sie an ihn appellieren können, ein Taxi zu rufen und sie unversehrt ziehen zu lassen. Doch darauf wollte sie sich lieber nicht verlassen.

Ich muss mich bewaffnen.

Anja seufzte, hob die Lider und begann, das Wageninnere nach einer brauchbaren Waffe abzusuchen. Gerade als sie das Handschuhfach aufklappen wollte, schwang die Beifahrertür auf. Sie hatte die Türen nicht verriegelt!

Eine Sekunde später saß Georg Brandstetter neben ihr auf dem Beifahrersitz und starrte sie fragend an.

Noch bevor er auch nur ein Wort sagen konnte, schlüpfte Anja aus dem Wagen und kämpfte sich durch Matsch und Regen zurück zur Villa. Offensichtlich irritiert von ihrem Verhalten, folgte ihr Brandstetter nicht sofort. Ihr Vorsprung reichte aus, um den Mann aus seinem eigenen Haus auszusperren. Begleitet von einem krachenden Donnerschlag, fiel die Haustür ins Schloss. Anja schob den eisernen Riegel vor und lehnte sich einen Moment erschöpft an die dicken Holzbalken. Vorerst war sie in Sicherheit. Ob mit oder ohne Schlüssel, durch diese Tür würde so leicht niemand ins Haus kommen.

Vor einer Minute schien Anjas Lage ausweglos zu sein. Jetzt hatte sich das Blatt gewendet und sie war fest entschlossen, ihren Vorteil nicht zu verspielen. Fenster für Fenster lief sie ab, um die Gurte der Rollläden zu lösen. Mit Getöse senkten sich diese und schlugen krachend auf die Fenstersimse. Auch die Terrasse ließ sich auf diese Weise vor unerwünschten Eindringlingen schützen. Das Untergeschoss glich in kürzester Zeit einer Festung.

Wenn es ihr jetzt noch gelingen würde, einen Notruf abzusetzen, hätte sie gewonnen! Doch wo in diesem riesigen Haus stand bitte das Telefon? Akribisch durchsuchte Anja die Räumlichkeiten. Sie spürte, dass ihr nicht viel Zeit blieb. Alle Orte, an denen „normale Menschen" ihr Telefon platzierten, war sie abgegangen. Flur, Küche, Wohnbereich. Nichts. Als sie die Anschlussbuchsen für Fax und Telefon frei von Steckern vorfand, dämmerte ihr, dass es womöglich gar keinen Festnetzanschluss gab, zumindest nicht im Erdgeschoss. Sie musste nach oben.

Einmal noch ließ sie den Blick schweifen, an Brandstetters Notebook blieb er hängen. *Ob es wohl über W-LAN Verbindung zum Internet hatte?* Per E-Mail ließe sich auch ein Hilferuf absetzen.

Rasch stoppte sie das bunte Linienlabyrinth des Bildschirmschoners und zeitgleich erschien das Word-Dokument. Anja wollte es schließen, um nach einem Internetbrowser zu suchen, doch versehentlich hielt sie die Blätterfunktion dauergedrückt. Mehrere Dutzend Seiten des Manuskriptes rasten über den Monitor, ehe sie das Missgeschick bemerkte.

Eigentlich hatte Anja keine Zeit zu verlieren, dennoch begann sie zu lesen. Und dann konnte sie nicht mehr damit aufhören.

48

In den Bann gezogen von diesem absonderlichen Skript, starrte Anja auf den Bildschirm. Zeit und Raum traten in den Hintergrund. Zeile für Zeile fügten sich Taten und Motive eines Mannes zusammen, der offensichtlich der Realität weit entrückt war:

Nahestehenden zu helfen, ist das Größte.

Wenn es am Ende meiner Tage auch nur einen Menschen gibt, dessen Leben durch mein Zutun einen glücklicheren Verlauf genommen hat, dann kann ich von mir behaupten, dass mein Dasein auf dieser Erde einen echten Sinn gehabt hat.

In meinem Leben gibt es bereits einen solchen Menschen, allerdings im umgekehrten Sinne. Ohne dessen selbstlose Tat wäre ich heute nicht derselbe. Ich würde in Trauer und Schuldgefühlen versinken, wenn ich mein Leben nicht schon längst beendet hätte. Diesem Mann habe ich es zu verdanken, dass ich so glücklich sein kann, wie ich es heute bin. Die Rede ist vom Lebensretter meiner Tochter Annabelle.

Und heute ist der Tag gekommen, an dem ich ihm meinerseits einen Dienst erweisen kann. Einen Dienst, der sein Leben nachhaltig verändern und dem meinen einen echten Sinn geben wird.

Die Spitze des Messers in meinem Hemdsärmel kitzelt meinen Ellenbogen. Ich spüre die Ader in meinem Hals. Pulsierendes Leben. Dass Aufregung lähmt, kann ich nicht bestätigen. Mich treibt sie an.

Ich klingele.

Eine Frau öffnet.

Ich kenne sie.

Unsere Kinder besuchen den gleichen Kindergarten. Sie ist wunderschön, aber das spielt jetzt keine Rolle. Ich bin aus anderen Gründen bei ihr.

Sie lächelt und ich tue es ihr gleich. Ich muss ihr Vertrauen nicht gewinnen. Aber Freundlichkeit hilft nun mal, wenn man in die Wohnung einer alleinstehenden Frau vorgelassen werden möchte.

Sie kocht Kaffee und richtet Tassen auf einem Tablett. Ich stehe nur dabei und schaue ihr zu. Der richtige Moment ist noch nicht gekommen.

Langsam fällt es mir schwer, das Messer in seinem Versteck zu halten. Meine Finger sind viel zu feucht. Ich will mich ablenken und betrachte ihre Jeans. Das Muster an den Seiten ist bizarr. Aber so tragen das die jungen Leute eben. Zeiten ändern sich.

Ihre Beine sind endlos, der Hintern rund. Ich muss Harald loben. Er hat Geschmack.

Ich frage Emilia nach dem WC. Sie beschreibt mir den Weg. Ich verlasse die Küche und gehe direkt ins Wohnzimmer. Hinter der Tür beziehe ich Posten und warte. Ich frage mich, wie lange es dauern wird, bis Emilia stutzig werden und nach dem Rechten sehen wird. Fünf Minuten? Zehn? Oder gar eine viertel Stunde? In jedem Fall genügend Zeit, mich gründlich auf meine Mission vorzubereiten.

Behutsam lasse ich das Messer aus dem Ärmel gleiten und lege es vor mir auf den Boden. Die Hände trockne ich an meinen Hosenbeinen, dann streife ich die Gummihandschuhe über. Sorgfältig reinige ich das Messer mit dem Tuch, das ich extra für diesen Zweck eingesteckt habe.

Ich schließe die Augen und zwinge mich, tief zu atmen. Meine Knie sind weich wie Butter in der Sonne. Jetzt muss ich wirklich aufs

Klo. Das Bedürfnis lässt sich kaum unterdrücken und doch muss es warten. Ich habe Wichtigeres zu tun.

Ich denke an Harald und daran, wie er ohne zu zögern meine Tochter gerettet hat. Ich werde auch nicht zögern. Nein, ich ziehe das durch! Für Harald.

Anfangs wird er es nicht verstehen. Vielleicht wird er mich sogar dafür hassen. Später jedoch, wenn er als reicher Mann in seiner Werkstatt basteln kann, ohne dabei an finanziellen Ruin und Geschäftsaufgabe denken zu müssen, dann wird er mir dankbar sein.

Der einzige Mensch, der meinen Plan noch torpedieren könnte, lebt in ein paar Minuten nicht mehr. Dann steht Haralds Glück nichts mehr im Wege.

Und Haralds Glück ist auch mein Glück.

Für einen Moment hielt Anja mit dem Lesen inne.

Sie glaubte, verstanden zu haben.

Der Mann, der draußen im Regen auf sie wartete, war ein skrupelloser Mörder. Das folgende Kapitel ließ daran keinen Zweifel.

Dreizehn Minuten und zwanzig Sekunden. Solange dauert es, bis Emilia an die WC-Tür klopft und fragt, ob alles in Ordnung ist. „Kaffee ist fertig", ruft sie noch und dann endlich öffnet sich die Tür, hinter der ich lauere.

Fest umschließt meine Faust den Schaft des Messers. Ich führe meinen Arm nach oben. Mit Wucht will ich die Klinge in ihrem Rücken versenken. Es soll schnell vorbei sein. Ich will nicht mit ihr kämpfen müssen. Bloß keinen Kampf!

Sie tritt ein. Ich sehe ihren geraden Rücken dicht vor mir. Das ärmellose Shirt ist noch schneeweiß. Schwitzend starre ich auf ihre Arme. Muskeln zeichnen sich ab. Ich sollte mich beeilen.

Ich fixiere die Stelle zischen den Schulterblättern. Nur eine einzige, schnelle Bewegung, als wollte ich einen Stein weit, weit weg werfen. Das kann doch nicht so schwer sein. Dennoch zögere ich und werde dafür bestraft.

Emilia dreht sich um.

Das Entsetzen in ihren Augen wird mich mein Leben lang begleiten. Ich bin bereits in der Bewegung und kann sie nicht mehr stoppen. Die Faust rast nach vorn. Zwischen den Brüsten schlägt sie ein. Vom Messer ist außer dem Schaft nichts mehr zu sehen. Ich lasse es los und die Frau sinkt auf die Knie.

Sie kann nicht mehr kämpfen. Ich muss ihr nur noch beim Sterben zusehen. Aber das dauert Ewigkeiten.

Ohne den Mund zu bewegen formuliert sie tausend stumme Fragen. Ich gebe keine Antwort, stehe nur so da und beobachte ihr Shirt. Das Dunkelrot zieht immer weitere Kreise. Nur daran erkenne ich, dass die Zeit nicht stillsteht.

Endlich senkt sie den Blick. Das Leben entweicht. Zunehmend macht sich das Gefühl breit, allein im Raum zu sein.

Die Schwerkraft packt ihren Körper und zieht ihn nach hinten. Der Kopf schmettert auf die Kante des Couchtisches. Das Geräusch brennt sich in meine Ohren. Dann wird es still. Mit scheußlich verdrehten Beinen bleibt sie liegen.

Ich bin schockiert, was eine einzige, schnelle Bewegung für ein Blutbad anrichten kann.

Entgegen meinem Plan lasse ich das Messer stecken. Der Leiche näher zu treten, dazu fehlt mir die Kraft. Ich habe schon genug gesehen. Fingerabdrücke werden keine zu finden sein. Also warum soll ich mich quälen.

Ich gehe. Lasse sie einfach so liegen.

49

Anja stützte ihren Kopf mit beiden Händen. Der sinnlose Tod dieser jungen Frau deprimierte und empörte sie zutiefst. Während des Lesens waren ihr die Bilder von Emilia Sonnleitners Wohnung sofort präsent. Ebenso das der blutüberströmten Leiche.

Die Beschreibung hätte eindeutiger nicht sein können. Der exakte Tathergang, das steckende Messer, die Wunde am Kopf. Alles Täterwissen, das nie an die Öffentlichkeit gelangt war. Nur eine Person konnte davon wissen. Zweifelsohne war Georg Brandstetter der Mann, der das Leben der Mutter eines Fünfjährigen ausgelöscht hatte. Und das aus vollkommen absurden Motiven, die auf einen sehr kranken Geist schließen ließen.

Während sich Anja eine Träne von der Wange wischte, wurde am anderen Ende des Tisches ein Stuhl zurückgezogen. Diabolisch lächelnd ließ sich Brandstetter darauf nieder. Mit einem Schrei des Entsetzens sprang Anja auf und hastete über die Treppe nach oben. Die kurze Ruhephase vor dem Notebook hatte neue Kräfte in ihr freigesetzt. Anja beschloss, notfalls die im Treppenhaus hängenden Bilder zu packen und ihrem Verfolger entgegenzuschleudern. Doch als sie sich umdrehte, hatte Brandstetter noch nicht einmal die Treppe erreicht. Also stolperte sie weiter die Stufen hinauf und verschwand unbemerkt in einem der acht Zimmer des Obergeschosses.

Sie befand sich in Brandstetters Büro, wie sich unschwer an dem zentral stehenden Schreibtisch erkennen ließ. Auf dem Weg zum Fenster tasteten sich Anjas Finger an der feinpolierten Oberfläche des edlen antiken Möbelstücks entlang. *Ob es wohl der Schreibtisch war, den er mir neulich hatte zeigen wollen?*

Beim Blick aus dem Fenster wurde Anjas Hoffnung, mit einem beherzten Sprung nach draußen flüchten zu können, jäh zerstört. Die Distanz bis zu den Blumenbeeten betrug mindestens fünf Meter. Schuld daran waren die extremen Deckenhöhen in dem herrschaftlichen Gebäude. Ein Sprung aus dieser Höhe kam angesichts ihrer Verletzungen keinesfalls in Frage.

Der Verzweiflung nahe suchte Anja im Raum nach brauchbaren Verstecken. Alle Wandflächen waren zugestellt mit deckenhohen Regalen, gefüllt mit Unmengen kunstvoll gebundener alter Bücher. Hier lagerten Kostbarkeiten, die den Bestand jeder historischen Bibliothek bereichert hätten. Unter anderen Umständen wäre es ein unermessliches Vergnügen gewesen, sich in einige der vergilbten Seiten zu vertiefen, so aber schenkte sie den papiernen Schätzen aus längst vergangenen Zeiten keinerlei Beachtung. Ein Versteck musste her. Irgendeine Möglichkeit, sich Brandstetters suchenden Blicken zu entziehen. Doch hier gab es nichts außer dem Schreibtisch und den Bücherregalen, rein gar nichts, was sich für ihre Zwecke geeignet hätte.

Noch einmal trat Anja zum Fenster und öffnete es. Konnte sie vielleicht an einem Rankgitter hinabklettern oder sich hinter einer Steinfigur verstecken? Wütend zerrte der Wind an ihrer Frisur und Regen schlug ihr ins Gesicht, als sie sich hinausbeugte. Rechts unten verhöhnte Anja eine offenstehende Tür, die fortwährend gegen die Außenwand knallte. *Dort ist Brandstetter also ins Haus gekommen.* Doch diese Erkenntnis half Anja auch nicht weiter. Suchend glitt ihr Blick entlang der roten Wand aus Backsteinen. Kleinere Verzierungen und Schnörkel, ja. Aber keine größeren Vorsprünge, auf denen man hätte stehen können, natürlich auch keine stabile Dachrinne oder eine Feuerleiter. Entmutigt zog Anja den Kopf zurück.

Gerade als sie das Fenster schließen wollte, rollte ein Wagen in die Einfahrt. Ihr Herz machte einen Sprung, als sie den blauen Vectra erkannte.

Ich muss ihn warnen und ihm ein Zeichen geben, dachte Anja. Was würde Meier am ehesten mit ihr in Verbindung bringen? Eine große Auswahl an verzichtbaren Kleidungsstücken stand ihr nicht zur Verfügung. Kurzentschlossen streifte sie ihre knallroten Schuhe ab und warf sie in Richtung Haupteingang. Einen Hilfeschrei riskierte sie lieber nicht. Den würde ohnehin der Wind verwehen oder zu allem Übel Brandstetter auf den Plan rufen.

Anschließend verschanzte sie sich unter dem Schreibtisch neben dem Papierkorb, dessen Inhalt ihr Blut in den Adern stocken ließ.

50

Dass er Bilder von den Tatorten aufgenommen hatte, davon erwähnte Brandstetter nichts in seinem Skript, zumindest nicht in dem Teil, den Anja zu Gesicht bekommen hatte. Und doch lag zu ihren Füßen die Aufnahme einer blutüberströmten Leiche. Die Konturen waren ein wenig verschwommen, auch die Belichtung ließ sehr zu wünschen übrig, dennoch handelte es sich unverkennbar um den geschundenen Körper von Emilia Sonnleitner.

Angewidert erhob sich Anja. Auf der Arbeitsplatte lagen noch weitere Hochglanzfotos, akkurat ausgerichtet in zwei Reihen zwischen Monitor und Tastatur wie das grausige Eröffnungsbild einer Totentanz-Patience.

Alle Aufnahmen zeigten die beiden Leichen, denen Anja in den letzten Tagen ins Gesicht geblickt hatte. Sie ähnelten auffallend den Tatortfotografien der Spurensicherung, doch waren sie aus anderen Perspektiven aufgenommen worden.

Die Anordnung der Bilder bewies System. Reihe 1 war Helene Gruber vorbehalten. Von links nach rechts betrachtet verringerte sich stetig der Abstand des Fotografen zur Leiche. Auf dem ersten Bild dominierten Bäume und Sträucher, im Hintergrund der See. Durch das Pflanzendickicht spitzte eine weiße Strickjacke. Die Fotos zwei bis fünf führten den Betrachter immer näher an den Leichnam heran. Bild sechs zeigte Helene Grubers Kopf mit der klaffenden Schnittwunde am Hals.

Dieses makabre Schema hatte Brandstetter auch in Reihe 2 beibehalten, lediglich die Leiche war eine andere. Emilia Sonnleitner. Voller Abscheu wanderten Anjas Augen zu dem Foto rechts außen. Der Schaft eines Messers drückte das blutgetränkte Shirt zwischen Emilias Brüste. Anja kämpfte den aufsteigenden Würgereiz hinunter.

Ihr Puls raste. *Wie viele Bilderserien hat er noch geplant? Sollen Fotos von mir die dritte Reihe bilden?*

Lähmende Angst kroch bis in die Fingerspitzen. Ihre letzte Hoffnung ruhte jetzt auf Wolfgang Meier. Anja wusste, dass er stets eine Waffe bei sich trug.

Der Hausgong ertönte. Anja zuckte zusammen. Die Warnung mit den Schuhen war offensichtlich fehlgeschlagen, sonst hätte sich Meier gleich über den offenstehenden Seiteneingang Zutritt verschafft. Sie hielt den Atem an und lauschte. Kein Geräusch drang an ihre Ohren.

Minuten verstrichen.

Nichts passierte.

Die Ungewissheit zerrte an den Nerven.

Die Sorge um den Kollegen verdrängte die Angst um sich selbst. Anja zog sich am Tisch hoch und schlich auf Zehenspitzen zur Tür. Fast hatte sie den Raum durchquert, als ein Pistolenschuss durch das Treppenhaus knallte. Das anschließende Gepolter ließ nur eine Schlussfolgerung zu: Jemand war die Treppe hinabgestürzt.

Anja taumelte zurück. Sie betete, dass sie nicht Meier hatte fallen hören. Mit zittrigen Knien stand sie da, barfüßig, Haare und Kleidung regennass. Das Adrenalin in ihrem Körper reichte nicht mehr aus, um die Schmerzen zu betäuben. Verletzlicher konnte man sich nicht fühlen. Flucht nach vorne oder erneut Deckung unter dem

Schreibtisch suchen? Welchen Unterschied machte das schon? Dem Wahnsinnigen würde sie ja doch nicht entkommen.

Anja erschrak nicht einmal, als direkt hinter der Tür quietschende Geräusche laut wurden. Jemand schien ein Möbelstück über den Boden zu schieben. Ob Brandstetter die Tür verbarrikadierte?

Allen Mut sammelnd schlich Anja zur Tür und spähte durch das Schlüsselloch. Der Blick in den tennisplatzgroßen Flur war frei, die Türen der gegenüberliegenden Räume gut erkennbar. Dass sich niemand in unmittelbarer Nähe aufhielt, beruhigte Anja ein wenig.

Jäh wurde ihr die Sicht nach draußen genommen, als hätte jemand ein weißes Handtuch an die Klinke gehängt. Anja konnte einen panischen Aufschrei gerade noch unterdrücken. Wie paralysiert kniete sie vor der Tür, ein Auge geschlossen, das andere weit aufgerissen vor das Schlüsselloch gepresst. Plötzlich bewegte sich der helle Stoff, der nur Zentimeter von ihrem Kopf entfernt war. Als ihr dämmerte, dass es sich dabei um Brandstetters Pullover handelte, sprintete dieser schon zur gegenüberliegenden Tür, stieß sie auf und verschwand dahinter.

Anja versuchte, nicht mit den Augen zu blinzeln, um keinesfalls den Moment zu verpassen, in dem Brandstetter den Raum wieder verließ. Solange sie wusste, wo er sich aufhielt, wähnte sie sich in Sicherheit.

Nicht eine Minute verging, bis Brandstetter wieder hinaus in den Flur trat. Seine Miene wirkte gequält, die Schnelligkeit seiner Bewegungen drückte Entschlossenheit aus. Anja konzentrierte ihren Blick auf seine Hände. Er schien unbewaffnet, vermutlich verdeckte der Pullover eine im Hosenbund klemmende Pistole. Ohne zu zögern ging er ins Nachbarzimmer und zog die Tür hinter sich zu. Als er nach einer weiteren Minute auch diesen Raum verließ und die dritte Tür öffnete, hatte Anja seinen Plan durchschaut.

Er durchkämmt systematisch das Obergeschoss. Noch vier Türen, dann hat er mich gefunden. Scheiße, ich muss hier weg!

In Raum drei suchte Brandstetter bestimmt schon fünf Minuten. Was hielt dort seine Aufmerksamkeit so lange gefangen? War er sich so sicher, dass sie in der Zwischenzeit nicht die Treppe nehmen und nach unten flüchten würde?

Anja wollte es auf einen Versuch ankommen lassen. Sie würde nach Meier sehen und eventuell sein Telefon an sich nehmen können. Dass er leblos oder bestenfalls außer Gefecht gesetzt am Fuße der Treppe liegen würde, daran hegte Anja keinen Zweifel.

Da Brandstetter noch immer keine Anstalten machte, das dritte Zimmer zu verlassen, drückte sie die Klinke und schlüpfte geräuschlos durch den entstehenden Spalt. Zu ihrem Entsetzen hatte er den Treppenabgang mit einem massiven Holzschrank blockiert. Seitlich vorbeischlängeln – unmöglich. Zum Verschieben fehlten Anja Zeit und Kraft und sie durfte Brandstetter nicht alarmieren. Sie musste einen anderen Weg finden. Am anderen Ende des Flurs entdeckte sie eine mit einem Vorhang verhüllte Nische. Kein perfektes Versteck und doch ihre einzige Chance. Auf dem Weg dorthin würde sie jene Tür passieren müssen, hinter der Brandstetter jeden Moment auftauchen konnte. Aber zu warten wie das Kaninchen auf die Schlange war keine Alternative.

Anja lief los. Ihre Zehen versanken im dicken Flor des Teppichs. Als sie an Zimmer drei vorbeischlich, hielt sie den Atem an.

Wenn die Tür jetzt aufgeht, renne ich um mein Leben.

Im Augenwinkel glaubte sie zu erkennen, wie sich die Klinke langsam senkte. Noch sieben, acht Meter bis zur rettenden Nische. Jeglicher Schmerz trat in den

Hintergrund. Sie flog förmlich in Richtung des nun deutlich erkennbaren Alkovens, verschwand hinter den Falten des schweren Stoffs und presste ihren Rücken seitlich gegen das schützende Mauerwerk, darauf hoffend, dass Brandstetter sie weder gesehen noch gehört hatte. Ein letzter prüfender Blick um die Ecke brachte Gewissheit. Der Flur war menschenleer.

Was sie als Nische interpretiert hatte, entpuppte sich als ein schmaler Gang, an dessen Seitenwänden Halterungen angebracht waren, in denen wie Kerzen geformte Glühbirnen steckten. Fenster waren keine in das Mauerwerk geschlagen, aber am Ende des Ganges schimmerte Licht. Wohin mochte dieser Weg nur führen? Vielleicht zu einem Nebengebäude oder einem Anbau? Fieberhaft versuchte Anja, sich die Außenansicht der Villa ins Gedächtnis zu rufen. Dann begriff sie. Sie steuerte direkt auf den Turm zu, der einen separaten Zugang haben könnte.

Die aufkeimende Hoffnung wurde jäh zerstört. Der Gang endete an einer steinernen Wendeltreppe, die nur eine Richtung kannte: nach oben. Schmale, verglaste Mauerschlitze spendeten etwas Licht. Verzweifelt suchte Anja nach einer nach unten führenden Treppe, doch es gab keine. Umkehren und Brandstetter in die Arme laufen oder die Stufen hinaufsteigen? Ein Blick zurück in den düsteren Tunnel brachte rasch die Entscheidung – Anja stieg nach oben.

Die Kreise der Wendeltreppe zogen sich immer enger. Schon bald zeigte das fortwährende Laufen im Uhrzeigersinn seine Wirkung. Anja musste die Hände zur Stütze ans Mauerwerk pressen, um den Schwindel zu bezwingen und nicht rücklings die unebenen Stufen hinabzustürzen. Ihre Atmung beschleunigte sich und das Heben und Senken ihres geprellten Rippenbogens zwang sie innezuhalten. Ihre Lungen mussten sich erst beruhigen.

Was würde sie am Ende der Treppe erwarten? Bei ihrer Anfahrt zur ersten Befragung von Brandstetter hatten unterhalb der vergoldeten Turmspitze mehrere Butzenscheibenfenster im Sonnenlicht geglänzt. Dort oben musste also eine Kammer sein. Vielleicht eine letzte Zuflucht, um dem Psychopathen zu entkommen.

Anja, deren Atmung sich etwas beruhigt hatte, lief weiter. Ihr Herz hämmerte noch immer wild pochend gegen die stechenden Rippen. Nach vielen weiteren Stufen endete die Treppe vor einer wurmstichigen Tür aus dunklem Holz, die von einem spinnwebenumrankten eisernen Riegel und zwei rostigen Scharnieren im Rahmen gehalten wurde. Die altertümliche Konstruktion setzte Anja unerwartet wenig Widerstand entgegen und gab den Weg ins Turmzimmer frei.

Die bleiverglasten Fenster spendeten mehr Licht, als ihre Augen nach der schummrigen Treppe gewohnt waren. Sie hörte den Regen gegen die Scheiben peitschen, dann erst sah sie die Wipfel der Kastanien gespenstisch im Sturm tanzen. Stickig war es hier drinnen, beinahe unerträglich heiß. Doch nicht die hohe Temperatur ließ Anja resignierend auf die Knie sinken, sondern die bittere Erkenntnis, dass das Zimmer praktisch leer war. Keine Nischen, keine Schränke, keine Kartons, kein Gerümpel, nichts, was auch nur ansatzweise als Versteck hätte dienen können. Lediglich eine löchrige Matratze verstaubte zwischen zwei Balken, die die Dachkonstruktion stützten. Anja saß endgültig in der Falle, da sich die Tür von innen nicht sichern ließ.

Sie sank auf der strohigen Matratze zusammen. Wenn Brandstetter jetzt mit der Waffe hereinkäme, würde sie keine Gegenwehr leisten können. Es blieb nur noch die Hoffnung auf ein schnelles und schmerzloses Ende.

Anja schloss die Augen und konzentrierte sich auf die beiden geliebten Menschen, die um sie trauern würden. Die

Augen ihres Vaters würden in der Öffentlichkeit trocken bleiben, aber sein Herz würde für immer brechen. Ihre beste Freundin Saskia dagegen würde in einem Tränenmeer versinken. Dessen war sich Anja gewiss. Und schon wurden ihre eigenen Wangen feucht. Die Traurigkeit überwog allen Schmerz und verdrängte die Angst.

Schließlich schwang die Tür mit quietschenden Scharnieren ächzend gegen die Wand. Jetzt stand er in voller Größe vor ihr.

51

Sie wollte nicht um ihr Leben betteln, nur noch versuchen, ihre Würde zu bewahren. Die Angst vor dem, was gleich geschehen würde, lähmte ihre Glieder.

Georg Brandstetter überbrückte die letzten Schritte auf sie zu mit einem verwegenem Lächeln im Gesicht. Schließlich setzte er sich zu ihr auf die Matratze. Anja hielt die Luft an. Ein letzter Versuch, das Entsetzen besser zu ertragen.

„Was auch passiert, Frau Klein, Sie werden stets Teil meiner Gedanken sein."

Wollte Brandstetter tatsächlich noch eine Rede halten, bevor er sie umbrachte? Natürlich würde er sich an sie erinnern, wenn er seine Fotos sortierte. *Wo ist eigentlich der Apparat, mit dem er die Bilder gleich schießen wird?*

„Es ist nicht, wie es scheint, und doch bitte ich Sie, die Sache unbedingt auf sich beruhen zu lassen, sollten Sie jemals hinter die Wahrheit kommen."

Anja hörte seine Worte, ihren Sinn verstand sie nicht. Georg Brandstetter war ein verdammter Mörder. Das war die Wahrheit und die würde sie mit Sicherheit nicht auf sich beruhen lassen, sollte sie doch noch lebend diesem Albtraum entkommen.

„Ich werde jetzt nach unten gehen und mich der Polizei stellen. Während der nächsten Monate wird sich der letzte Wunsch meiner Liste verwirklichen, und ich werde so glücklich sein wie noch nie in meinem Leben. Zerstören Sie das nicht, es ist für alle Beteiligten das Beste.“

Jetzt war Anja vollends irritiert. *Soll das heißen, er lässt mich am Leben? Und welche Beteiligten meint er?*

Ganz vorsichtig wagte sie es, wieder Sauerstoff in ihre Lungen strömen zu lassen.

„Leben Sie wohl, Anja! Und achten Sie stets auf Ihre Wünsche! Sie könnten sich alle erfüllen.“

Dann hauchte ihr Brandstetter einen Kuss auf die Lippen. Anja empfand dabei mehr, als ihr lieb war. Was er auch verbrochen hatte, dieser Mann zog sie noch immer in seinen Bann.

Georg Brandstetter war schon lange aus der Tür, als Anja langsam wieder die Kontrolle über ihre Glieder zurückerlangte und es ihr gelang sich aufzurichten. Durch die Wipfel der Bäume blinkten zahlreiche Blaulichter. Um sich der Polizei zu stellen, musste Brandstetter nicht weit laufen.

Warum hatte er sich überhaupt die Mühe gemacht, sie im ganzen Haus zu suchen und ihr bis hinauf zur Turmspitze zu folgen? Nur um ihr diese letzten Worte mitzugeben? Ein Rätsel, dessen Lösung sie auch noch für sich behalten sollte?

Es ist nicht, wie es scheint, hatte er gesagt, und sie solle nichts unternehmen, sofern sie jemals hinter die Wahrheit kommen würde. Wollte er damit andeuten, dass er nicht der Mörder der beiden Frauen auf den Fotos in seinem Büro war? Und Saskias Strähne? Hatte die sich von selbst um sein Computerkabel gewickelt? Sicher nicht!

Apropos Saskia, ich muss unbedingt zu ihr.

Und was war mit Wolfgang Meier geschehen? Hatte er den Sturz nach dem Schusswechsel überlebt?

Anja rappelte sich auf. Es war an der Zeit, sich um die Menschen zu kümmern, die ihr am Herzen lagen.

Der Abstieg war beschwerlich, ebenso der Weg durch den dunklen Gang hinüber zum Hauptgebäude. Mit Genugtuung nahm sie zur Kenntnis, dass es hier von Polizeibeamten nur so wimmelte.

„Anja Klein, Kripo Garmisch. Wo ist KHK Meier?“, schrie sie einem zu. Der deutete auf die offenstehende Haustür.

„Wird gerade in den Krankenwagen verfrachtet.“

Anja sah, wie ein Mann auf einer Trage liegend in den Rettungswagen bugsiert wurde.

„Warten Sie!“

Die beiden Rettungssanitäter blickten fragend auf.

„Ich muss wissen, wie es ihm geht!“ Die Sorge um den Kollegen war ihr ins Gesicht geschrieben.

„Warum fragen Sie mich das nicht selbst?“ Meier hob seinen Kopf an und lächelte gequält.

„Gott, bin ich froh, dass Sie, äh, leben, Herr Kriminalhauptkommissar“, stotterte Anja, und kletterte in den Wagen. „Als ich den Schuss hörte und das Poltern, habe ich mit dem Schlimmsten gerechnet. Was ist denn bitte geschehen? Konnten Sie der Kugel ausweichen?“

Meier räusperte sich etwas verlegen. Dann lehnte er seinen Kopf wieder zurück und sprach mit leiser Stimme: „Nachdem auf mein Klingeln an der Haustür niemand öffnete, ging ich ums Haus und entdeckte Ihre Schuhe in einer Pfütze. Von Ihrer Nachbarin Saskia wusste ich, dass der Mann gefährlich ist und Sie vermutlich bei ihm sind. Also stürmte ich durch den offenstehenden Seiteneingang ins Haus und rannte die Treppe mit gezogener Waffe nach oben. Die letzte Stufe war wohl eine zu viel für mich, denn ich geriet ins Straucheln und fiel rücklings wieder hinunter. Dabei löste sich der Schuss. Es gelang mir zwar, mich nicht selbst zu erschießen, zu Hilfe kommen konnte ich Ihnen aber auch nicht mehr, nicht mit diesem Bein.“ Meier schlug die Decke beiseite und Anjas Blick fiel auf den blutgetränkten Verband am Oberschenkel.

„Ich habe zu allen guten Mächten gebetet, die mir eingefallen sind, dass Sie dem Mistkerl entkommen können. Wie ist es Ihnen nur gelungen, ihn zu einem Geständnis zu bewegen?“

„Er hat die Morde an den Frauen tatsächlich zugegeben?“ Die Enttäuschung in Anjas Stimme war nicht zu überhören. In einem geheimen Winkel ihres Herzens hatte sich die leise Hoffnung festgesetzt, dass Brandstetter doch nicht der Täter war.

„Ja“, bestätigte Meier. „Ebenso den Übergriff auf Ihre Nachbarin Saskia. Er behauptet, seine Texte würden durch diese Taten authentischer. Das Manuskript seines noch unveröffentlichten Buches soll ein 500-seitiges Geständnis sein. Die Kollegen überprüfen das gerade. Ist doch vollkommen verrückt, dieser Mistkerl!“

„Verrückt, aber auch ziemlich clever“, fügte Anja hinzu. „Wenn die Presse das Thema ausgeschlachtet hat, wird ausnahmslos jeder dieses Buch lesen wollen.“

Plötzlich startete ein Blitzlichtgewitter. Wolfgang Meier und Anja Klein beobachteten, wie Georg Brandstetter in Handschellen aus seiner Villa zu einem Polizeiwagen geführt wurde. Ein Heer von Kameras und Fotoapparaten folgte ihm, bis der Wagen das Grundstück verließ und auf dem Seewaldweg verschwunden war.

52

Saskia traute ihren Ohren nicht.

Vor zwei Stunden war der Kommissar aufgebrochen und hatte sie als Häufchen Elend in ihrer Dachgeschosswohnung zurückgelassen. Seither war sie beinahe verrückt geworden vor Sorge um ihre Freundin Anja. Zahllose Anrufe auf Meiers Handy waren unbeantwortet geblieben. Wie ein Tiger im Käfig war sie durch ihr Wohnzimmer getappt, nägelkauend, mit tränenden Augen und tropfender Nase. Bei jedem Freizeichen hatte sie gehofft, dass er endlich abnehmen und ihr sagen würde, dass Anja in Sicherheit war. Doch er hatte nicht abgenommen. Keine ihrer flehentlichen SMS hatte eine Reaktion hervorgerufen. Für jedes denkbare Horrorszenario ersann Saskia eine noch schrecklichere Version und das raubte ihr fast den Verstand. Sie hing an ihrer Freundin wie an ihrem eigenen Leben. Warum nur hatte sie ihre Angst nicht überwunden und Anja vor jedem weiteren Kontakt mit dem Psycho eindringlich gewarnt? Ein kurzer Anruf hätte doch ausgereicht. Die heftigsten Vorwürfe wiederholten sich in ihren Gedanken als Endlosschleife. Ihre Schuldgefühle würden sie ein Leben lang quälen, sollte Anja etwas zugestoßen sein.

Und nun rief Anja plötzlich ihren Namen.

„Saskia?“

Zentnerschwere Felsbrocken rollten Saskia vom Herzen und wie befreit stürmte sie zum geöffneten Fenster. Und tatsächlich flatterte Anjas Pony wie eh und je aus der benachbarten Gaube.

„Oh mein Gott, Anja, du bist ja zu Hause!“, schluchzte sie.

„Ich komme rüber“, hörte sie ihre Freundin sagen, dann verschwand der Blondschopf und das Fenster wurde geschlossen. Saskia glaubte zu träumen. War das wirklich Anja, mit der sie gerade gesprochen hatte?

Nur Sekunden später lagen sich die Freundinnen in den Armen. Behutsam streichelte ihr Anja an der Stelle über den Hinterkopf, wo noch vor wenigen Stunden eine blaue Strähne gebaumelt hatte.

„Es ist vorbei, Saskia! Von Georg Brandstetter geht keine Gefahr mehr aus.“

Dann heulten beide hemmungslos. Aber nicht wie zuletzt aus Sorge oder aus Angst, sondern aus purer Freude darüber, dass sie einander hatten und es auch in Zukunft so bleiben würde.

53

Drei Tage später

„Ich verstehe", flüsterte Anja, nachdem ein älterer Kollege sie über Meiers tragische Familienumstände ins Bild gesetzt hatte.

„Wolfi war früher ein super Typ, witzig, charmant, zu allen äußerst korrekt", hatte ihr der Mann erklärt. „Doch seit dem Tag, als seine Frau nach Neuseeland abgehauen ist, hat er sich zunehmend zu einem Kotzbrocken entwickelt. Als ihm bewusst wurde, dass er seine beiden Mädchen wohl nie wieder sehen würde, zog er sich in sein Schneckenhaus zurück, wurde mürrisch, wortkarg und ungerecht. Besonders Frauen gegenüber benimmt er sich unmöglich. Ich habe jahrelang versucht, ihn aus diesem Sumpf von Selbstmitleid und Menschenverachtung zu ziehen, aber ohne Erfolg. Er nimmt keine Hilfe an. Immer wieder wollte ich ihn motivieren, die Suche nach den Kindern fortzusetzen, aber Wolfgang hat längst resigniert und sich mit seinem Schicksal abgefunden. Sie werden es schwer haben mit ihm, verdammt schwer! Zumal Sie seiner Frau auch noch ziemlich ähnlich sehen."

Dabei hatte er Anja ein Foto gezeigt, das unter Meiers Schreibtischunterlage versteckt lag und auf dem eine glückliche Bilderbuchfamilie in die Kamera lachte. Ein Mann mit sportlicher Figur umfasste die Schultern einer blonden, attraktiven Frau. Mit der freien Hand verwuschelte er einem Grimassen schneidenden Mädchen das lockige Haar. Aus dem Kinderwagen direkt vor ihnen lugte ein Baby mit roter Schildmütze und saugte zufrieden an einem Schnuller.

„Das war Wolfgangs Leben vor neun Jahren“, hatte er kommentiert. „Ja, so lange ist es her, dass die drei auf Nimmerwiedersehen verschwunden sind.“

Anja betrachtete die Frau auf dem Foto. In diesem Moment verstand sie, warum Meier sie von Anfang an so unfair behandelt hatte. Anja sah Meiers Frau nicht nur ähnlich, sie glich ihr wie ein eineiiger Zwilling.

„Jetzt verstehe ich es“, wiederholte Anja etwas lauter. „Kein Wunder, dass Meier seine Wut auf mich übertragen hat.“

Der Mann nickte.

Anja drehte das Bild um. „Svea, Alva und Marianne, Sommer 2010“, war auf die Rückseite gekritzelt.

„Keine alltäglichen Namen! Haben Sie die schon mal gegoogelt?“ Ohne eine Antwort abzuwarten zückte Anja ihr Handy und tippte „Svea Meier“ ins Suchfeld.

„Soweit ich weiß, haben Marianne und Wolfgang nie geheiratet. Die Kinder müssten daher mit Nachnamen ‚Nimrod‘ heißen.“

Anja blickte verwundert auf und ersetzte „Meier“ durch „Nimrod“. Die Ergebnisliste war lang. Trotzdem entdeckte sie auf die Schnelle keinen Hinweis auf das Mädchen. Die Suche nach „Alva Nimrod“ gestaltete sich ebenso erfolglos. Dann nahm sich Anja die sozialen Netzwerke vor: Facebook, Twitter, Instagram. Niemand mit diesen Namen.

Anja überlegte: *Wo könnte man Kinder diesen Alters im Netz aufspüren? Würden sie dort überhaupt schon Spuren hinterlassen?*

Plötzlich fiel ihr ein, dass Saskia kürzlich von einer App berichtet hatte, die aus China stammte und die sich unter Teenagern rasend schnell weltweit verbreitete. Rasch ging Anja zu ihrem Schreibtisch und wählte die Nummer ihrer besten Freundin. „Saskia? Hör mal, du hast mir doch von dieser App erzählt, bei der man kurze Videos aufnehmen und mit Spezialeffekten bearbeiten kann. Wie heißt die doch gleich?"

„Na TikTok, Süße! Wahnsinns App, sag ich dir! Erst gestern habe ich einen Clip reingestellt, in dem ich in einem Schuhkarton verschwinde. Heute Morgen hatte ich schon über 1.000 Likes. Krass, oder? Ich schick dir mal den Link."

„Kannst du kurz was für mich nachschauen, bitte?"

„Klar doch, wonach suchst du?"

„Svea und Alva Nimrod."

„Warte kurz!"

Anja buchstabierte die Namen.

„Nein, tut mir leid, Anja, aber so heißt hier niemand."

„Ok, Saskia. Trotzdem danke. Bis später." Anja legte auf. Wie schön wäre es gewesen, Meiers Kinder auf so einfache Weise ausfindig zu machen. Enttäuscht lehnte sich Anja zurück, als ihr Handy vibrierte. Bestimmt das Zaubervideo, dachte sie und klickte auf den Link, den Saskia ihr geschickt hatte. Doch weder ihre Freundin noch der ominöse Schuhkarton flimmerten über Anjas Bildschirm. Nur zwei knallrot geschminkte Lippenpaare waren zu sehen, die sich offensichtlich im Synchronsprechen übten. Erst als Anja den Ton ihres Handys einschaltete, erkannte sie, dass hier zwei Mädchen eine Playback-Vorführung zum Besten gaben. Vermutlich hatte Saskia den falschen Link erwischt. Gerade wollte Anja den Browser schließen, da fiel ihr Blick auf den Benutzernamen: Svealva Sisters.

Anjas Herz machte einen Sprung. Svea und Alva. Ob das vielleicht Meiers Töchter waren? Dem Gesang nach zu urteilen, könnten sie im passenden Alter sein. Saskia hatte keinen falschen Link erwischt, sondern offensichtlich genau den richtigen. Anja drückte auf die Wahlwiederholung und Saskias Anrufbeantworter meldete sich: „Gleich macht es piep und dann weißt du hoffentlich, was zu tun ist."

„Hallo Saskia, ich bin es nochmal. Danke für den Link. Kannst du bitte nachschauen, ob es noch mehr Videos von den Svealva Sisters gibt? Falls ja, schick sie mir bitte! Alle!"

Anja konnte es kaum fassen. Hatte Saskia tatsächlich Meiers Kinder gefunden? Wie ließ sich feststellen, ob sie es wirklich waren? Vielleicht sollte sie versuchen, über TikTok Kontakt mit ihnen aufzunehmen. Allerdings stand zu befürchten, dass Frau Nimrod die Netzaktivitäten ihrer Kinder überwachte und alles daran setzen würde, nicht ausfindig gemacht zu werden.

Anja öffnete erneut ihren Facebook-Account und tippte „Svealva Sisters" in die Suchleiste. Treffer! Zwei blonde Mädchen lächelten ihr entgegen. Als Wohnort hatten sie Bamberg eingegeben, weswegen Anja bezweifelte, dass es sich um die gesuchten Kinder handelte. Erst als sie sich durch die Freundesliste klickte, kehrte die Hoffnung zurück. Viele der Mädchen und Jungen waren zwölf Jahre alt und kamen aus Auckland. So einen Zufall konnte es nicht geben. Hinter den Svealva Sisters verbargen sich Meiers Töchter! Aber weshalb hatten sie Bamberg als Wohnort eingegeben? Lebten sie tatsächlich wieder in Deutschland? Das wäre zu schön, um wahr zu sein.

Fieberhaft suchte Anja nach weiteren Hinweisen. Plötzlich entdeckte sie einen Jungen in der Freundesliste, der nicht aus Neuseeland stammte. Leon Schöbel, zwölf Jahre alt, Schüler des Dientzenhofer-Gymnasiums in

Bamberg, vermutlich ein Klassenkamerad des älteren Mädchens. Anja schaute zur Uhr: halb neun. Sie sprang auf. „Ich muss nochmal weg!“ Weitere Erklärungen konnte sie telefonisch nachreichen.

Für die Fahrt in die fränkische Universitätsstadt benötigte sie fast vier Stunden. Anja hätte auch die Strapazen einer Autofahrt nach Hamburg oder noch viel weiter auf sich genommen, um die Chance zu ergreifen, Meiers Kinder zu finden und damit seinem Unglück den Nährboden zu entziehen. Sollte ihre Suche von Erfolg gekrönt sein, hätte sie für immer und ewig bei Meier einen Stein im Brett.

Das Adrenalin rauschte durch Anjas Adern, als sie vor dem Lehrerzimmer des Gymnasiums stand und an die Tür klopfte. Leon Schöbels Klassenleiterin musterte Anjas Dienstausweis genau, ehe sie preisgab, dass Svea Nimrod vor drei Monaten von Auckland nach Bamberg gezogen und jetzt, wie Leon, Schülerin der sechsten Klasse war. Anja konnte ihr Glück kaum fassen, bat um die Adresse des Mädchens und machte sich unverzüglich auf den Weg dorthin.

Die Namen am Schild der Türklingel brachten endgültige Gewissheit: Marianne, Svea und Alva Nimrod. Die verschollen geglaubte Familie war gefunden!

Anja läutete. Als sie Frau Nimrod in Augenschein nahm, die ihr nach zweimaligem Klingeln öffnete, war sie sich sicher: Vor ihr stand eindeutig die Frau von Meiers auf dem Schreibtisch versteckten Foto. Und in der Tat, sie hätten Schwestern sein können, die Ähnlichkeit war verblüffend.

Marianne Nimrod zeigte sich anfangs wenig kooperativ. Weder wollte sie bestätigen, dass Wolfgang Meier der Vater ihrer Töchter war und dass sie das letzte Jahrzehnt mit den Kindern gegen dessen Willen in Neuseeland verbracht hatte, noch dementierte sie es. Als Anja drohte, sie wegen Kindesentzugs vor Gericht zu bringen, lenkte sie aber überraschend schnell ein. Bereitwillig berichtete sie von ihrer Blitzheirat in Neuseeland und gab zu, den Namen ihres Ehemannes angenommen zu haben, um unterzutauchen und sich Wolfgang Meier komplett zu entziehen. Erst nach der Scheidung hätte sie ihren Mädchennamen wieder angenommen und darüber nachgedacht, den Kindern ihren Vater nicht länger vorzuenthalten. Wenn Wolfgang von einer Anzeige absähe, würde sie gern zustimmen, dass er die Kinder regelmäßig besuchen könnte. Das hätte sie sowieso vorgehabt, weil es auch im Interesse der Mädchen läge, die sehr gespannt darauf waren, endlich ihren Vater kennenzulernen. Erst vor wenigen Monaten sei sie nach Deutschland zurückgekehrt, nachdem sie in Neuseeland ihr Glück nicht gefunden hatte. Aber aus Furcht vor den Konsequenzen hatte sie bislang keinen Kontakt zwischen den Mädchen und ihrem Vater ermöglicht.

Nur zu gerne bot Anja ihre Dienste als Vermittlerin an. Bevor sie sich verabschiedete, übergab ihr Marianne Nimrod ein Foto. Es zeigte sie und die Mädchen pizzaessend am Ufer der Regnitz. Ein schöneres Geschenk hätte Anja ihrem Chef nicht überbringen können. Auf direktem Weg raste sie zurück zum Unfallkrankenhaus Murnau, in dem Meier noch immer seine Beinverletzung auskurierte. Ohne eine Reaktion auf ihr wildes Trommeln abzuwarten, riss sie die Tür auf und stürmte auf das Krankenbett zu, in dem es sich Meier gerade für ein Nickerchen bequem machte.

„Ich habe einige Recherchen angestellt!“, rief sie euphorisch.

„Nicht schon wieder“, knurrte Meier und zog sich die Decke über den Kopf. Anja schlug sie zurück und legte stattdessen das Familienfoto auf seinen Bauch.

„Anstelle von Blumen habe ich Ihnen das hier mitgebracht.“

Kaum hatte Meier einen Blick darauf geworfen, saß er auch schon im Bett. Der massige Körper war in die Höhe geschnellt, als würde die Matratze brennen.

„Woher haben Sie das?“, rief er. Seine Augen fokussierten abwechselnd Anjas Gesicht und das Foto.

„Von Marianne.“

Meier wäre fast aus dem Bett gefallen. Mit dieser simplen Antwort hatte er wohl nicht gerechnet.

„Wie kann das sein?“, schrie er, schwankend zwischen Hoffen und Bangen. „Wo ist sie?“

„Ich komme gerade von ihr. Sie möchte, dass die Mädchen endlich ihren Vater wiedersehen.“

Anja überreichte Meier ihr Handy und klickte auf einen der Links, die Saskia ihr zwischenzeitlich von den Svealva Sisters geschickt hatte. In dem Video tanzten zwei Mädchen absolut synchron zu einer Melodie, die Meier fremd vorkam. Die beiden Kinder dagegen waren ihm sofort vertraut. Als er begriff, dass es sich tatsächlich um seine Mädchen handelte, verlor Meier jegliche Zurückhaltung. Er packte Anja bei den Schultern und drückte sie so fest an sich, dass ihr für einen Moment die Luft wegblieb. Mit Genugtuung ertrug Anja den stechenden Schmerz im Brustkorb.

Worte brachte Meier keine mehr heraus. Dafür jede Menge heißer Tränen.

54

Drei Monate später...

Anja Klein stapfte lächelnd durch frischen Schnee vom Ober- zum Untermarkt und genoss den Blick auf die bunten und teilweise mit Fresken bemalten Häuserfassaden. Murnaus Fußgängerzone empfand Anja als eine der charmantesten Flaniermeilen, durch die sie jemals spaziert war. Die malerische Kulisse ließ die verschneiten Berge im Hintergrund besonders imposant erscheinen. Doch nicht nur die Schönheit des Ortes, die bereits Maler wie Münter und Kandinski inspiriert hatte, erhellte ihr Gemüt. Der Rückblick auf die vergangenen drei Monate und die Dankbarkeit für ihr jetzt so erfülltes Leben bescherten ihr dieses wunderbare Gefühl von Zufriedenheit.

Wolfgang Meiers erster Weg am Tag seiner Entlassung aus dem Krankenhaus führte ihn nach Bamberg und dort schloss er nach beinahe zehn Jahren seine beiden Kinder wieder in die Arme. Es war nicht leicht, die Herzen der Mädchen nach der langen Trennung für sich zu gewinnen, aber Meier verfolgte dieses Ziel mit Beharrlichkeit. Er war ein hingebungsvoller Vater, dem seine Kinder durch ihre bloße Anwesenheit ein Lächeln ins Gesicht zaubern konnten. Er überschüttete sie mit seiner Liebe, ohne sie zu erdrücken, und sparte auch nicht an Geschenken. Doch viel mehr schätzten sie, dass er wie ein Fels in der Brandung zur Stelle war, wenn sie ihn brauchten. Auch mit Marianne konnte er sich auf der Ebene ihrer gemeinsamen Elternschaft ohne böse Worte und gegenseitige Vorwürfe verständigen. Selbst äußerlich erweckte Meier sein Ich aus vergangenen Tagen wieder. Der Schnauzer war ab, die Haare akkurat frisiert, Doppelkinn und Bauch schmolzen zusehends. Das Rauchen gab er sofort auf, als Alva ihm erklärte, dass Zigarillos schlimmer stänken als angekokelte Muffelsocken.

Die Verwandlung ihres Chefs erwies sich auch für Anja als Segen. Sie und Wolfgang agierten jetzt genau als das Spitzenteam, von dem sie immer geträumt hatte. Es machte Spaß, mit ihm zu arbeiten, sich von seinem Witz und Charme anstecken zu lassen. Der Scharfsinn, den die beiden entwickelten, knackte die härtesten Nüsse. Ihre Aufklärungsquote war herausragend. Das gesamte Präsidium fragte sich, über welche geheimen Kräfte Anja verfügte, dass sie einen unglücklichen, mürrischen Miesepeter in einen umgänglichen, hochgeschätzten und kompetenten Kollegen und Vorgesetzten hatte verzaubern können. Anja grübelte oft, ob die Anwendung von Georg Brandstetters Erfolgsrezept dafür verantwortlich gemacht werden konnte, so recht glauben wollte sie es aber nicht.

Die eisige Luft des sonnengefluteten Wintertages tief einsaugend, schlenderte sie vorbei an duftenden Cafés, südländischen Restaurants und bayrischen Wirtsstuben. Sie kannte jedes der liebevoll eingerichteten Geschäfte, erfreute sich an den kunstvollen Dekorationen und an den vielen Kostbarkeiten, die hier feilgeboten wurden. Ihr Blick fiel auf die schnörkelige Beschriftung eines quadratischen Schaufensters: *Buch-Lädchen* stand dort geschrieben, und in der Auslage war ein überdimensionales Ausrufezeichen aus Romanen gestaltet, deren Cover das Portrait eines Mannes zeigten, das Anja Klein nur allzu vertraut war:

Georg Brandstetter.

Im Gefängnis hatte er seinen Roman vollendet und nun lag dieser Aufmerksamkeit heischend hinter der Fensterscheibe. Neben dem Konterfei Brandstetters prangte ein leuchtend roter Aufkleber mit der Aufschrift *Mega-Bestseller*. Seit seinem Erscheinungstag führte das Buch die Bestsellerlisten an. Die Medien überschlugen sich seit Wochen mit der Berichterstattung über diesen Autor. Der Mordprozess erregte über Deutschlands Grenzen hinaus enormes Interesse. Es war durchgesickert, dass der Autor die grausamen Taten selbst begangen hatte, um sie authentischer beschreiben zu können. Es handelte sich bei dem Buch um eine 500 Seiten umfassende Beichte mit dem passenden Titel:

Tagebuch eines Mörders.

Die Verlage hatten sich darum gerissen, dieses Skript drucken zu dürfen. Die Erstauflage in Millionenhöhe war bereits nach wenigen Tagen vergriffen und der Verkaufserfolg noch immer ungebrochen. Fieberhaft wurde an der Übersetzung in die verschiedensten Sprachen gearbeitet. Auch gab es bereits Anfragen von amerikanischen Filmproduzenten.

Georg Brandstetter hatte sein Ziel erreicht, wenngleich er seinen Erfolg nur hinter Schloss und Riegel genießen konnte.

Noch oft hatte Anja an seinen Monolog im Turm der Villa gedacht, als sie auf der Matratze liegend um ihr Leben bangte. Doch seine Worte ergaben für sie nach wie vor keinen Sinn. *Es ist nicht wie es scheint,* hatte er gesagt. Und sie solle die Sache auf sich beruhen lassen, falls sie jemals hinter die Wahrheit käme. So viel sie auch darüber nachgrübelte, „die Wahrheit“ wollte sich ihr nicht erschließen.

Sein letzter Wunsch war vermutlich die Veröffentlichung seines Buches und der damit verbundene Erfolg, das wurde Anja schlagartig klar. Wie man darüber glücklich sein kann mit der Aussicht, lebenslang im Knast zu sitzen, war ihr allerdings schleierhaft. Womit nur sollte sie die Erfüllung des Wunsches zerstören können?

Plötzlich fiel es Anja wie Schuppen von den Augen: Der Riesenerfolg des Buches beruhte zum Großteil auf dem enormen Rummel, den die Presse um Brandstetters Person und seine Verbrechen veranstaltete, und der Tatsache, dass ein realer Mörder sein Innerstes zu Papier gebracht hatte. Bei den Texten handelte es sich nicht um irgendwelche Hirngespinste eines vom Bösen im Menschen faszinierten Schriftstellers, sondern um das Tagebuch eines Psychopathen. Allein dieses Wissen bewog die potentiellen Leser dazu, das Buch zu kaufen. Wenn Anja bewiesen hätte, dass Georg Brandstetter nicht der geisteskranke Mörder war, für den alle ihn hielten, hätten sich die Journalisten wohl kaum in solchem Ausmaß für ihn und sein Werk interessiert, die Leserschaft vermutlich noch viel weniger.

Das klang plausibel. Darauf musste Georg Brandstetter angespielt haben, als er sagte: „Ich bitte Sie, die Sache unbedingt auf sich beruhen zu lassen, sollten Sie jemals hinter die Wahrheit kommen.“

Anja starrte durch das Schaufenster auf die Romane, von denen aus Georg Brandstetter sie charmant anlächelte.

Hast du die ganze Sache nur inszeniert? Ist der wahre Mörder noch auf freiem Fuß und du deckst ihn des Erfolges wegen? Bist du wirklich ein Gewaltverbrecher oder doch nur ein Schlitzohr? Von welchen Beteiligten hast du gesprochen, etwa von dem wahren Täter?

Anjas Herzschlag dröhnte mit der Wucht eines Vorschlaghammers. Der Mann, der ihre Nase noch immer zum Kribbeln brachte, wenn sie nur an ihn dachte, war vielleicht gar nicht das Monster, für das er sich ausgab?

Um das herauszufinden, musste sie ihn treffen.

Allein der Gedanke daran ließ ihre Wangen erröten.

Printed in Poland
by Amazon Fulfillment
Poland Sp. z o.o., Wrocław

64238000R00174

55

Vergitterte Metalltüren knallten hinter Anja ins Schloss. Mit stoischer Ruhe führte sie der Justizvollzugsbeamte durch die vom Neonlicht erhellten Gänge. Immer wieder blieben sie stehen und der Beamte suchte den passenden Schlüssel, um das nächste Teilstück des Weges freizugeben. Zuletzt bogen der Beamte und Anja in einen schmalen Gang ein, von dem nur zwei Türen abgingen. Die hintere schloss der Wachmann auf und bat Anja einzutreten, bevor er vor dem Sichtfenster Position bezog. Offensichtlich ein Besprechungsraum für Gespräche zwischen Anwälten und Gefangenen, lediglich ein Tisch und vier Stühle befanden sich in der Mitte des Raumes, dessen sehr kleine Fenster aufwendig vergittert waren.

Die in Handschellen gesicherten Hände gut sichtbar für den Beamten auf der Tischplatte abgelegt, saß Georg Brandstetter seitlich zur Tür auf einem Stuhl und lächelte Anja zur Begrüßung an. In seinem orangefarbenen Shirt und mit den gegelten Haaren wirkte er weniger wie der Insasse einer Haftanstalt, sondern wie ein Rückkehrer aus einem Wellnessurlaub. Anja verschlug es für einen Moment den Atem. Nicht zu fassen, dass dieser Mann seit drei Monaten getrennt von Familie und Freunden hier

eingesperrt war und trotzdem diese Ruhe und Zufriedenheit ausstrahlte.

„Wenn ich es nicht besser wüsste, könnte man meinen, Sie seien glücklich“, eröffnete Anja das Gespräch, nachdem sie sich auf dem Stuhl ihm gegenüber niedergelassen und dem Wärter mit dem Daumen-hoch-Zeichen zu verstehen gegeben hatte, dass alles in Ordnung war.

„Ich freue mich eben außerordentlich, Sie wiederzusehen, Frau Klein, auch wenn ich mir wesentlich angenehmere Umstände vorstellen könnte“, antwortete Georg Brandstetter und das Strahlen verblasste allmählich in seinem Gesicht. „Seit meiner Inhaftierung sind Sie der erste Mensch, der mich besuchen kommt. Allerdings bezweifle ich, dass Sie die Sorge um mein Befinden hierher verschlagen hat, richtig?“

„Das stimmt“, bestätigte Anja und senkte die Lider. Mitleid erfasste sie und die leise Hoffnung, Georg Brandstetter aus seiner möglicherweise selbst gewählten Gefangenschaft befreien zu können.

„Ich bin gekommen, weil ich nicht glauben will, dass du ein skrupelloser Mörder bist, Georg! Ich habe dich als rücksichtsvollen, besonnenen, liebenswerten Menschen kennengelernt, diese Taten passen einfach nicht zu dir. Außerdem bezweifle ich die Glaubwürdigkeit deines Motivs. Zu morden, nur um darüber zu schreiben, das ist zu verrückt, um wahr zu sein!“

Mit voller Absicht hatte sie Georg zum ersten Mal beim Vornamen genannt und ihn geduzt. Sie wollte Nähe und Verbundenheit demonstrieren, sich auf seine Seite schlagen, ihm zeigen, dass er ihr wichtig war.

„Bitte, Georg, sag mir die Wahrheit! Lass mich hören, dass du nicht der Mörder dieser Frauen bist! Ich bitte dich!“

Hastig verbarg Georg sein Gesicht in den Händen, um für einige Sekunden Anjas flehenden Blicken zu

entkommen. Dennoch zeigte ihr Appell Wirkung, denn auch Georg warf wie selbstverständlich die förmliche Anrede über Bord:

„Du weißt ja nicht, was du da von mir verlangst!“ Seine Miene verfinsterte sich. „Ich bin am Ende meines Weges angekommen. Alle meine Ziele habe ich erreicht. Warum sollte ich ausgerechnet jetzt umkehren und alles riskieren?“

„Tu es für deine Kinder! Die brauchen dich noch!“

Erwartungsvoll starrte Anja Klein auf den Mann, dessen Worte all ihre Vermutungen und Hoffnungen zu bestätigen schienen und der nun mit sich rang, ob er ihr die ganze Wahrheit eröffnen sollte. Mit angehaltenem Atem zählte Anja die verstreichenden Sekunden im Geiste mit, ehe Georg Brandstetter sich ein Herz fasste:

„Wenn ich mich dir anvertrauen soll, dann musst du mir etwas hoch und heilig versprechen!“

Georg blickte Anja beschwörend an. „Ich meine damit einen Schwur, den du, egal unter welchen Umständen, auf gar keinen Fall brechen darfst!“

Ohne eine Reaktion abzuwarten, sprach Georg weiter.

„Was ich dir jetzt als Freund im Vertrauen mitteile, darfst Du keiner dritten Person weitersagen, keiner Freundin, keinem Anwalt, keinem Richter, keinem Kollegen, keinem Beichtvater. Absolut niemandem. Kannst du mir das ohne Wenn und Aber versprechen, Anja?“

„Ich verspreche es!“

Über die Tragweite eines solchen Versprechens würde sich Anja später Gedanken machen, auch wenn ihr das daraus resultierende Dilemma durchaus bewusst war.

„Tausendprozentig“, hörte sie sich noch sagen.

Da lehnte sich Georg Brandstetter auf dem Stuhl zurück und begann seine Geschichte zu erzählen. Eine Geschichte, die an Unglaublichkeit nicht zu übertreffen war.

56

„Kennst du das Impostor-Phänomen?“

Georg wartete nicht auf Anjas Antwort. Dass es sich hierbei um eine psychologische Anomalie handelte, hatte er selbst erst im Gefängnis begriffen, doch zu diesem Zeitpunkt war es bereits zu spät gewesen.

„Man nennt es auch das Hochstapler- oder Betrüger-Phänomen.“

Anja schwieg. Keinesfalls wollte sie seinen Redefluss durch Nachfragen unterbrechen, Georg Brandstetter würde schon noch auf den Punkt kommen.

„Betroffene sind zutiefst überzeugt, dass ihre persönlichen Erfolge nur das Ergebnis glücklicher Umstände oder Zufälligkeiten sind und sie diese in Wirklichkeit gar nicht verdienen. Sie werden von massiven Selbstzweifeln geplagt und leben in der ständigen Angst, andere könnten ihren Mangel an Befähigung bemerken und sie als Betrüger entlarven. Um dieser Angst entgegenzuwirken, sind diese Menschen dazu verdammt, immer größere und noch aufsehenerregendere Erfolge zu verbuchen, um nicht entlarvt zu werden. Wie im Hamsterrad hechten sie ruhelos von einer Herausforderung zur nächsten, immer mit der Angst im Genick, im Falle des

Misserfolges als Hochstapler oder Betrüger verspottet zu werden."

Georg Brandstetter hielt einen Moment inne, als wollte er Anja die Chance geben, seine Worte sacken zu lassen. Dann vertiefte sich die steile Falte zwischen seinen Augenbrauen.

„Man sieht es einem Menschen nicht an, wenn er unter diesem Phänomen leidet, auch mir nicht. Meinem vermeintlich besten Freund hatte ich offenbart, dass ich nach weltweitem Ruhm strebte, und dies wurde mir zum Verhängnis, wie ich jetzt im Nachhinein weiß. Harald Gruber hat meinen krankhaften Wahn, immer an der Spitze stehen zu müssen, schamlos ausgenutzt und mich in die Falle gelockt. Jetzt fehlt mir der Mut, diese Falle zu verlassen, obwohl alle Türen weit offen stehen. Wer erträgt es schon, wenn die ganze Welt über ihn lacht?"

Anja hielt es nicht mehr auf ihrem Stuhl. Sie sprang auf.

„Was hat Harald Gruber getan?"

Die Frage kam ihr energischer als gewollt über die Lippen. Georg bedeutete ihr, sich wieder zu setzen, um den Beamten nicht zu alarmieren.

„Er hat meine Tochter vor dem Ertrinken gerettet."

„Aber das weiß ich doch bereits, Georg! Wie hat er dich in diese niederträchtigen Morde verwickelt?"

Emotionslos sprach Georg weiter:

„Damals am Weiher, als er mir die vor Kälte zitternde Annabelle in die Arme legte, schwor ich, ihm jeden Gefallen zu erweisen. Was auch immer es sei. Und es war mir auf den Tod ernst damit."

„Einen Gefallen?"

Anja, die ihre düstersten Vorahnungen bestätigt fand, war fassungslos.

„An dem Tag, als die Leiche seiner Frau auf meinem Grundstück gefunden wurde, kam er zu mir, um seinen Gefallen einzufordern. Er machte mir seine Idee

schmackhaft, während du und Meier vor meinem Haus Sturm geklingelt habt, du erinnerst dich?“

Anja rückte sich auf ihrem Stuhl zurecht und nickte bestätigend.

„Im Nachhinein betrachtet war es ein wirklich groteskes Angebot, aber ablehnen konnte ich es damals nicht. Ich erkannte sofort die einzigartige Chance, einen Welterfolg zu landen. Der Gefallen war nur noch meine Rechtfertigung, mich auf diesen Irrsinn einzulassen. Alle meine ethischen Wertvorstellungen warf ich über den Haufen, der zum Greifen nahe internationale Durchbruch strich das simple Wort ‚Nein!‘ aus meinem Vokabular, spätere Konsequenzen blendete ich aus. Ein unverzeihlicher Fehler, wie ich jetzt weiß.“

Anja nahm beide Hände hinter den Kopf und raufte sich die Haare.

„Noch einmal langsam zum Mitdenken: Harald Gruber bringt seine Frau um und verlangt anschließend von dir, an seiner Stelle ins Gefängnis zu gehen?“

Georg nickte.

„Harald führte seit Jahren ein Tagebuch über jeden Streit mit Helene, jeden Gedanken, jede Gefühlsregung. Darüber, wie er den Mord geplant hat, welche Sorgen und Ängste er ausstand. Sogar Fotos vom Tatort fertigte er an und präsentierte sie mir an jenem Vormittag. *Kannst du alles verwenden*, schwärmte er. *Das Tagebuch eines Mörders, stell dir das doch mal vor! Die Presse wird dich und dein Werk in den Buch-Olymp aufsteigen lassen.*

Harald wusste, wie er mich packen konnte. Die Chance auf weltweiten Ruhm ließ mich förmlich erglühen. Besessen war ich von der Idee, absolut überwältigt. Als Harald am nächsten Tag wieder bei mir auftauchte, diesmal mit blutverschmiertem Pullover und Fotos von der Leiche seiner Geliebten, besiegelten wir den Deal.“

Anja schüttelte den Kopf: „Das ist doch Wahnsinn!“

„Noch am gleichen Tag wurde Harald verhaftet. Es bedurfte einiger Anstrengung, den Verdacht auf mich zu lenken, aber ich scheute keinerlei Mühen. Wie elektrisiert war ich zu dieser Zeit, die verlockende Aussicht, mein Meisterstück zu schaffen, beflügelte mich kolossal. Keine Minute dachte ich an meine Frau, meine Kinder, an die Folgen, die dieser Deal für uns haben würde. Für mich zählte ausschließlich der näherrückende Erfolg und die Aussicht, alle meine bisher erzielten Verkaufsrekorde bei weitem zu übertreffen. Dass der Deal meinen eigenen Untergang beinhaltete, ist mir damals nicht in den Sinn gekommen. Ich war besessen von Haralds Idee und mein Handeln erschien mir völlig logisch.“

„Und dann bist du zu mir gekommen und hast mir deine Freundschaft angeboten. Und ich Idiotin bin auch noch darauf reingefallen.“

Jetzt fuhr sich Georg durch die Haare.

„Zugegeben, mein Besuch diente hauptsächlich dazu, Einfluss auf dich zu gewinnen und Zweifel an Haralds Schuld zu säen. Tut mir aufrichtig leid, Anja! Ich darf dir aber versichern, dass ich deine Gesellschaft von unserer ersten Begegnung an überaus genossen habe und sehr gern dein Freund bleiben würde.“

Enttäuscht winkte Anja ab.

„Warum hast du dich nicht einfach der Polizei gestellt? So hättest du deinen verdammten Erfolg doch am schnellsten verbuchen können!“

„Weil ich weiteren Stoff brauchte für das Tagebuch des Mörders. Mit einem simplen Geständnis wollte ich es nicht enden lassen. Und mich ließ meine schriftstellerische Phantasie an manchen Stellen im Stich. Ich versuchte tatsächlich, mir mehr Authentizität zu verschaffen. Wie nahe ich mich dabei am Abgrund bewegte, zu dem Monster zu werden, das ich beschreiben wollte, wurde mir erst hier im Gefängnis klar.“

Anja ging noch einmal in Gedanken ihre Begegnungen durch: *Hat er mich wirklich ständig belogen, ohne dass ich es bemerkte?*

„Warst du vor Emilia Sonnleitners Ermordung in ihrer Wohnung, wie du behauptet hast?“

„Nein. Das war eine Lüge.“

„Und im Krankenhaus: Warum hast du mich so grob geschüttelt, wenn du doch gar nicht in Sorge warst um deinen besten Freund?“

„Ich wollte damit den Verdacht auf mich lenken.“

„Und Saskia? Musstest du ihr wirklich so einen entsetzlichen Schrecken einjagen und ihr die Strähne abschneiden?“

„Das tut mir von Herzen leid. Ich war nicht Herr meiner Sinne.“

„Und was ist mit deiner sogenannten Gabe?“

„Erfunden.“

Anja nickte enttäuscht.

„So fühlt man sich also, wenn man von einem Freund belogen wird.“

Georgs Handschellen klirrten, als er sie über den Tisch nach ihr ausstreckte, so weit seine Arme reichten.

„Es tut mir wirklich, wirklich leid, Anja! Ich war damals nicht ich selbst! Ich hätte jeden Meineid geschworen und jeden belogen, um ans Ziel zu kommen. Bitte verzeih mir! Ich verspreche dir hoch und heilig, dich nie wieder zu belügen.“

Anja erkannte das Flehen in Georgs Augen und wusste, dass sie ihm bald verzeihen würde. Die tiefe Enttäuschung würde dem anderen Gefühl weichen, das sie schon lange für diesen Mann hegte.

Irgendwie gelang es Anja, ihre Empfindungen zurückzudrängen und kühl zu fragen: „Und dein Erfolgsrezept? Hast du dir das auch ausgedacht?“

„Nein, Anja! Das Buch meines Onkels gibt es wirklich. Die Anleitungen darin haben mir geholfen, den Weg zu ebnen für ein erfolgreiches, glückliches Leben. Meine Krankheit hat damit nichts zu tun. Du wolltest es doch ausprobieren. Hast du bereits erste Erfolge erzielen können?“

„Ja schon, aber…“

Anja wollte jetzt nicht über sich selbst sprechen. Es gab drängendere Fragen: „Was ist dann passiert? Warum die plötzliche Einsicht, dass der Deal mit Gruber dein Leben zerstört hat?“

„Ich habe das Hamsterrad verlassen.“

Aus glasigen Augen schaute Georg auf.

„Als mir endlich klar wurde, dass ich auf der letzten Stufe der Erfolgsleiter balancierte und nur noch stürzen konnte, besann ich mich auf die anderen, so viel wichtigeren Dinge im Leben: meine Frau, meine beiden Kinder, meine Freunde. Leider zu spät. Alle haben sich von mir abgewendet. Mit einem skrupellosen Mörder, der aus seinen abscheulichen Taten auch noch Kapital schlägt, will verständlicherweise niemand etwas zu tun haben.“

„Aber du bist kein Mörder! Du musst mit deinem Anwalt reden! Die Sache richtig stellen, dein Leben retten!“

Georg, der noch immer nach Anjas Hand tastete, schüttelte den Kopf. „Das geht nicht, Anja! Dieser Scherbenhaufen lässt sich nicht mehr kitten!“

„Warum denn nicht? Natürlich geht das!“

„Ich kann nicht. Der ganzen Welt offenbaren, dass ich ein Hochstapler, ein elender Betrüger bin, das ist ausgeschlossen. Das mache ich nicht!“

„Du musst aber!“

„Nein! Auf gar keinen Fall!“

„Du musst dir von einem Psychologen helfen lassen!“

„Ich bin bereits in Behandlung.“

„Was muss ich tun, um dich umzustimmen, Georg?“

„Du kannst gar nichts tun. Und denk bitte immer an dein Versprechen, mit niemandem darüber zu reden!“

Anja erhob sich. Nur ein paar Zentimeter hatten ihre Hände getrennt, so nah war sie ihm gekommen.

„Ich möchte, dass du frei bist, Georg!“, flüsterte sie.

„Lieber in Würde hier drinnen als verspottet in Freiheit.“

Georgs Hand wies zur Tür.

„Ich habe dir meine letzten Geheimnisse anvertraut, doch glaub mir, ich würde jederzeit abstreiten, dass dieses Gespräch mehr war als eine Entschuldigung dafür, dass ich deine Stellung als Polizistin für mich ausgenutzt habe! Und such nicht nach Beweisen, du wirst keine finden! Ich bin für die Welt ein geständiger Mörder und das gedenke ich zu bleiben.“ Sein Arm senkte sich.

„Leb wohl, Anja!“

57

Drei Tage später

In der Grube seiner Werkstatt hockend blies er Trübsal. Und das nicht erst seit heute.

Das Problem mit der nörgelnden Ehefrau hatte er aus der Welt geschafft, wenn auch auf sehr unkonventionelle und drastische Art und Weise. Dennoch war es eine perfekte Lösung gewesen. Nach wie vor wohnte er in seinem eigenen Haus, arbeitete in seiner eigenen Werkstatt und obendrein verfügte er über eine stattliche Summe, die er bis zum Ende seiner Tage nicht ausgeben würde. Ihm hatte es schon immer gereicht, im Blaumann an Fahrzeugen zu basteln. Dafür brauchte man nicht viel Geld. Und doch vermittelte es das gute Gefühl von Sicherheit.

Für einen Moment waren seine Pläne in Gefahr geraten, als er seiner wunderschönen Freundin alles gestanden hatte. Eigentlich hätte sie stolz auf ihn sein sollen, froh darüber, dass er jetzt frei und unabhängig war, sich buchstäblich aller Sorgen entledigt hatte.

Doch sie hatte anders reagiert als erwartet.

Wie eine Furie war sie auf ihn losgegangen, hatte seine Brust mit ihren Fäusten malträtiert. Erst hatte er das süß gefunden und nur versucht, die Hiebe abzuwehren. Doch Emilia war nicht zu beruhigen gewesen. Immer mehr war sie in Rage geraten. Er müsse sich stellen, hatte sie von ihm verlangt, sogar damit gedroht, ihn anzuzeigen. Plötzlich war sie Teil des Problems geworden und das hatte ihn wütend gemacht. Gepackt hatte er sie und geschüttelt, damit sie zur Vernunft käme, und schließlich gestoßen, um seinem Frust Ausdruck zu verleihen.

Hasserfüllte Augen hatten ihn angestarrt, als sie das Gleichgewicht verloren hatte und zurückgetaumelt war. Die Tischkante hätte nicht besser platziert sein können.

Dann war er in die Küche gegangen und hatte das Messer geholt. Er hatte sichergehen müssen. Auf der Zielgeraden in Führung liegend lässt sich niemand den Sieg nehmen.

Gut, dass er seine Kamera bemerkte hatte, die ihm beim Zustoßen heruntergefallen war. Eigentlich hatte er damit den Augenblick festhalten wollen, in dem er die Liebe zu Emilia durch einen Heiratsantrag krönen würde, doch letztlich hatte er den Apparat aus der Lache ihres Blutes fischen müssen.

Rasch hatte er Fotos von ihrem leblosen Körper geschossen. Er hatte geahnt, dass sein Freund Georg begeistert sein und sich tatsächlich auf diesen unvorstellbaren Deal einlassen würde. Dass dieser ihm einen großen Gefallen schuldete, war unbestritten, dass sein Freund eine Schraube locker hatte, hatte er ihm sogar selbst gestanden, aber dass er tatsächlich so verrückt sein würde, an seiner Stelle in den Knast zu wandern, das hatte er kaum zu hoffen gewagt.

Zum Glück hatte er in weiser Voraussicht über seine Pläne, Gedanken und Gefühle Tagebuch geführt und auch von seiner toten Ehefrau Fotos gemacht, nachdem er sie

auf Georgs Grundstück kaltblütig erstochen hatte. Georg hatte ihm das Material beinahe aus den Händen gerissen. „Das ist es, das wird mein internationaler Durchbruch!“, hatte er stetig gefaselt und dabei die Augen verdreht wie ein Wahnsinniger. Harald war es so vorgekommen, als würde er seinem Freund schon wieder einen Gefallen erweisen, so euphorisch war dieser auf seinen idiotischen Vorschlag eingegangen.

Georgs Buch war zum Weltbestseller avanciert, den überwältigenden Erfolg hatte Georg hauptsächlich ihm zu verdanken, also wozu darüber nachdenken, ob das Opfer, das Georg dafür erbrachte, gerechtfertigt war.

Doch inzwischen war es ruhig um Georg Brandstetter geworden. Sein ehemaliger Freund schmorte hinter Gittern und würde die Strafe verbüßen, die eigentlich ihm selbst hätte zuteilwerden müssen. Georgs Ehefrau hatte umgehend die Scheidung eingereicht und seither die Kinder von ihrem vermeintlich geisteskranken Papa ferngehalten. Für einen liebenden Vater wie Georg musste das die Hölle bedeuten.

Man sagt, die Zeit heilt alle Wunden, in seinem Fall war es umgekehrt. Mit jeder weiteren Stunde nagte das schlechte Gewissen tiefer und machte ihm die Tage unerträglich.

Seiner Tochter hatte er seine Verschlossenheit mit der Trauer über den Tod seiner Frau verkauft. Nicht einmal ihr hatte er die Wahrheit über sein Gefühlsleben erzählen dürfen. So war es nicht verwunderlich, dass Maria ausgezogen war, am Tage ihres 18. Geburtstages. Das Leben mit einem von Selbstmitleid geplagtem Vater wollte sie wohl nicht länger ertragen.

Und so saß Harald Gruber nun in seiner Grube, einsam, verlassen, und mit dem Wissen, ein verdammter Mörder und Lügner zu sein. Ein verabscheuungswürdiges Wesen, das die Mutter seiner eigenen Tochter umgebracht hatte,

das seinen besten Freund unschuldig im Knast schmoren ließ. Und das alles aus Motiven, die ihm zu einem schöneren Leben verhelfen sollten. Freilich waren seine Pläne aufgegangen, seine Wünsche hatten sich erfüllt. Die Werkstatt und das Haus waren nun sein, niemand, der mehr nörgelte und nervte, jegliche Geldsorgen gehörten der Vergangenheit an. Und doch hatte er offensichtlich die falschen Wünsche verfolgt. Glücklichsein fühlte sich anders an, das wusste er aus früheren Zeiten.

Das Leben in Schande musste ein Ende haben. Sofort!

So schwungvoll war er lange nicht mehr aus der Grube geklettert. Beflügelt von seiner Entscheidung, hüpfte er förmlich in seinen Wagen, das Öl auf dem Blaumann und die schmierigen Hände ignorierend. Es war wie eine Befreiung, als er vor der Garmischer Polizeiinspektion parkte und dem erstbesten Polizisten die Worte entgegenschleuderte:

„Ich bin Harald Gruber und ich möchte ein Geständnis ablegen!“

58

Während der letzten drei Tage war Anja durch die Hölle gegangen. Krank hatte sie sich gemeldet und die ganze Zeit grübelnd auf ihrer ausgezogenen Schlafcouch gelegen. Dieses Mal konnte sie Saskia nicht um Rat fragen. Diese Sache musste sie ganz allein ausfechten. Der Kummer, den sie dabei verspürte, war beinahe unerträglich. Welche Lösung konnte es geben, wenn man zwei Dinge herbeisehnt, die einander ausschließen?

Einerseits träumte Anja davon, dass Georg Brandstetter das Gefängnis verlassen und als freier Mann nach Hause zurückkehren könnte. Andererseits durfte sie ihren Schwur nicht brechen, wenn sie Georg nicht weltweit zum Gespött der Menschen machen wollte. Die Medien würden ihn in der Luft zerreißen, sobald durchsickern sollte, dass er seine Leser mit einem fingierten Tagebuch getäuscht hat. Diese Schmach konnte sie ihm doch unmöglich antun!

Obwohl Georg sie belogen und für seine Zwecke missbraucht hatte, war es ihr unmöglich, ihre Zuneigung zu ihm einfach abzulegen. Immerhin war er psychisch krank und nicht Herr seiner Sinne gewesen. Sie fühlte sich weiterhin mit ihm verbunden, wollte ihm helfen, ihn aus

seiner misslichen Lage befreien, anstatt sie zu verschlimmern.

Wenn sie das Komplott mit Gruber aufdeckte, würde sich aus ihrer Sicht Georgs Situation langfristig verbessern, nur leider sah Georg selbst das anders. Seine größte Angst, dem Spott und der Wut der Menschen ausgesetzt zu sein, würde Realität werden und das wäre das Ende ihrer Freundschaft. Außerdem würden Georg und Harald Gruber sicher beharrlich an ihrem Deal festhalten. Würde Georg also wirklich freikommen? Sollte sie nicht besser seinem Wunsch entsprechen und die Sache einfach vergessen?

Doch dann würde Georg Brandstetter nach seiner Verurteilung für lange Zeit hinter unüberwindlichen Mauern verborgen bleiben. Verloren für seine Familie, verloren für seine Freunde. Anja würde mit dem Wissen leben müssen, einen skrupellosen Mörder zu decken und ständig würde ihr die Angst im Genick sitzen, wegen Strafvereitelung ihren Job zu verlieren, sollte eines Tages bekannt werden, dass sie von dem Komplott gewusst hatte. War sie nicht Polizistin geworden, um die Welt ein wenig gerechter zu machen?

Was also sollte sie tun?

Ich kann nur hoffen, dass Harald Gruber sich selbst stellt.

Die Wunschliste, die ihr bisher so gute Dienste geleistet hatte, half ihr jetzt offensichtlich nicht weiter. Frustriert schob sie das Blatt beiseite.

Als Anjas Telefon klingelte, ignorierte sie es. Sie wollte mit niemandem reden, nicht bevor sie eine Entscheidung getroffen hatte. Sie hatte kurz daran gedacht, ihren Vater um Rat zu fragen, aber sie kannte seine Antwort, auch ohne mit ihm zu sprechen. „Das musst du melden!“, würde er zweifellos zu ihr sagen. Aber musste sie das wirklich? Wäre das tatsächlich das Schlaueste?

Der Anrufbeantworter schaltete sich ein und ihre Bandansage lief ab. Nach dem Piepton hörte sie, wie ein Mann sich räusperte und schließlich mit fester Stimme zu sprechen begann: „Guten Morgen, Anja, Wolfgang Meier hier, ihr Chef, falls Sie sich erinnern!“

Hin und wieder verfiel Meier in den barschen Tonfall vergangener Zeiten. Anja verzog dann ihr Gesicht wie ein gescholtenes Schulmädchen und anschließend lachten beide herzlich miteinander. Ein Ritual, das sie oft wiederholten und sie jedes Mal daran erinnerte, wie überaus positiv sich ihr Arbeitsverhältnis nach dem ersten gemeinsamen Mordfall entwickelt hatte.

„Spaß beiseite, Anja“, tönte es aus dem Flur. „Es gibt Neuigkeiten, die Sie interessieren werden. Ich hoffe, Sie sitzen!“

Neugierig geworden schlug Anja die Bettdecke zurück, schlüpfte in die bereitstehenden Hauspantoffeln und öffnete die Wohnzimmertür. Als würde er neben ihr stehen, so klar hörte sie Meier jetzt sagen: „Ich weiß, Sie sind krank, aber das müssen Sie sofort erfahren. Nicht dass ich es nötig hätte, mich vor Ihnen zu brüsten, aber ich hatte auch im Fall Gruber/Sonnleitner von Anfang an den richtigen Riecher.“

Anja schnappte sich den Hörer. „Wieso? Was ist denn passiert?“

„Ja, hallo! Sie weilen ja doch unter den Lebenden! Guten Morgen!“

„Guten Morgen, Wolfgang! Was gibt’s denn so Dringendes?“ Anja hatte eine winzig kleine Vorahnung von dem, was Meier jetzt sagen würde. Eigentlich war es mehr die leise Hoffnung, auf die einfachste Weise ihrem Dilemma zu entkommen. Sie kroch fast in die Muschel, um jedes seiner Worte genau zu verstehen.

„Sie werden es nicht glauben!“

„Bitte, Wolfgang! Machen Sie es nicht so spannend!“

Wolfgang Meier genoss es, Anja etwas zappeln zu lassen, ohne auch nur ansatzweise zu wissen, von welch schwerer Last er sie gleich befreien würde.

„Harald Gruber ist hier im Präsidium. Er hat soeben ein Geständnis abgelegt."

„Das ist ja…, oh Gott…, ich wusste es! Ich wusste es!" Hastig ging Anja zurück ins Wohnzimmer, warf das Telefon auf die Bettdecke und griff nach dem Blatt Papier auf dem Couchtisch. Fassungslos schaute Anja auf die oberste Zeile ihrer Wunschliste und schüttelte dann ungläubig den Kopf.

„Das gibt's doch gar nicht!"

- ENDE -

Danksagung

Alles begann vor vielen Jahren mit der Idee, das Zehn-Finger-Tastaturschreiben zu erlernen. Mithilfe eines Computerprogramms gelang das recht flott. Täglich tippte ich verschiedene Texte aus Büchern und Zeitungen ab, um meine Geschwindigkeit zu erhöhen. Als mir das sture Abschreiben zu langweilig wurde, erfand ich Geschichten, führte Tagebuch, brachte Wünsche, Träume, Gedanken, Begebenheiten, einfach alles zu Papier, was mir in den Sinn kam. Mein Leben bekam plötzlich Struktur, ich setzte mir Ziele und war überrascht, welche ungeahnten Wege sich teilweise wie von Geisterhand auftaten. Ich beschloss ein Buch zu schreiben und meine Erfahrungen darin zu verstecken, sodass jeder sie finden und wie ich davon profitieren kann.

Und? Sind Sie darüber gestolpert? Werden Sie mein kleines Geheimnis anwenden?

Sollten Sie ähnliche Erfahrungen machen wie ich, schreiben Sie mir bitte (MordimBlauenLand@gmail.com)! Ich bin sehr gespannt.

Heute kann ich eine Tastatur blind bedienen und mein Buch ist fertig. Ziel erreicht!

Bleibt mir nur noch, mich bei den Menschen zu bedanken, die mir dabei geholfen haben:

Der größte Dank gebührt meiner Lebensgefährtin Katja. Mit ihr über das Buchprojekt zu philosophieren, war für mich ein Riesengenuss, um nicht zu sagen, die schönste Zeit in meinem bisherigen Leben. Danke, Liebste!

Ganz herzlich bedanken möchte ich mich auch bei Ute Paprotny. Deine Ideen und Korrekturen haben mich unglaublich vorangebracht.

Mein besonderer Dank gilt dem Buchplaner Dirk Meynecke. Von ihm stammt die Idee, die Geschichte im Blauen Land anzusiedeln und nicht in Franken, wie ursprünglich angedacht.

Bestimmt ist Ihnen das Foto auf dem Cover ins Auge gestochen. Diese herrliche Aufnahme vom Staffelsee ist Isabelle von Heydebrand gelungen und, nett wie sie ist, hat sie mir diese zur Verfügung gestellt. Danke Isa!

Zu guter Letzt möchte ich mich bei Michael Stamminger bedanken. Als ich vor drei Jahren vor der Entscheidung stand, von Nürnberg zu Katja nach Murnau zu ziehen, riet er mir: „Geh nach Murnau und werde Schriftsteller!“ Dieser Satz hat mich seither begleitet. Danke, Stammi!

André Schliebs Murnau im Juni 2020